Todsicher

ISBN: 9798374125023 (Print)

Cover-Foto: Susanne Bacon
Autorenfoto: Donald A. Bacon

Aufgrund der Dynamik des Internets können sich in diesem Buch enthaltene Web-Adressen oder -Links seit der Veröffentlichung verändert haben und nicht weiter gültig sein.

Susanne Bacon

Todsicher

Ein Emma Wilde Roman

Weitere Bücher von Susanne Bacon:

Wycliff Romane

Träume am Sund. Ein Wycliff Roman

Schweigen ist Silber. Ein Wycliff Roman

Wissen und Gewissen. Ein Wycliff Roman

Wo ein Wille ist. Ein Wycliff Roman

Schatten der Vergangenheit. Ein Wycliff Roman

Weihnacht in Wycliff. Ein Wycliff Roman

Das Glück der anderen. Ein Wycliff Roman

Wen die Muse küsst. Ein Wycliff Roman

Weitere Romane

Inseln im Sturm

Asche zu Asche. Ein Emma Wilde Roman

Non-Fiction

In der Fremde daheim. Deutsch-Amerikanische Essays

Für Donald,

Inspiration, Ehemann, bester Freund

Vorbemerkung

Die Orte, Vorfälle und Personen in diesem Roman sind frei erfunden. Jegliche Ähnlichkeiten mit lebenden und verstorbenen Personen oder mit realen Unternehmen, Organisationen und Vorfällen sind völlig zufällig.

Susanne Bacon

1

„… Natürlich haben wir uns damals nicht groß geziert, und Wilddiebe wurden auf der Stelle erschossen. Ein Gerichtsverfahren hätte ohnedies keinen Sinn gehabt. Die meisten von ihnen zogen über Land ohne festen Wohnsitz."

Mein Kopf flog zu dem Sprecher herum, einem Mann in seinen späten Sechzigern, der einen dreiteiligen Anzug mit einer Uhrkette und einem seidenen Halstuch trug. Seine Lippen waren geschürzt, seine Daumen hatte er in seine Westentaschen gehakt, und seine Augen forderten jeden in unserer geführten Besuchergruppe heraus, gegen solch harte Maßnahmen zu protestieren. Ozzie stupste mich an, als wolle er mir signalisieren, dass er wisse, dass ich die Rechtfertigung dessen, was ich für Mord hielt, in Frage stellen würde und dass ich die Einzige sein würde, die den Mund aufmachen würde. Inzwischen stolzierte der Gutsbesitzer vor uns auf und ab und erzählte von der Fläche seines Besitztums hier und von der eines weiteren oben im Norden nahe der schottischen Grenze.

Ich ließ meinen Blick schweifen. Wir standen in einer großen Eingangshalle, die den Besucher in Erstaunen versetzen sollte. Es gelang ihr tatsächlich, mich zu beeindrucken. So viel Geschichte, die immer noch Teil der Gegenwart war. Vermutlich wurde man zum Pedanten, wenn eine ganze Ahnengalerie ständig auf jede einzelne Bewegung der Bewohner herunterstarrte. Ganz zu schweigen von den Wappen, die zwischen ihren gestrengen

Gesichtern hingen, und den Ritterrüstungen zu beiden Seiten jeder von der Halle abgehenden Tür.

„… zur Finanzierung der dauerhaften Instanthaltung als Event-Location. Balmer Hall wurde in mehreren Filmen gezeigt und ist beliebt als Foto-Location für Hochzeiten. Unsere Hauptattraktion aber sind unsere Jagdgesellschaften hier und im Norden mit Bällen und Picknicks und all den Traditionen, die eine britische Jagddynastie prägen …"

Ich schob meine Hand in Ozzies, während sich die Gruppe vorwärtsschob durch eine Serie von Salons in Grün, Blau und Gold, dann in einen Speisesaal. Der Hingucker hier war offensichtlich ein Paternoster, der ihn mit der Küche darunter verband – eine Art Tischlein-deck-dich des 19. Jahrhunderts. Die Führung ging immer weiter, treppauf und treppab, einen Gang hinunter und den nächsten hinauf, bis wir die Waffenkammer erreichten, offenbar der Höhepunkt in den Augen des Gutsbesitzers. Ich sah Ozzies Augen aufleuchten, als er den Raum betrat. Zwei lange Wände waren mit Gewehrständern voller anscheinend fast identischer Gewehre bestückt. Eine dritte Seite des Raums wurde von Hellebarden, Speeren und Schwertern eingenommen. Doch es war die vierte, die Ozzie wie ein Magnet anzog.

Während Sir Wie-war-noch-der-Name die Effizienz der Waffen pries, die die Gäste bei ihrer Ankunft zu einer dieser Jagden zu erhalten pflegten, starrte Ozzie auf ein Display historischer Waffen und Gewehre, die aussahen, als stammten sie aus der Zeit von Sir Walter Scott.

„Schau mal einer an", sagte Ozzie halb zu sich selbst. „Eine Winchester, ein Vorderlader, wie ich ihn daheim in den Staaten habe, ein US M1917 „Enfield", eine James-Bond-Pistole, ein ..."

Ich schaltete ab. Lieber betrachtete ich, wie seine hyazinthblauen Augen blitzten, wie sich sein kurzes, dunkles Haar trotz seines militärischen Schnitts lockte, wie sich die Muskeln in seinen starken Unterarmen bewegten, die selbst zu dieser Jahreszeit unbedeckt waren. Ich lehnte mich in seine Seite und umarmte ihn. Hinter uns bewegte sich die Gruppe weiter.

„Wir sollten mitgehen", flüsterte ich. „Sonst werden wir hier vielleicht noch eingesperrt."

„Ich hätte nichts dagegen, eine Nacht in der Waffenkammer von Balmer Hall zuzubringen", grinste Ozzie.

„Ich würde die Remise vorziehen", entgegnete ich und zog ihn sanft von dem Display weg. „Komm mit, mein Zauberer. Ich würde gern eine dieser alten, geschlossenen Karossen mit Vorhängen an den Fenstern sehen und ..."

Hätte Ozzie mich zu irgendwelchen Hütten in Timbuktu oder zum Taj Mahal in Indien mitgenommen, hätte ich wohl das gleiche Interesse gezeigt. Aber ich war hier in Suffolk bei einer geführten Tour durch einen Landsitz fünf Meilen entfernt von dem kleinen und sehr malerischen Dorf Ealingham-on-Ouse, wo Ozzie lebte. Im Dorf, nicht auf dem Landsitz. Es war mein dritter Besuch bei ihm, und jeder einzelne Augenblick, den ich irgendwo mit ihm verbrachte, bedeutete mir mehr, als hätte mir die Queen ein diamantbesetztes Diadem geschenkt. Zumindest schienen sich inzwischen alle darin einig, dass sich zwischen uns etwas ziemlich Ungewöhnliches abspielte. Anfangs, vor etwas über einem halben Jahr, war das anders gewesen.

„Du kannst doch nicht so einfach jemanden, den du überhaupt nicht kennst, einladen, bei dir daheim zu übernachten! Das ist absolut gefährlich. Was, wenn …?"

Die Vorstellungen, was mir passieren könnte, waren so schillernd wie widerwärtig. Allesamt. Die Menschen um mich herum rangen die Hände und schüttelten den Kopf. Sie kannten Ozzie nicht einmal. Ich war Ende dreißig und völlig selbstständig, und ich verstand, mit mir selbst zu räsonieren und meine eigenen Entscheidungen zu treffen. Außerdem ging es niemanden außer mich etwas an.

Ich blieb fest. Meine Einladung stand. Und es passierte gar nichts Gefährliches. Ich verliebte mich nur schlicht heftig in den Menschen, um den der ganze Zirkus sich gedreht hatte und den ich sehr schnell sehr gut kennengelernt hatte. Oscar „Ozzie" Wilde, ein U.S. Air Force Master Sergeant und ebenfalls Ende dreißig, war in einer ziemlich gefährlichen Situation plötzlich in mein Leben getreten. Er hatte mir so ziemlich das Leben gerettet. Zumindest sah ich das so.

Tatsächlich waren wir einander zum ersten Mal an einem Ort begegnet, der sich als Schauplatz eines Verbrechens herausstellen sollte. Vergangenen Mai hatten wir Feuerwehrleuten zugesehen, die versucht hatten, eine alte Scheune mit angeschlossenem Wohnhaus in meiner deutschen Heimatstadt Filderlingen, einem Vorort der Großstadt Stuttgart, zu retten. Später an jenem Tag waren wir einander erneut in meinem Lieblings-Pub in der Nachbarschaft begegnet. Was mit einer intensiven Unterhaltung begonnen hatte und damit, dass er sehr früh am nächsten Tag zu einem Einsatz hatte abreisen müssen, war in eine Folge von Telefonaten gemündet, während der er mir vermutlich damit das Leben rettete, dass er die Polizei anrief wegen meiner Nachforschungen in einem weiteren Fall von Brandstiftung.

Tatsächlich hatte ich nicht bemerkt, dass einer meiner Kollegen bei der Zeitung, für die ich als Journalistin arbeitete, der Brandstifter war. Aber ihm war wohlbewusst gewesen, dass ich dabei war, ihm auf die Schliche zu kommen. Meinem Kriminalreporter-Kollege Niko Katzakis und meiner Freundin Linda, einer Polizeibeamtin in Filderlingen, war es gelungen, mich herauszuholen, bevor dieser Schurke ein Pferd verletzen und noch mehr Ställe beschädigen konnte. Und bevor er mich umbringen konnte.

Auch für meine Freundin Linda hatte die Geschichte mit einer Liebesbeziehung geendet. Mit einer, die erstmals länger als nur ein paar Wochen der Verrücktheiten dauerte, die auf den üblichen Herzschmerz ob gegenseitiger Unvereinbarkeiten hinausliefen. Diesmal mündete sie in eine Verlobung. Und ich war mit einer Beule von der Größe eines Eis an meiner Schläfe weggekommen – nicht gerade, wie ich Ozzie ein paar Tage später bei seinem ersten Besuch bei mir daheim hatte empfangen wollen.

Er hatte jedenfalls netterweise über mein mitgenommenes Gesicht hinweggesehen und es ihn nicht daran hindern lassen, mich auf die beglückendste Weise zu umwerben, die ich mir je hätte vorstellen können. Ich war diesem Kerl mit Haut und Haaren verfallen. Dank günstiger Flugpreise zwischen Stuttgart, dem Filderlingen am nächsten gelegenen Flughafen, und Stansted, dem, der Ozzies Zuhause in Ealingham-on-Ouse in Suffolk am nächsten gelegen war, hatten wir einander schon mehrfach besuchen können. Zwischendrein hatte es eine einmonatige Pause voll gegenseitiger Sehnsucht gegeben. Da hatte Ozzie mit einer Gruppe weiterer Flugzeugmechaniker irgendwo in Italien einen Einsatz gehabt. Aber wir hatten immerhin jeden Abend miteinander telefoniert. Es war zum täglichen Ritual geworden, wenn wir getrennt waren.

Als ich Ozzie zum ersten Mal besucht hatte, hatte ich mich sofort in sein Zuhause und seinen Lebensstil verliebt. Ozzie war auf dem englischen Stützpunkt RAF Mildenhall stationiert, der hauptsächlich von amerikanischen Streitkräften genutzt wurde. Mildenhall und Ealingham-on-Ouse waren wie alle anderen Ansiedlungen in der Gegend von den Fens umgeben, einer herben Landschaft aus eingedeichtem Weideland und Feldern, durchzogen von zahllosen Entwässerungsgräben, Wassergräben, Kanälen, Bächen, Schleusen und kleinen Flüssen. Auf den größeren Wasserstraßen reisten Kanalboote dem scheinbar endlosen Horizont entgegen; oder sie waren am Ufer an Pollern neben dem Treidelpfad festgemacht. Einsame Bauernhäuser sprenkelten das Weideland, und Kirchtürme ragten über gemütlichen Dörfern wie Ealingham auf. Es war eine wundervolle Landschaft für Spaziergänge und dafür, die Gedanken schweifen zu lassen.

Als ich Ozzie diesmal meinen Besuch angekündigt hatte, hatte er mir gesagt, er müsse ein paar Tage nach meinem Urlaubsbeginn zu einem Einsatz in Marokko. Ich war am Boden zerstört gewesen und willens, meine Reise zu verschieben. Doch Ozzie hatte mich gebeten, für ihn auf sein Haus aufzupassen. Tatsächlich hatte er es so verlockend klingen lassen, dass ich einfach nicht hatte nein sagen können.

Nach der Landung in Stansted gegen fünf Uhr nachmittags an einem trüben Donnerstag im November, war ich wie immer in den Bus nach Mildenhall gestiegen. Es war draußen schon dunkel, und die Dörfer und Kleinstädte, an denen wir vorüberfuhren, waren nur Lichterhaufen in der Ferne. Niemand redete viel; die Stille war erfüllt von der inneren Unruhe, Reiseziele erreichen zu wollen. Newmarket war eines der größeren, und die Hälfte der Leute stieg dort aus. Bald fegten wieder Schaufenster und Kneipenschilder vorbei, und die Dunkelheit umschloss uns erneut, als wir die Stadt auf unserer Weiterfahrt in den Norden verließen.

Kurz hinter Red Lodge klingelte mein Handy. Ozzies Nummer.

„Schatz", flüsterte ich, sodass sich niemand im Bus allzu sehr gestört fühlen würde.

„Emma, Liebes", tönte seine Stimme sanft kratzend an mein Ohr. „Du musst jetzt irgendwo in der Nähe von Barton Mills stecken."

Ich sah aus dem Fenster und erkannte die vertraute Gegend. „Stimmt tatsächlich."

„Prima. Hör zu, ich hol dich am Busbahnhof in Mildenhall ab, okay? Also ruf kein Taxi, falls ich noch nicht da sein sollte. Ich verlasse jetzt das Haus."

„Okay. Oh, Ozzie, mein Zauberer …"

Klick. Er hatte schon aufgelegt. Ich spürte, wie mein Herz höherschlug, weil I wusste, dass er mich früher als erwartet treffen würde. Ist je über die Relativität der Dauer von Minuten geforscht worden? Denn diese letzte Viertelstunde dehnte sich noch länger als die ganze bisherige Reise. Zumindest schien es so. Aber natürlich nahm der Bus bald die letzten Kurven durch die engen Straßen des malerischen Mildenhall und hielt neben dem Pavillon in der Mitte des Busbahnhofs.

Eine lange Umarmung und einen leckeren Kabeljau und Fritten bei *Mildenhall Fish & Chips* später fuhren Ozzie und ich an den langen Zäunen von RAF Mildenhall in seinem Pick-up Truck vorbei. Die Flutlichter des Luftwaffenstützpunktes verliehen dem Himmel da, wo wohl die Startbahn war, eine orange Färbung. Dann umgab uns die tiefe Dunkelheit der Fens. Irgendwo in der Ferne erspähte ich den Laternenturm der Kathedrale von Ely. Im Marschland auf der anderen Seite eines kleinen Flusses, dessen Namen ich nicht kannte, entdeckte ich ein offenes Feuer neben einem undeutlichen Gebäude und roch Rauch in der Luft.

„Campiert hier jemand um diese Jahreszeit?" fragte ich.

„Landfahrer", erwiderte Ozzie und warf einen kurzen Blick auf die Stelle, die ich ihm bedeutete.

„Landfahrer?!"

„Oder Roma."

Ich starrte Ozzie an, der geradeaus blickte und sich auf den Verkehr an einer Kreuzung konzentrierte.

„Gibt es da einen Unterschied?" fragte ich vorsichtig.

„Die Landfahrer haben irische Wurzeln. Die Roma sind ursprünglich indischer Abstammung. Das ist alles, was ich über ihre ethnische Zugehörigkeit weiß. Ehrlich gesagt, bin ich noch keinem persönlich begegnet."

„Ich wusste nicht, dass es hier in Großbritannien welche gibt."

„Es gibt sie. Einige sind vor ungefähr einem Monat in der Gegend von Ealingham aufgekreuzt. Winterquartiere anscheinend. Die meisten Leute mögen sie nicht. Sie misstrauen ihnen. Ich bin unlängst zufällig an einem ihrer Standorte vorbeigefahren. Sie haben mich angestarrt, als sei ich eine Bedrohung für sie. Und es liefen da ein paar große Hunde unangeleint herum. Mir war wirklich nicht wohl dort. Seitdem bin ich diese Straße nicht mehr gefahren. Ich hatte das Gefühl, als dringe ich in eine andere Welt ein."

„Hm. Vielleicht *waren* sie nervös, weil ihnen so viel Misstrauen begegnet …"

„Möglich. Ich gehe bestimmt nicht dahin zurück und frage nach."

„Wenn es niemanden interessiert, wie sie ticken, wie können wir dann solche Vorurteile überwinden? Denn ich bin mir sicher, dass sie das sind. Vorurteile."

„Fang erst gar nicht damit an, Liebes. Vergiss nicht, dass ist nicht dein journalistisches Territorium."

„Stimmt. Aber ein bisschen Nachforschen …"

„Bitte …"

„Okay." Ich verstummte und starrte in die Dunkelheit, wo diese geheimnisvollen Menschen ein Dasein fristeten, über das so wenig bekannt war.

Dann fuhren wir in Ealingham auf seiner malerischen Main Street ein. Ozzie bog auf eine der ersten Seitenstraßen rechts ein und fuhr Richtung Ouse-Deich. Ozzies Backstein-Bungalow aus den 70ern an einer parallel dazu verlaufenden Straße hatte nicht einmal eine Hausnummer, sondern trug den Namen *The Heron*, Reiher. Wahrscheinlich, weil irgendwann einmal einer dieser Vögel regelmäßig zu Besuch gekommen war. So nah bei den Marschen und dem Fluss war das durchaus möglich. Der Vorgarten des Grundstücks bestand nur aus einem handtuchgroßen Rasen und einem Parkplatz für seinen Ford. Der ausgedehnte hintere Garten grenzte an drei weitere genauso große Gärten. Obwohl also in fußläufiger Nähe zum Dorfkern, war das ganze Grundstück still und abgeschieden, besonders außerhalb der Grillsaison im Spätherbst und Winter, wenn die anderen rückwärtigen Gärten genauso verlassen lagen.

Als ich in Ozzies Zuhause ankam, kam es mir vor, als füge sich etwas in mir zusammen, sobald ich über die Schwelle trat. So wie beim allerersten Mal. Vielleicht war es der eigentümliche Geruch des Hauses. Ozzie behauptete, meine Nase nehme einfach bloß Schimmel wahr. Alles in den Fens war in dauerhaft feuchtem Zustand. Mildenhall hatte sogar den Spitznamen „Moldy Hole", Schimmelloch. Für mich war es schlicht der Geruch von Zuhause-Sein – falls es denn solch einen individuellen Duft gab.

Ich brachte mein Gepäck glücklich unter. Einige meiner persönlichen Sachen hatten bereits ein permanentes Zuhause in einem der Schränke und in Ozzies Badezimmer gefunden. Inzwischen zündete Ozzie ein paar Scheite im Kamin an, und bald kauerten wir vor den flackernden Flammen und ließen sie unsere Vorderseite rösten. Meine Gedanken wanderten zu den Landfahrern in der Marsch. Waren sie so glücklich und sorgenfrei, wie ich mich in diesem Moment fühlte? Ich erschauerte bei dem Gedanken, wie ungeschützt gegen die Außenwelt ihr Feuer gewirkt hatte. Wie verletzlich verglichen mit unseren gemütlichen und sicheren Häusern!

Wir hatten den ganzen Freitag und das Wochenende für uns und spazierten in der Gegend herum, mal in Mildenhall am Fluss Lark entlang, mal in Ealingham auf dem Treidelpfad entlang der Ouse hinter dem Deich. Am Samstagabend nach unserer Rückkehr von jener scheinbar endlosen Führung durch Balmer Hall gingen wir ins *Bird in the Bush*, ein Pub an Ealinghams Main Street mit einem Biergarten auf der Rückseite, der an Sommerabenden brechend voll war, während er im Winter nur von Rauchern genutzt wurde. Der Schankraum war gut besucht, als wir ankamen, und Ozzie fand einen winzigen Tisch neben einem Eichenpfeiler in der Nähe der Bar für uns. Kein besonders privater Ort bei all den Leuten, die sich an der Theke drängten, um laut zu ordern. Aber besser als nichts.

Es war die übliche Mischung von Wochenendgästen. Ein paar amerikanische Flieger, die sich zumeist für sich hielten. Einige ältere Paare, die nach einem frühen Abendessen bald wieder gehen würden. Und mehr und mehr junge Einheimische, die hereinströmten, um Billiard oder Darts zu spielen und sich zu betrinken. Ozzie und ich blickten gemeinsam auf die Speisekarte, und nachdem wir unser Essen gewählt hatten, ging Ozzie an die Bar, bestellte und kehrte mit einem Glas Bier für sich und einem Glas Cider für mich zurück.

„Ich wünschte, die Speisekarten wären so wie früher", grummelte Ozzie. „Seit diese Großbrauerei den Laden gekauft und in einen von vielen verwandelt hat, ist es dasselbe Essen wie überall."

„Aber sie haben wechselnde Tagesgerichte", betonte ich.

„Richtig. Vermutlich dieselben wie in jedem anderen Brauerei-Pub dieser Kette auch. Es ist einfach nicht mehr das inhabergeführte Lokal, das es mal war."

„Tja, die Dinge verändern sich mit der Zeit. Eines Tages wandeln sie sich vielleicht wieder zurück."

„Kaum. Dinge verändern sich normalerweise vorwärts und selten zum Besseren."

„Hast du heute Abend schlechte Laune?!"

Ozzie schenkte mir ein schiefes Lächeln. „Möglich. Ich verlasse dich nur ungern und weiß, dass du in diesem Dorf für den Rest deines Aufenthalts allein sein wirst."

„Ich werde dich auch vermissen", würgte ich hervor.

„Aber es ist nun mal, wie es ist, stimmt's? Und es gibt nette Dinge zu unternehmen. Es gibt Markttage. Und mittwochs findet hier Karaoke statt. Und du lässt dein Auto hier – somit sind meine Möglichkeiten nahezu unbegrenzt."

Hier erschien eine der Bardamen an unserem Tisch und stellte zwei gut gefüllte Teller vor uns hin. Einen Augenblick später widmeten Ozzie und ich uns unserem Essen. Während ich kaute und mein Hähnchen-Curry mit Reis genoss, fiel mir aus dem Augenwinkel eine Unruhe an der Bar auf. Ich wandte den Kopf.

Ich entdeckte eine junge Frau mit leicht mediterranem Aussehen, die hektisch auf den Gastwirt einredete und ihm dann einen Briefumschlag gab. Sie sah sich um, als würde sie verfolgt. Einen Moment lang trafen sich unsere Blicke. Dann drehte sie sich um, wobei ihr farbenfrohes Tuch, das sie wohl gegen die Kälte draußen trug, von ihrem glänzendschwarzen Haar herunterglitt. Einer der amerikanischen Jungs an einem Tisch griff nach ihr, erhaschte ihr Tuch und hielt es fest, während er mit breitem Grinsen etwas zu ihr sagte. Sie riss sich los, Verachtung in der Miene, und stürmte hinaus. Der Amerikaner wurde von seinen Kumpels verspottet, und einen Moment lang übertönte ihr Gelächter den allgemeinen Lärm im Raum.

Der Wirt hatte inzwischen den Umschlag genommen, den Raum abgesucht und war dann ans Telefon gegangen. Er wählte, sprach mit jemandem und legte auf. Dann legte er den Umschlag unter das Telefon und ging zurück an die Arbeit. Eine halbe Stunde später – wir hatten gerade unsere Mahlzeit beendet – schlenderte ein eleganter junger Mann aus offensichtlich großbürgerlichen Verhältnissen an die Bar, bestellte sich ein Getränk und erhielt vom Wirt eben jenen Umschlag. Er trank nur einen Schluck aus seinem Glas. Dann verließ er das Pub.

„Hast du das alles gesehen?" fragte ich Ozzie.

„Was?"

„Die schöne junge Frau, die von dem G.I. angemacht wurde. Und den jungen Mann, der gerade hereingekommen und fast sofort wieder gegangen ist."

„Vielleicht hat er jemanden gesucht, der nicht da war."

„Oh, aber er hat ein Getränk bestellt, das er nicht mal getrunken hat. Und er ist mit einem Umschlag weggegangen, den die junge Frau vorhin an der Bar gelassen hat."

„Emma!" Ich hörte an Ozzies Stimme, dass in ihm die Warnlichter ansprangen.

„Ich sag ja nur", beruhigte ich ihn. „Scheint so, als sei der Wirt ein toter Dingenskirchen. Nur, dass er sehr lebendig ist."

„Der Begriff ist toter Briefkasten. Aber du meinst einen Mittelsmann."

„Genau!"

„Was also, wenn der Wirt den jungen Leuten bloß einen Gefallen erwiesen hat?"

„Ja, aber das Mädchen sah aus, als verstecke es sich vor jemandem. Und der Mann sah sich um, als sei auch er angespannt. Und grabscht dieser G.I. nach jeder Frau oder nur nach ihr, weil sie so anders als alle anderen hier zu sein schien?"

„Ich weiß nicht mal, von welcher Frau du redest. Was meinen Landsmann angeht – manche benehmen sich einfach blöd, wenn sie zu viel getrunken haben. Und viele Mädchen mögen ihre kokette Art." Er wackelte mit den Augenbrauen.

„Toll", stöhnte ich. „Es war einfach nur rüpelhaft. Und sie schien auch ziemlich verärgert darüber. Als ob sie ihn nicht mochte und einfach nur hier raus wollte."

„Könnte es sein, dass du dir etwas einbildest?"

„Was, wenn ich so eine Ahnung hätte?"

„Emma, ich mag es nicht, wenn du Ahnungen hast."

„Weil sie gewöhnlich zutreffen?"

„Weil sie dich gewöhnlich in Schwierigkeiten bringen."

„Das ist nicht fair."

„Bitte, vergiss es einfach."

Danach sprachen wir über Ozzies Einsatz. Und ich steckte meine Beobachtungen erst einmal weg. Die Zeit mit dem Mann, den ich liebte, war zu kostbar, um sie auf etwas zu verschwenden, was am Ende vielleicht belanglos war.

Ozzie fing am Sonntagabend an zu packen. Ich hasste den Gedanken an einen neuerlichen Abschied. Das war der schwerste Teil unserer Fernbeziehung. Die ständigen Extreme überschwänglicher Wiedersehen und herzzerreißender Trennungen. Hinzu kam die Unsicherheit, wann und wo unser nächster Besuch stattfinden würde. Ich war mir manchmal nicht sicher, ob mein Leben häufiger glücklich oder unglücklich war. Aber ich entschied, es müsse wohl glücklich sein, da ich mir ein Leben ohne Ozzie auch nicht mehr vorstellen konnte.

Am nächsten Morgen verabschiedeten wir uns an der Haustür. Einer von Ozzies Kollegen wartete schon auf dem Randstreifen in seinem Auto. Ich war in Tränen aufgelöst, und Ozzie küsste mich fest, aber zärtlich. Dann nahm er mich bei den Schultern, schob mich sanft von sich und sah mir in die Augen.

„Ich weiß, dass du gern lange Spaziergänge unternimmst. Aber ich weiß nicht, ob es für eine Frau sicher ist, allein auf dem Land spazieren zu gehen. Versprich mir, dass du dir den Hund meines Nachbarn Henry als Begleiter ausleihst. Ich habe schon mit ihm darüber gesprochen. Er ist ein bisschen schwer zu verstehen wegen seines Dialekts und ein paar fehlender Zähne.

Aber er ist einverstanden. Geh also einfach hin, und frag ihn nach Rocky. Versprochen?"

Ich nickte unter Tränen. Dann warf ich mich noch einmal an seine Brust, bevor er mich von sich lösen musste.

„Ich muss jetzt gehen", sagte er mit rauer Stimme. „Ich sehe dich bald wieder. Bis dann." Er küsste mich auf die Stirn und ging zu dem Wagen hinüber, der ihn mir fortnahm.

Ich blieb allein in Ozzies Haus zurück, eine Fremde in einem kleinen Dorf mitten in den Fens.

2

„Rate, wo ich bin!"

Die Stimme meiner Freundin Linda sprudelte durch den Hörer, und ich musste ihn von meinem Ohr weghalten, weil sie so früh am Morgen ein bisschen zu laut für mich war.

„Warum sagst du's mir nicht einfach?" neckte ich sie zurück und tauchte einen Teebeutel in meinen Becher. Ich begann gerade erst mein Frühstück, nachdem ich lang ausgeschlafen hatte.

„Kannst du dich in ein Taxi setzen und rüber nach Newmarket kommen?"

Du bist wo?!" Ich verschluckte mich fast an einem Bissen Toast.

Der überraschende Anruf kam nur zwei Tage nach Ozzies Abreise. Es war wie ein Geschenk des Himmels, da ich angefangen hatte, mich einsam und ein bisschen niedergedrückt zu fühlen. Das Haus mit seiner großen Küche, dem riesigen Wohn- und Esszimmer, zwei großen Schlafzimmern und dem rückwärtigen Wintergarten fühlte sich ohne Ozzie seltsam leer an. Nicht, dass ich es nicht gewohnt war, allein in seinem Zuhause zu sein. Wenn ich ihn früher besucht hatte, hatte Ozzie auf dem Stützpunkt meist Spätschicht gehabt. Was bedeutete, dass ich mich den ganzen Nachmittag und frühen Abend allein unterhalten musste. Aber er war quasi um die Ecke und würde am Ende des Tages heimkommen. Jetzt war er auf einem Einsatz in Nordafrika, und ich erwartete nicht mehr als allabendlich einen Anruf von ihm.

Ich hatte meine täglichen Spaziergänge mit Rocky aufgenommen, einem prächtigen schwarzen Labrador, der ganz verspielt und neugierig war. Sein Besitzer, Henry Herbert, Ozzies Nachbar, war ein scheuer ältlicher Mann mit viel grauem Haar und viel fehlenden Zähnen. Nach ein paar fruchtlosen Versuchen, mit mir in seinem breiten Suffolk-Akzent zu reden, hatte er meine Fähigkeit, ihn zu verstehen, abgeschrieben und übergab mir einfach Rocky, der bereits angeleint war. Ansonsten gab es für mich nicht viel mehr zu tun als zu lesen, zu stricken, zu sticken oder fernzusehen. Lindas plötzliche Anwesenheit so gut wie in der Nachbarschaft war mehr als willkommen.

„Ich habe vor, im *White Hart* Brunch oder Mittagessen zu essen", sagte Linda zu mir. „Ich habe in ein paar Stallungen Pferde angeschaut. Steffen will, dass ich mir eines als mein Hochzeitsgeschenk aussuche."

„Und Newmarket war der nächstgelegene Ort, an den du denken konntest?!"

„Auch, um eine gewisse, seit neustem äußerst schwer greifbare Freundin zu besuchen."

Ich lachte. „Du bist verrückt!"

„Es war Steffens Idee."

„Dann ist *er* verrückt. Aber sag ihm, dass ich ihn für diese Idee liebe."

„Mach ich. Kommst du also? Ich muss den Zwei-Uhr-Bus zurück nach Stansted nehmen."

Eine halbe Stunde später saß ich in einem Taxi auf dem Weg nach Newmarket. Mir war der britische Linksverkehr immer noch nicht ganz geheuer. Ozzie meisterte ihn; aber ich hatte es noch nicht damit versucht und würde es auch nicht so schnell tun. Ich wollte nicht riskieren, Ozzies Pick-up Truck zu beschädigen. Obwohl ich wusste, dass der Tag früher oder später kommen würde, dass ich es versuchen würde. Den Transporter zu fahren, nicht, ihn zu beschädigen.

Der Taxifahrer war ein gesprächiger Typ, der, sobald er erfuhr, dass ich aus Deutschland kam, von seiner letzten Reise dorthin erzählte, wo er irgendwo ein Fußballspiel gesehen hatte. Während die Landschaft von den Fens zu landwirtschaftlicheren Gegenden und schließlich zu Pferdekoppeln wechselte, sprachen wir über Fußballspieler und Biermarken sowie Erinnerungen an die letzte Weltmeisterschaft. Das heißt, *er* tat das. Ich musste nur ein gelegentliches „M-hm" einwerfen, um meine Seite der Unterhaltung aufrechtzuerhalten.

Schließlich erreichten wir den Rand von Newmarket und fuhren die High Street hinunter, um genau vor meinem Treffpunkt mit Linda anzuhalten. Während ich mich aus dem Taxi zwängte, entdeckte ich sie durch das Fenster des Hotel-Restaurants und winkte ihr zu. Ein paar Augenblicke später war ich drinnen und an ihrem Tisch. Wir umarmten einander. Sie strahlte und sah attraktiver aus als je. Das Leben als Verlobte des Reitstallbesitzers

Steffen Mann schien ihr sehr gut zu bekommen. Ihr brünettes Haar trug sie in einem ordentlichen Pferdeschwanz, ihre kurvige, langgliedrige Figur hatte sie in eine rustikale Bluse, Jeans und Stiefel gekleidet – die perfekte Modepuppe als künftige Frau eines Reitstallbesitzers. Aber vor allem strahlten ihre Augen vor Glück, und ihre Wangen waren leicht gerötet. Ich kam mir fast altmodisch in meinen unscheinbaren Jeans, meinem Zopfstrickpullover und meiner wilden rotblonden Mähne vor.

„Was geht ab?" fragte sie. „Und ist es mir gelungen, dich zu überraschen? Und wie geht's Ozzie?"

„Eins nach dem anderen", lachte ich. Dann erzählte ich ihr von Ozzies Einsatz und wie viel mir ihr Überraschungsbesuch bedeutete.

„Dann führst du also den Hund deines Nachbarn Gassi?"

„Nun, ich schätze, es passt uns allen dreien", gab ich zu. „Es bedeutet, dass Mr. Herbert nicht in diesem hässlichen Novemberwetter hinaus muss. Ich genieße die Gesellschaft eines Lebewesens, das mich mit vollem Einsatz mit seiner Ausgelassenheit zum Lachen bringt und das mich an meiner täglichen Bewegungs-Routine festhalten lässt. Und Ozzie weiß mich in Sicherheit. Das heißt, so sicher, wie einen die Begleitung eines Hundes so macht."

„Sicher wovor? Du lebst immerhin auf dem Land. Das sollte doch eigentlich ganz ruhig und friedlich sein."

„Was sagst du mir da?!" seufzte ich. „Ich denke, dieser Tage herrscht nur so ein allgemeines Unbehagen hier in der

Gegend. Jedenfalls verhält sich Ozzie immer sehr beschützerisch mir gegenüber. Und er möchte nicht, dass ich in irgendwelche Schwierigkeiten gerate."

Lindas Augenwinkel kräuselten sich fröhlich. „Tja, du und Schwierigkeiten, ihr scheint wirklich eine besondere Beziehung zu haben."

„Oh, komm schon! Nicht fair. Nur wegen dieses einen Falls …"

„Okay." Sie hob geschlagen die Hände. „Jedenfalls kommt mir Ozzie nicht vor wie jemand, der überängstlich wäre."

Ich zuckte die Schultern. „Sehe ich auch so. Aber andererseits weiß ich nicht, was für beunruhigende Geschichten er gehört haben mag. Jedenfalls gehe ich mit dem putzigsten verspielten Hund Gassi, den du dir nur vorstellen kannst."

Unser Essen kam – ein volles englisches Frühstück für Linda, heißer Bückling für mich –, und wir schmausten vor uns hin und sprachen über Lindas Pferdebeschau hier in Newmarket. Und dann über ihre Hochzeit, die im nächsten Frühjahr stattfinden sollte.

„Ich stelle mir vor, dass du stilvoll eintriffst. Eine Kutsche mit Kutscher in Livree", scherzte ich.

„Ich bin mir ziemlich sicher, dass es so kommen wird", stimmte mir Linda zu. Dann fuhr sie fort, davon zu erzählen, wie sie ihr Brautkleid aussuchen und ihre Hochzeitseinladungen gestalten wolle. Sie klang so selig, dass ich ein bisschen neidisch wurde. Ich wünschte, dass Ozzie und ich über ähnliche

Zukunftspläne reden würden. Aber wir sahen einander dafür zu selten. Und obwohl ich spürte, dass wir einander perfekt ergänzten, war ich mir nicht sicher, ob das für Ozzie auch Grund genug wäre, übers Heiraten nachzudenken.

Ich war ziemlich nachdenklich, als wir das Restaurant nach dem Brunch verließen.

„Du bist still geworden", bemerkte Linda und musterte mich von der Seite.

Ich zuckte die Achseln. „Bloß ein bisschen nachdenklich", gab ich zu. „Ich weiß nicht, worauf Ozzies und meine Beziehung hinausläuft."

„Na, dann solltest du mit ihm darüber reden."

„Klar. Ganz toll. Aber per Telefon wäre das einfach nicht richtig. Und wenn wir selten und kurz genug zusammen sind, scheint die Zeit für ernsthafte Diskussionen immer zu kurz. Es ist ohnehin noch viel zu früh dazu."

Linda gab einen unverbindlichen Laut von sich. Dann lief sie auf die Schaufenster eines Brautgeschäfts zu, an dem wir zufällig gerade vorbeikamen.

„Nun schau dir das mal an!" rief sie aus.

Ich blickte auf zwei Kleider, die unterschiedlicher nicht hätten sein können. Das eine war nur knielang und sehr puristisch. Das andere sah aus, als käme es aus einer Zuckerwatte-Maschine, total fluffig, Volant-besetzt, mit weitem Rock, glitzernd – ein Kleinmädchen-Traum von einem Prinzessinnenkleid.

„Ähm", murmelte ich nur. „Wir wissen ja alle, dass Geschmäcker verschieden sind ..."

Linda lachte. „Wie wahr. Ich frage mich nur, wer so ein Design kaufen würde."

„Sehr junge Mädchen mit einem Herzen voller Romantik und Träume, ihren Märchenprinzen zu heiraten", wagte ich mich vor. „Lass uns gehen. Ich bin mir sicher, dein Kleid wird total anders als diese hier aussehen. Sag mal – ist Steffen in all deine Pläne voll eingeweiht, oder wirst du ihn überraschen?"

Während Linda glücklich über ihren Hochzeits-Look, Catering-Pläne und den Veranstaltungsort plauderte, den sie auf Schloss Solitude, einem ehemaligen Jagdschloss mit Blick auf Stuttgart, gebucht hatten, genoss ich einfach, meine beste Freundin bei mir zu haben, und fragte mich, was mein bester Freund in diesem Augenblick wohl in Marokko tat. Ein Überlandbus röhrte vorbei und erinnerte mich an Lindas limitiertes Zeitfenster in Newmarket. Ich seufzte innerlich, zerrissen zwischen dem augenblicklichen Glück und der Tristesse, zu der ich in ein paar Stunden zurückkehren würde.

„Hey!" platzte Lindas Stimme plötzlich in meine Nachdenklichkeit hinein. „Sieh mal! Was *ist* das?!"

Sie deutete auf einen hölzernen Wagen, der in einer Seitenstraße parkte. Sein Dach war gewölbt, seine Seiten waren bunt bemalt im Stil alter Zirkusplakate. Er warb für „Miss Lolas Handlesekunst, Kristallkugel-Vorhersagen und Tarot". Neben der

Tür auf seiner Rückseite hing auch eine Preisliste. Alles in allem sah er aus wie ein Stück aus weiter Vergangenheit.

„Roma, vermute ich", murmelte ich.

„Was? Ich wusste nicht, dass es überhaupt welche in Großbritannien gibt."

„Ich bis vor kurzem auch nicht. Einige haben ihr Winterquartier in der Nähe von Ealingham. Wahrsagen ist eine ihrer traditionellen Einkommensquellen, vermute ich."

„Oh Mensch! Was für ein Spaß. Das will ich ausprobieren. Können wir das bitte ausprobieren? Bitte? Ich möchte wissen, wie dicht an die Wahrheit die rankommen können."

„Ähm, mir liegt nicht sehr viel an Wahrsagerei", lehnte ich ab.

„Ach, komm schon! Es wird bestimmt nicht wehtun!"

„Aber auch nicht viel nützen", gab ich zurück. „Vielleicht ziehe ich ja Überraschungen vor."

„Ich will reingehen. Auf jeden Fall." Linda versuchte, meinen Widerstand mit den Augen zu brechen. Sie sah aus wie ein kleines Mädchen, das verzweifelt seinen Willen durchsetzen will. Ich musste lachen.

„Na denn, nur zu. Ich warte draußen." Ich zeigte auf eine Bank an der High Street. „Nimm dir alle Zeit, die du brauchst. Und nimm die Vorhersagen mit einer Prise Salz."

Linda grinste. „Oh, es ist nur ein Spiel für mich. Keine Sorge."

Ich sah, wie sie sich umdrehte und auf den Wagen zuging. Sie zögerte ein wenig, bevor sie den Fuß auf die unterste Stufe setzte. Vielleicht hatte sie doch Hosenflattern? Dann klopfte sie an die türkisfarbene Tür mit der roten Beschriftung und den vergoldeten Ornamenten. Einen Augenblick später öffnete sich die Tür, und eine Frau mittleren Alters in Roma-Tracht erschien in der Öffnung. Ich stand zu weit weg, um zu hören, welche Worte sie miteinander wechselten. Aber ich sah die Roma einen Moment lang das Gesicht heben, als habe sie gespürt, dass ich sie beobachtete. Sie sagte etwas zu Linda, die den Kopf wandte und eine abwehrende Geste machte. Es war mir leicht peinlich, so offen gegafft zu haben, und ich ging zu der Bank, die ich Linda gezeigt hatte. Ich setzte mich, musste aber noch einmal zurückblicken, nur um zu sehen, wie sich die Wagentür hinter Linda und der Roma-Frau schloss.

Ich erschauerte leise. Ich war nie abergläubisch gewesen, aber ich glaubte auch an Dinge zwischen Himmel und Erde, die wir nicht ergründen können. Hatte ich Angst, dass jemand aus irgendwelchen Gründen Einblick in meine Zukunft haben könnte? War mir mehr vor ihrer Kenntnis Angst oder davor, was mich erwarten könnte? Was machte mich so misstrauisch gegen eine Roma in einer Klischee-Tracht mit einem Klischee-Beruf in einem kleinen Klischee-Wagen?

Ich saß da und grübelte. Ich achtete nicht auf das, was um mich vorging oder wer an mir vorüberging. Ich sah nicht einmal auf meine Uhr. Aber ich erschrak fast zu Tode, als direkt neben mir eine sanfte, englische Stimme sprach.

„Bevor du für immer in eine andere Welt reist, nimm dich vor Kugeln in Acht!"

Mein Kopf flog herum, und ich starrte direkt in die Augen der Roma-Frau. Sie war seltsam schön auf eine leicht verwelkende Weise; ihre dunkelgrünen Augen bohrten sich in meine, und ihre Miene war verwirrend intensiv. Ihre Armreifen klirrten, als sie über meinem Kopf wie zum Segen ein Kreuz schlug. Dann machte sie kehrt. Ihr weiter, langer Rock peitschte um ihre nackten Knöchel, die Fransen ihres bunten Schultertuchs flogen.

„Was?"

Doch sie wiederholte ihre Worte nicht. Sie ging zu ihrem Wagen und verschwand hinter der türkisen Tür. Linda stand am Fuß der hölzernen Stufen und blickte benommen. Ich erhob mich langsam und ging auf sie zu.

„Was war *das*?! Hast du das gerade gehört?"

Linda schüttelte den Kopf, als erwache sie aus einem Traum. „Ich kann nicht glauben, was für Sachen sie über mich wusste."

Mir wurde klar, dass meine Freundin viel zu sehr mit ihrem eigenen Erlebnis beschäftigt war, als dass sie dem Aufmerksamkeit geschenkt hätte, was zwischen der Roma und mir vorgegangen war.

„Wie war's?" fragte ich.

„Sie wusste einfach alles. Dass ich Polizistin bin. Dass hier bin, um mein Hochzeitsgeschenk zu besorgen. Dass meine Hochzeit im Frühjahr sein wird. Sie wusste von dem Pech, das ich bis vor kurzem in der Liebe gehabt habe. Sie sagte, mein Weg werde lang und gerade, aber nicht immer einfach sein."

„Klar", spottete ich. „Das trifft vermutlich auf jeden gesetzestreuen Bürger zu."

Linda verlor nun ihren verträumten Blick und sah mich beinahe empört an. „Du solltest das nicht so auf die leichte Schulter nehmen. Es war viel Wahres an dem, was sie gesagt hat."

„Was offenbar wenig genug war. Ich hoffe, es hat dich kein Vermögen gekostet."

„Sie hat mich gefragt, ob du meine Freundin seist, noch bevor wir in den Wagen gingen."

„Naja, das war leicht zu erraten, oder? Sie hat uns vermutlich unsere Visite bei ihr diskutieren sehen, bevor du an ihre Tür geklopft hast."

„Nun, sie sagte, sie habe eine besondere Botschaft für dich."

„Ich hoffe, sie hat dich dafür nicht auch noch bezahlen lassen."

„Nein, hat sie nicht. Aber stimmt – sie war zuerst ein bisschen zerstreut und hat sich erst zusammengenommen, als ich ihre Hand mit Silber gekreuzt habe. Und nachdem sie mir zu Ende gewahrsagt hat, ist sie einfach aufgestanden und weggegangen. Hat sie was zu dir gesagt?"

„Nichts Wichtiges", wich ich aus.

Aber für den Rest von Lindas Besuch bei mir kehrten meine Gedanken zu der seltsamen Warnung zurück, die die Roma geäußert hatte, und zu ihren Implikationen. Als ich zu dem Wagen zurückging, nachdem ich Linda an ihrem Bus zum Flughafen verabschiedet hatte, war die türkise Tür mit einem Vorhängeschloss gesichert, und die Preisliste daneben war verschwunden. Das Gefährt war verlassen. Ich war mir nicht sicher, ob ich mir erhofft hatte, der Wahrsagerin erneut zu begegnen, um sie noch einmal zu fragen, was sie mit ihren Worten gemeint hatte. Oder ob ich froh war, dass sie geschäftlich nicht mehr erreichbar war, denn nun konnte ich ihre merkwürdige Botschaft einfach innerlich entsorgen.

3

Rocky rannte mir weit voraus, wie er es immer auf unseren Spaziergängen entlang der Ouse zu tun pflegte, wenn ich ihn von der Leine ließ. Doch an diesem leicht nieseligen grauen Nachmittag einen Tag nach Lindas Besuch in Newmarket schien dieser verspielte schwarze Labrador neugieriger denn je. Er hielt an scheinbar jeder Bank und jedem Poller am Treidelpfad inne, schnüffelte daran, umkreiste sie, raste zurück zu mir und rannte wieder davon. Es war als habe er eine unsinnige Menge Extra-Energie zusätzlich zu seinem ohnehin hohen Maß daran. Mir war nur heute nicht danach. Ich kuschelte mich in Mantel und Schal, zog meine Wollmütze etwas tiefer in die Stirn und blies in meine kalten Hände, da ich vergessen hatte, meine Handschuhe mitzunehmen.

Wie üblich war ich an diesem Nachmittag von Ozzies rotem Backstein-Bungalow am Dorfrand losgezogen, hatte Rocky nebenan abgeholt, war mit ihm durch das Deichtor gegangen und war auf den Treidelpfad an der Ouse eingebogen. Wir waren erst ein paar Minuten dort, und ich überlegte, was ich nach dem Spaziergang tun könne, als meine Gedanken plötzlich von dem scharfen Knall eines Schusses unterbrochen wurde. Ich sah mich um, konnte aber niemanden erblicken. Ich wusste, dass es Jagdsaison war. Aber ein Schuss so nahe beim Dorf war etwas ziemlich Ungewöhnliches. Vor allem ein einzelner. Normalerweise wusste man, dass eine Jagd abgehalten wurde, wenn man mehrere Schüsse hörte und sie von einem der weiter entfernten Güter kamen. Es lag also nahe, dass es sich um gar keine Jagd handelte. Aber vielleicht war es ja auch gar kein Schuss gewesen. Nur ein Geräusch, das so klang.

Rocky, der mir weit vorauslief, hatte ebenfalls abrupt angehalten und sah zu mir zurück. War auch er erschrocken? Aber vielleicht bildete ich mir das nur ein. Der Fluss und somit der Treidelpfad bogen sich hinter dem Deich aus dem Blickfeld. Rocky stand schwanzwedelnd da und wollte sich vermutlich nur vergewissern, dass ich ihm folge, bevor er weiterging.

„Es ist in Ordnung", rief ich ihm zu. Dann murmelte ich vor mich hin: „Vermutlich nur die Fehlzündung eines Automotors."

Tatsächlich hörte ich wenige Augenblicke später das tiefe Rumpeln eines auf der anderen Seite des Deichs vorbeifahrenden Fahrzeugs. Rocky trottete weiter und verschwand hinter der Biegung. Auch ich setzte meinen Weg fort und blickte auf das langsame, trübe Flusswasser und die graugelben Marschen auf der anderen Seite. Ich war in Gedanken versunken, als Rocky mit blutiger Nase jaulend und winselnd zu mir zurückstürmte.

„Oh mein Gott, Rocky!" schrie ich auf. „Bist du verletzt?"

Er sprang an mir hoch und rannte dann wild im Kreis um mich herum. Er verängstigte mich total mit seinem absonderlichen Verhalten und seinem blutverschmierten Gesicht. Ich bückte mich, und es gelang mir, sein Halsband zu erhaschen, um ihn mir näher zu betrachten. Aber da war keine Wunde an seiner Schnauze. Und auch sein Maul zeigte keine Spur von Blut.

„Wo hast du dich blutig gemacht, Junge? Hast du einen Hasen aufgespürt und getötet?" fragte ich natürlich mehr mich selbst als ihn, während ich ihn wieder an die Leine nahm. „Hat dich das so aufgeregt? Sind es deine natürlichen Jagdinstinkte?!"

Ich schlenderte mit ihm weiter, aber irgendwann weigerte sich Rocky weiterzugehen und ließ sich einfach auf seine Hinterbacken fallen. Ich zerrte an der Leine, aber er rührte sich nicht. Stattdessen winselte er erneut, starrte auf eine Stelle im hohen Gras am Flussufer und bellte.

Nun war Rocky von Natur aus kein Beller. Und das machte mich misstrauisch. Ich folgte seinem Blick und schnappte dann nach Luft. Ich begann zu zittern. War das eine Schuhsohle, die ich zwischen den dichten, hohen Halmen erspähte?

So schnell ich konnte, wand ich Rockys Leine um einen der Poller in der Nähe. Dann ging ich auf die Stelle zu. Sobald ich sie erreicht hatte, musste ich würgen. Denn es war nicht nur ein Schuh. Der Körper eines jungen Mannes gehörte dazu; er lag im Gras, schlaff und leblos. Er trug Blue Jeans und eine in Grau-Nuancen karierte Wolljacke; ein passender grauer Schal war lose um seinen Hals geschlungen. Das Tuch, das seine rechte Hand umklammerte, stach mit seinen kräftigen Farben und folkloristischem Muster umso mehr hervor. Ein einzelner Blutfaden rann aus einem deutlichen Loch in der Stirn über das gebräunte Gesicht und verschwand in seinem zerzausten schwarzen Haar. Hinter dem Kopf war eine schwer zu beschreibende Masse, von der ich nicht einmal wissen wollte, was es war. Ich würgte noch heftiger und trat einen Schritt zurück, wobei ich fast über einen anderen Poller stolperte.

Ich drehte mich um und rannte auf Rocky zu, der wieder bellte und an seiner Leine zerrte. Aus irgendeinem Grund fühlte ich mich sicherer, als ich ihn erreicht hatte. Ich setzte mich auf den aufgesprungenen nassen Asphalt des Treidelpfads. Ich hörte jemanden trocken immer wieder „Oh mein Gott, oh mein Gott" schluchzen, bis ich nach einer Weile merkte, dass ich das selbst war.

Erst dann begann ich, in meiner Manteltasche nach meinem Handy zu kramen. Das Seidenfutter schien es eng zu umarmen, während meine Versuche, es ihm zu entwinden, mit einem Riss im Stoff endeten. Klapp es auf! Was war die Notrufnummer in England? Oh Gott, was …? 999 wählten meine zittrigen Finger. Nach einem einzigen Klingeln wurde mein Anruf entgegengenommen. Ich zitterte inzwischen so heftig, dass ich fast mein Handy fallen ließ.

„Hi, ich glaube, ich habe gerade eine Leiche gefunden", hyperventilierte ich. Dann holte ich tief Luft. Ich wusste es besser, als damit herauszuplatzen, was mir als erstes durch den Kopf ging. „Hier ist Emma Schwarz. Ja, das ist ein deutscher Nachname." Ich begann ihn zu buchstabieren und beschrieb dann, wo ich die Leiche gefunden hatte. Später erinnerte ich mich nicht einmal, was ich dem Disponenten noch berichtete, der die Ruhe selbst war und mir dann sagte, ich solle genau da bleiben, wo ich sei, und die Stelle nicht anrühren. Sie würden sofort jemanden schicken. Dann legte er auf. Ich beugte mich vor und übergab mich fast. Ein paar Minuten später hörte ich Martinshörner aus dem Dorf Ealingham nahen.

Kurz darauf kamen Stimmen von jenseits der Kurve näher, und dann schritten zwei Polizisten sehr schnell auf mich zu.

„Sind Sie Emma Swart, die Person, die die Leiche gemeldet hat?" fragte der eine. Er war drahtig und sehr jung, wahrscheinlich so frisch von der Polizeiakademie oder wie sie das hier nannten, wie der andere nahe an seiner Pensionierung schien.

„Schwarz", korrigierte ich ihn. „Ja." Dann deutete ich auf die Stelle, wo der Leichnam lag. „Er ist da drüben." Ich presste meine Faust vor den Mund und versuchte, eine neue Welle der Übelkeit niederzukämpfen.

„Sind Sie in Ordnung?" fragte mich sein älterer, etwas kleinerer und breitschultriger Kollege. „Sergeant Cameron übrigens. Und das ist Constable Williams."

Ich schüttelte den Kopf, dann nickte ich. „Gewissermaßen", erwiderte ich. „Zumindest hat man nicht auf mich geschossen."

Inzwischen war Constable Williams hinüber zu der Leiche gegangen, hatte einen Blick darauf geworfen und sich mit aschfarbenem Gesicht umgedreht. Er war vermutlich auch nicht an solche Anblicke in dieser sonst so pastoralen Landschaft gewohnt. Er griff sich ein Sprechfunkgerät aus seinem Hüft-

Holster und begann hineinzusprechen. Dann kehrte er zu uns zurück.

„Absperrband", verkündete er kurz und sichtlich erschüttert.

„Bring auch eine Rettungsdecke aus dem Auto mit", sagte Sergeant Cameron, während er Rocky ansah. „*Er* hat also die Leiche gefunden? Hat er sie irgendwie bewegt?"

„Ich weiß nicht. Er kam mit einer ganz blutigen Schnauze zurück. Er muss also offenbar daran geschnuppert haben."

„Haben *Sie* den Leichnam berührt oder bewegt?"

„Himmel, nein! Ich habe ihn nur von dort aus angesehen, wo man seinen Schuh sieht. Er wurde in den Kopf geschossen. Bei dem Anblick musste ich mich fast übergeben." Ich würgte erneut. „Ich glaube, ich war sogar Zeugin des Schusses. Ich meine, des Geräusches davon. Aber ich dachte es sei die Fehlzündung eines Automotors."

Sergeant Cameron wiegte nachdenklich den Kopf. „Sie haben den Schützen also nicht gesehen?"

Ich verneinte.

„Und der Schuss – wann haben Sie den gehört?"

„Vor zehn Minuten? Vor fünfzehn Minuten?" Warum hatte ich nicht auf meine Uhr gesehen? Weil ich kurz darauf das Auto gehört und daher den falschen Schluss gezogen hatte.

Sergeant Cameron machte sich eine Notiz. Ich hatte nicht einmal bemerkt, dass er einen Notizblock und einen Kugelschreiber hervorgezogen hatte. Ich begann zu beben.

„Haben Sie das Opfer schon einmal gesehen? Als es noch lebte?"

„Ich wüsste nicht. Ich bin mir nicht sicher. Ich denke, nein." Warum war ich so verwirrt? Weil mir etwas an dem Opfer aufgefallen war, obwohl ich den Mann nicht kannte. Ich kam nur einfach nicht darauf, was es war.

Sergeant Cameron nickte. „Tja, halten Sie sich für spätere Fragen bereit."

„Aber …"

„Ich weiß, Sie haben jetzt erst einmal einen Schock. Aber später fallen Ihnen vielleicht weitere Details ein. Und das CID wird definitiv auch mit Ihnen sprechen wollen."

„Das CID?"

„Steht für Criminal Investigation Department – unsere Kriminalpolizei."

„Oh. Okay." Ich rieb mir die Arme, um die Schauer loszuwerden, die inzwischen meinen ganzen Körper hoch- und runterjagten.

Die nächsten paar Minuten verbrachte ich damit, Sergeant Cameron meine Kontaktdaten hier in Ealingham und drüben in Filderlingen zu nennen. Dann erschien Constable Williams wieder mit einer Rolle Absperrband in der einen Hand und einer Rettungsdecke in der anderen. Er reichte Sergeant Cameron die goldene Folie und kehrte mit dem Band an den Tatort zurück. Sergeant Cameron legte die Decke sanft um meine Schultern.

Dann holte er einen kleinen Flachmann aus Metall aus einer seiner Brusttaschen. Er hielt ihn mir hin.

„Hab' noch nicht daraus getrunken. Aber es könnte Sie beruhigen. Es ist ein feiner Scotch." Dann runzelte er die Stirn. „Sie sind nicht mit dem Auto hergekommen, oder?"

Ich lächelte matt. „Nein, Sergeant. Aber ich trinke auch nichts um diese Tageszeit."

„Nur einen Schluck," befahl er. „Es wird Sie wärmen und den Schock mildern."

Ich gehorchte und hob den Flachmann an meine Lippen. Die Flüssigkeit brannte in meinem Mund, und der bittersüße Geschmack von torfigem Whiskey umarmte meine Geschmacksknospen. Als ich schluckte, rann die Hitze meine Kehle hinunter und ließ sich langsam in meinem Magen nieder, von wo ihre Strahlen meine Haut erreichten.

„Jetzt noch einen", sagte Sergeant Cameron. „Auf einem Bein kann man nicht stehen." Er zwinkerte.

Der zweite Schluck tat ganze Arbeit. Ich reichte dem Polizisten den Flachmann zurück und zog die Folie dichter um mich. Er schraubte seinen Flachmann zu und steckte ihn mit zufriedener Miene zurück in seine Brusttasche.

Jetzt hörte ich mehr Stimmen sich uns beiden auf dem Treidelpfad nähern. Ich drehte mich um und sah eine Reihe von Leuten, manche in Polizeiuniform, manche in Zivil, die zielstrebig auf uns zu kamen.

„Werden Sie und Ihr Hund von hier aus nach Hause gehen können?" fragte Sergeant Cameron mich leise. „Oder brauchen Sie eine Mitfahrgelegenheit?" Er tätschelte Rocky, der ihn wiederum zu beschnüffeln begann und seine Hand leckte. „Denn Sie können hier unten nicht länger bleiben. Das ist jetzt ein Tatort, und wir werden ihn bis auf Weiteres absperren ... Was bedeutet, dass dieser Pfad in beiden Richtungen gesperrt sein wird."

„Es wird schon gehen", sagte ich und fühlte mich bereits etwas besser, obwohl mir die vergangene Viertelstunde – war es schon so lange?! – so völlig surreal erschienen war. Ich legte die Rettungsdecke ab und hielt sie ihm hin.

„Nee", lehnte Sergeant Cameron ab. „Behalten Sie die um, bis Sie wieder durchgewärmt sind. Kann sowieso von niemandem wiederverwendet werden."

„Danke", sagte ich, aber seine Aufmerksamkeit galt bereits seinem Team, und ich fühlte mich entlassen. Während die Neuankömmlinge dem Sergeant ihren Namen und Rang nannten oder als alte Bekannte begrüßt wurden, band ich still Rockys Leine vom Poller los. Er blickte mich mit verwirrten Hundeaugen an, stand dann auf und presste sich dicht an meine Beine.

„Es ist okay, Kamerad", versicherte ich ihm. „Jetzt wird alles geregelt. Wir können heimgehen."

Doch nachdem wir den Treidelpfad zurückgewandert waren und das Deichtor passiert hatten, blickte ich noch einmal nachdenklich zurück. Natürlich verbarg die Biegung im Pfad nun den Ort des Verbrechens. Also war nichts zu sehen als der Fluss und die scheinbar ruhige Landschaft, in der vor nicht einmal einer Stunde ein junges Leben brutal ausgelöscht worden war.

Ich hatte noch nie eine Schusswunde gesehen. Nur das Zeug, das Filmstudios kreieren. Ich konnte mich nicht erinnern, ob bei einem Kopfschuss immer Materie herausflog. Was ich gesehen hatte, war ekelerregend gewesen. Und irgendwie fühlte auch ich mich von dem Schützen verletzt. Er oder sie hatte in Kauf genommen, dass ein unschuldiger Passant die Leiche entdecken würde. Dass mein Seelenfrieden gestört würde. Nicht nur wegen des blutigen Funds an sich. Sondern auch wegen der Frage, warum. Schließlich war ich Journalistin. Und selbst wenn ein Journalist nicht auf Kriminalberichte und Gerichtsreportagen spezialisiert ist, so denkt er doch ziemlich ähnlich wie ein Detektiv. Eine gut recherchierte Story muss zumindest fünf Aspekte berücksichtigen: wer, wann, wo, was und warum. Das Mordopfer war Teil einer Story. Und obgleich der Anblick in mir Übelkeit erregt hatte, so fühlte ich doch auch, wie Neugier in mir aufstieg. Wer hatte das getan? Und warum?

„Komm, lass uns was herausfinden", ermunterte ich Rocky, der jetzt an einem Pfosten des Deichtors schnupperte. Er merkte nicht, dass ich in die Richtung zurückging, aus der wir gerade gekommen waren, nur auf der Dorfseite des Deichs. Wir kamen an Polizeiwagen und einem Krankenwagen vorbei, die am Straßenrand geparkt waren. Ich suchte danach, wo der Deich seine leichte Biegung nahm. Dann begann ich hinaufzusteigen, während Rocky eifrig an der Leine voransauste. Oben auf dem Deich setzte er sich einfach und sah mich hechelnd an, als ich neben ihm innehielt.

Ja, das war die richtige Stelle. Ich war mir bewusst, dass ich nicht hier oben sein sollte, denn auch sie mochte als Teil des Tatorts betrachtet werden. Sie war nur noch nicht abgesperrt worden. Unter uns konnte ich den abgesperrten Abschnitt des Treidelpfads sehen. Jemand machte Fotos, jemand anders maß Gegenstände, Entfernungen, was auch immer. Ich versuchte zu vermeiden, auf die Teile der Leiche zu blicken, die nicht von den Leuten verdeckt wurden, die am Tatort arbeiteten. Wäre die Entfernung kurz genug gewesen, um jemanden mit einer Pistole oder einem Revolver umzubringen? Oder hatte man ein Gewehr benutzt?

Ich prüfte den Winkel, in dem die Leiche zum Deich lag. Ich ging weiter, bis ich mit ihren Füßen in einer geraden Linie stand. Das musste die Stelle gewesen sein, von der aus der Schütze gezielt haben musste. Etwa hundert Meter weit weg.

„Warum habe ich gewusst, dass Sie hierherkommen würden?" Sergeant Camerons Stimme schreckte mich aus meinen Gedanken auf. Er war hinter mir heraufgekommen und blickte nun streng drein. Nicht wie der beinahe großväterliche Mann, der er zuvor gewesen war. „Sie wissen schon, dass Sie möglicherweise Spuren vernichten?"

Ich wurde rot. „Tut mir leid", stieß ich hervor. „Es ist mir erst gerade klar geworden. Ich krieg's einfach noch nicht gebacken, dass ich den Schuss gehört habe. Und dass kurz danach …" Ich biss mir auf die Lippen.

„Nun." Er schien jetzt etwas weicher zu werden. „Ich verstehe, dass das Ihre Gedanken noch eine Weile beschäftigen wird. Aber Sie sollten jetzt nach Hause gehen und die Dinge der Polizei überlassen."

Ich nickte und richtete meinen Blick auf den Boden, um sicheren Halt für den Abstieg zu finden. Eine plötzliche Bewegung an Rockys Ende der Leine ließ mich wieder aufblicken, und in diesem Bruchteil einer Sekunde fingen meine Augen einen schwachen Glanz auf. Etwas Metallenes.

„Da!" rief ich aus und deutete auf ein Grasbüschel direkt hinter dem Sergeant.

„Was?!" fragte er. „Versuchen Sie, mich abzulenken?"

„Nein, Sir! Direkt hinter Ihrem linken Fuß. Ist das …?" Ich ließ die Frage in der Luft hängen.

Sergeant Cameron trat vorsichtig einen Schritt vorwärts und drehte sich dann um in dem Versuch, nicht auf das zu treten, was ich glaubte, entdeckt zu haben. Er pfiff durch die Zähne, griff in seine Brusttasche – nicht in die mit dem Flachmann – und zog eine Markierung und einen Druckverschlussbeutel heraus. Er beugte sich vor, steckte die Markierung in den Boden und tütete ein, was ich ihm gezeigt hatte, ohne es zu berühren. Dann richtete er sich auf und sah mich mit beinahe spitzbübischem Grinsen an.

„Ich sollte Sie ja eigentlich für Ihre Übertretung bestrafen und Ihnen nicht einmal zeigen, was ich gerade eingesteckt habe."

Ich machte ein enttäuschtes Gesicht. „Aber ich will mal nicht so sein." Er hielt mir den Druckverschlussbeutel hin. „Es ist eine Patronenhülse."

Ich warf einen Blick auf das Messingstück. „Das ist riesig! Was für eine Pistole schießt sowas?!"

„Eher ein Gewehr", sagte er trocken. Er sah es sich jetzt auch genauer an. „Zentralfeuer. Großkaliber. 30-06." Er sah mich an und kniff die Augen zusammen. „Ich weiß nicht, warum ich Ihnen das sage. Mein Bauchgefühl sagt mir, dass Sie jemand sind, der sich überall einmischt."

Ich schluckte schwer und lächelte süßlich. „Das ist ja auch normalerweise mein Job. Ich habe Ihnen doch gesagt, dass ich Journalistin bin."

„Tja, aber Sie arbeiten nicht hier. Wir wissen nicht einmal, ob die Hülse zu der Kugel gehört, die den armen Burschen getötet hat. Also schließen Sie besser damit ab, und Ende der Geschichte."

Er klang wieder streng. Vielleicht hatte er früher Zusammenstöße mit Journalisten gehabt, dachte ich. Auch wusste ich, dass sein Territorium bald von völlig Fremden aus einer auf Mord spezialisierten Abteilung eingenommen würde. Ihm würde zugutegehalten werden, den Tatort gesichert zu haben. Und das wär's. Die Ehre, die Identität des Mörders aufgedeckt zu haben – wenn es dafür denn je eine Chance gab – wäre nicht die seine, sondern die eines anderen auf höherer Ebene und weiter weg.

Er tat mir leid. Er schien schließlich ein netter Kerl zu sein. Jemand, der vermutlich mit seinen Enkeln spielte, wenn er ein Wochenende frei hatte. Jemand, der mit allen befreundet war, die in Ealingham etwas zu sagen hatten. Ich stellte mich besser gut mit ihm. Besonders, weil ich nur Gast im Lande war – genau wie der Mann, in dessen Haus ich derzeit wohnte.

„Gehört und verstanden", murmelte ich sittsam. „Und nochmal Entschuldigung."

„Es ist für Ihr eigenes Bestes, Kindchen", erwiderte er und blickte plötzlich besorgt. „Sie wollen nicht wirklich in das Unheil verwickelt werden, das ein Mörder angerichtet hat. Überlassen Sie das den Profis, okay?"

Ich nickte.

„Ich meine das auch so."

„Ich höre."

„Ich will Sie in den kommenden Tagen nicht mehr hier oben sehen."

„Werden Sie nicht", sagte ich.

Ich wusste nicht, dass ich mein Versprechen in weniger als vierundzwanzig Stunden brechen würde.

4

Ich gab Rocky ab, verließ Henry und murmelte nur meinen Dank, dass er mich seinen Hund hatte Gassi führen lassen. Ich erwähnte ihm gegenüber nicht, welche Rolle Rocky bei der schrecklichen Entdeckung heute Nachmittag gespielt hatte. Letztere schon gar nicht. Dann schloss ich die Haustür zu *The Heron* auf. Die leicht muffige Luft stieg mir in die Nase, brachte mir aber nicht die gewohnte Behaglichkeit. Ich klinkte die Tür hinter mir zu, lehnte mich an die Wand daneben und schloss für einen Moment die Augen. Dann schälte ich mich langsam aus meinem Mantel und hängte ihn an die Wandgarderobe.

Das Haus war still. Ich hörte die alte Standuhr im Wohnzimmer ticken. Und dann Rockys glückliches Bellen aus dem rückwärtigen Nachbargarten. Ich seufzte. Ich wollte jetzt nicht allein sein. Nicht mit der Situation, von der ich gerade weggegangen war. Wenn nur Ozzie da wäre. Wenn er heute Abend vom Stützpunkt nach Hause käme.

Ozzie … Allein der Gedanke an seinen Namen erfüllte mich mit Sehnsucht nach seiner klangvollen Stimme, seinen hyazinthblauen Augen. Meine Hände in seine kurzen schwarzen Locken zu graben. Ihm zu erzählen, was sich heute Nachmittag ereignet hatte. Obwohl ich wusste, dass es seine Besorgnis allerdings so richtig erregen würde. Er hatte sich bereits gesorgt, dass ich während seiner Abwesenheit auf ein Verbrechen stoßen könne, das in der Gegend lauerte. Und tatsächlich war ich das. Diese Ahnung hatte *er* gehabt, und er hasste Ahnungen generell.

Ich ging in der Küche auf und ab. Es war einer meiner Lieblingsräume im Haus: jede Menge Arbeitsplatz, Raum zum Gehen und ein großes Fenster mit Blick auf den rückwärtigen Garten. Die Abenddämmerung setzte dieser Tage früh ein, und die Bäume und Büsche draußen wurden dunklere Flecken gegen einen monoton dunkelgrauen Abendhimmel. Die eingetopften Kräuter, die Ozzie auf dem Fensterbrett zog, sahen fröhlich grün aus und dufteten mild und würzig. Der Kühlschrank brummte, und die Heizung sprang an, da das Haus langsam abkühlte. Es wäre drinnen so gemütlich gewesen, aber mir lief Schauer um Schauer den Rücken herunter. Vermutlich die Nachwirkungen des Schocks.

Schließlich beschloss ich, mir eine Tasse Lady Grey Tee zu brauen, nur um mich zu beschäftigen. Vielleicht würde es mir damit auch wärmer werden. Ich kramte durch einen der Küchenschränke und fand ein paar altbackene Scones, die dazu verzehrt werden konnten. Ich war nicht hungrig. Ich wollte nur irgendetwas *tun*.

Während der elektrische Wasserkocher lauter wurde und ich mir eine von Ozzies zahlreichen Tassen von einem seiner zahlreichen Einsätze griff, ging ich die Fakten durch, die ich an diesem Nachmittag hatte sammeln können. Nicht, dass es sehr viele gewesen wären. Aber alles in die richtige Reihenfolge zu bringen, war ausschlaggebend, wenn man als Journalist eine Story erzählte. Oder wenn man einfach den Grund herausfinden wollte, warum sich etwas ereignet hatte.

Der Wasserkocher klickte, und ich goss das kochende Wasser über den Teebeutel im Becher. Ich atmete den duftenden Dampf ein und biss in eines der Scones. Brr – Ozzie hätte sie wegschmeißen sollen. Sie hatten ihre leichte Textur verloren, und ihr Alter trug nicht wirklich zum Ess-Erlebnis bei.

Ich schluckte den matschigen Brei und wandte mich wieder meinen Gedankengängen zu. Ich hatte also anscheinend den Schuss gehört, der den jungen Mann in den Ouse-Fens getötet hatte. Und kurz danach war ein Auto hinter dem Deich vorbeigefahren. Dem Geräusch nach war es ein großer Geländewagen gewesen. Vielleicht hingen das Fahrzeug und der Schuss zusammen. Aber bislang war das nur eine Vermutung. Der junge Mann mochte früher erschossen worden sein, und das Geräusch, das ich gehört hatte, hätte wirklich eine Fehlzündung des Geländewagens sein können. Andererseits hatte ich zuvor keinen weiteren schussähnlichen Laut gehört, was der Fall gewesen wäre, hätte es einen Schützen *und* eine Fehlzündung gegeben, zumal ich nahe genug daran wohnte. Was ausschloss, dass die Ursache des Geräusches der Geländewagen gewesen war.

Der junge Mann hatte mit dem Gesicht nach oben im Sumpfgras gelegen. Das bedeutete, dass er seinem Mörder ins Gesicht gesehen haben musste. Dies wiederum konnte dreierlei bedeuten. Vielleicht hatte er seinen Mörder gekannt und ihn daher angesehen. Vielleicht hatte er nur zufällig in die Richtung des

Deichs geblickt. Oder er war aufgefordert worden, den Schützen anzusehen, und dann erschossen worden.

Etwas an ihm hatte zudem entfernt vertraut gewirkt, obwohl ich mir absolut sicher war, dass ich ihm noch nie begegnet war. Ich war mir nicht sicher, was es war. Was mir auch aufgefallen war, war seine dunkle Haut. Warte mal! Konnte er zu den Roma gehören, die sich in letzter Zeit hier in der Gegend bewegten? Hatte er in einem ihrer Winterquartiere gelebt? Das musste ich überprüfen.

Dann dachte ich an das Kaliber der Munition. Sergeant Cameron hatte mir die leere Hülse gezeigt und erwähnt, dass es sich um ein Großkaliber handle. Tja, ich kannte mich mit Munition gar nicht aus, um ehrlich zu sein. Aber dass die Hülse groß gewesen war, war sogar für jemanden offensichtlich, der sich mit Waffen so wenig auskannte wie ich.

Ich sah auf die Küchenuhr. Vier Minuten waren vergangen. Ich entfernte den Teebeutel aus dem Becher und warf ihn in die Spüle. Dann schnappte ich mir Becher und Scone und ging hinüber ins dämmerige Wohnzimmer, wo ich mich in einen Sessel fallen ließ, der schon bessere Zeiten gesehen hatte. Ozzie hatte einige der Möbel aus zweiter Hand in sogenannten Antiquitätengeschäften gekauft. Dies war definitiv so ein Stück mit seiner abgenutzten und durchgesessenen Polsterung. Aber es war immerhin noch ganz bequem. Der Gedanke, dass es ein Sessel war, in dem Ozzie oft entspannte, war ebenfalls irgendwie tröstlich.

Ich ließ meine Gedanken einen Augenblick lang zu Ozzie schweifen. Er würde sich so aufregen, wenn ich ihm von meinem Fund erzählte. Vielleicht sollte ich ihm gar nichts erzählen. Andererseits würde sich die Geschichte im Dorf bald wie ein Lauffeuer verbreiten. Und auch wenn kaum jemand meinen Namen kannte, fände man heraus, dass eine Ausländerin über die Leiche gestolpert war. Wenn Ozzie eins und eins zusammenzählte, käme er darauf, dass ich es gewesen war, und würde sich noch mehr darüber aufregen, falls ich darüber geschwiegen hätte.

Ich seufzte und hob den Becher an meine Lippen. Der erste Schluck verbrühte mir fast den Mund. Soviel dazu, sich ein schnelles Aufwärmen von innen erhofft zu haben. Ich setzte den Becher ab, lehnte mich zurück und starrte auf den leeren Kamin gegenüber.

Je mehr ich über den jungen Mann nachdachte, desto mehr kam ich zu dem Schluss, dass es beinahe wie eine Hinrichtung ausgesehen hatte. Er hatte den Mörder angesehen. Der Mörder musste also gewusst haben, wen er erschoss. Ein Kopfschuss war zudem nie ein Unfall. Das Opfer war ausgewählt worden. Der Schütze war jemand, der ein relativ kleines Ziel zu treffen verstand. Jeder andere – so viel wusste ich von Linda, als sie einmal über Schießübungen gesprochen hatte – hätte sich ein größeres gewählt. Die Brust zum Beispiel oder den Bauch. Was auch darauf hindeutete, dass es sich um jemanden mit

Waffenerfahrung handelte, der sein Opfer hatte tot und ohne Risiko auf Überleben wissen wollen.

Warum?

Weil der Mörder nicht identifiziert werden wollte, falls der junge Mann ihn gekannt hatte oder ihn hätte beschreiben können. Oder sie. Besser auf Nummer sicher gehen.

Großkaliber ... Ich griff erneut nach dem Becher. Diesmal konnte ich meinen Tee genießen, ohne Risiko zu laufen, mir Blasen an meinem Gaumen zu holen. Großkaliber bedeuteten Gewehre. Nicht Pistolen. Nicht Revolver. Nun, mein erster Gedanke, als ich den Schuss gehört hatte, war der an eine Jagd gewesen. Im Prinzip konnte jeder in der Gegend jagen. Obwohl das Dorf definitiv *kein* Jagdrevier war. Und die „Beute" in diesem Fall war ein Mensch gewesen.

Wie sah eine komplette Patrone überhaupt aus? Sah die Hülse für Schrot anders aus als die für eine einzelne Kugel? Auch gab es Militär in der Gegend. Eine Menge. Einige reisten sogar nur durch. Konnte einer der in Mildenhall stationierten G.I.s der Schütze gewesen sein? Ihr Hintergrund schien beinahe ein Garant für präzises Zielen zu sein. Oder konnte es einer der wenigen britischen Soldaten in der Gegend gewesen sein?

Wie hoch war die Wahrscheinlichkeit, dass ein Durchreisender einen Roma gekannt hatte, der ebenfalls vielleicht nur auf der Durchreise gewesen war? Wie hatte derjenige gewusst, wo der andere zu finden sei? Das Ganze deutete auf eine

Verabredung hin. Hoechst unwahrscheinliche Umstände. Trotzdem musste ich diese Idee im Kopf behalten.

Das Telefon klingelte. Ozzie hatte einen altmodischen Festnetzanschluss mit Anrufbeantworter, ziemlich ähnlich wie meines daheim. Sein Display zeigte mir seine Handynummer an. Ich hyperventilierte beinahe, weil ich mir nicht sicher war, ob ich erleichtert war, seine Stimme zu hören, oder befürchtete, dass er mir auf die Schliche kommen könne. Ich nahm den Hörer ab.

„Ozzie, mein Zauberer …"

„Emma, Liebes. Du klingst ein wenig atemlos. Ist alles in Ordnung?"

„Ja", log ich. „Warum sollte es das nicht sein?!"

„Sag *du's* mir!"

„Nein, alles ist gut. Aber wie war *dein* Tag? Immerhin bist du derjenige auf Reisen."

„Alles läuft glatt. Ich nehme meine Jungs in ein Restaurant mit, das ich letztes Mal ausprobiert habe, als ich hier war. Sie haben da fantastische Kebabs und Tagines. Und sie stellen auch tolle Bühnenshows auf die Beine."

„Klingt gut. Ich gehe vielleicht heute Abend auch aus."

„Zum *Bird in the Bush*?"

„Gibt es noch ein anderes Pub in Ealingham?"

„Du könntest den Wagen nehmen und woanders hinfahren. Mildenhall, Ely, vielleicht Cambridge, was weiß ich?!"

„Nö, riskier ich nicht. Linksverkehr zu Fuß ist so ziemlich alles, was ich mir derzeit zutraue. Und du würdest auch nicht wollen, dass ich trinke und fahre."

„Stimmt. Aber was das Fahren angeht, könntest du es immerhin im Dorf versuchen. Kaum Verkehr. Einfaches Üben."

„Ja, naja …"

„Ist alles mit dem Haus in Ordnung? Findest du alles, was du brauchst?"

„Oh, Ozzie, ich bin nicht das erste Mal zu Besuch. Das Einzige, was mir fehlt, bist du."

„Tja, dem ist nicht zu helfen. Nächstes Mal wird es anders."

„Ich hoffe es."

„Ich liebe Dich, Liebes."

„Warte!" Ich spürte, dass für ihn im Grunde alles gesagt war. Er wusste, dass es mir gut ging, dass das Haus in Ordnung war und was ich heute Abend unternehmen würde. Er würde gleich auflegen.

„Was denn, Liebes?"

„Sag mal, welches Gewehr schießt …" Ich kramte nach der Notiz, die ich mir vorhin gemacht hatte. „Kaliber 30-06 Munition?"

„Das alte M-1 Garand. Das ist ein US-Gewehr, das im Zweiten Weltkrieg und in Korea eingesetzt wurde. Warum? Wie kommst du darauf?"

Ich schwieg.

„Emma?" Ozzies Stimme hatte einen ganz leicht schärferen Ton angenommen. „Was hast du nun wieder vor?"

„Nichts." Gewissermaßen stimmte das. Ich hatte nicht die Absicht, irgendetwas mit irgendeinem Gewehr oder Munition anzufangen. Ich wollte nur ein paar Fakten wissen.

„Du lässt dich nicht auf irgendeine seltsame oder gefährliche Situation ein, oder?"

Ich biss mir auf die Unterlippe. „Nein." Ich beschloss, dass das keine wirkliche Lüge war. Ein Toter war nicht gefährlich. Und ich recherchierte nur ein bisschen. „Ich habe bloß heute Nachmittag eine leere Patronenhülse auf dem Deich gefunden. Das ist alles. Es hat mich neugierig gemacht. Vor allem, weil ich hier noch nie Jäger gesehen habe."

„Und es sollten da auch keine sein." Ozzie verstummte. Dann fragte er: „Wo auf dem Deich?"

„Oh, ziemlich in der Nähe deines Hauses", sagte ich leichthin. „Es hat mich nur neugierig gemacht. Wenn es ein US-Gewehr ist, würde das dann bedeuten, dass ein amerikanischer Soldat damit geschossen haben könnte?"

„Sei nicht albern", sagte Ozzie und klang jetzt wirklich verärgert. „Tut mir leid. Aber: Nein. Diese halbautomatischen Gewehre sind in den 70ern von einer anderen Gewehrart abgelöst worden. Und es gibt keine Möglichkeit, dass ein amerikanischer Militärangehöriger, der privat alte Gewehre sammelt, seine eigenen in dieses Land bringen könnte."

„Dann wäre also nicht mit einem M-1 geschossen worden", schloss ich.

„Nun, jeder kann sich ein M-1 kaufen, wenn er es sich in den Kopf gesetzt hat. Oder es könnte mit jedem anderen Jagdgewehr geschossen worden sein, das dieses Kaliber verwendet", räumte Ozzie ein.

„Aber du würdest es nicht auf kleine Tiere verwenden, oder?" hakte ich bei ihm nach.

Ozzie lachte freudlos. „Warum habe ich das Gefühl, dass hinter deinen Fragen so viel mehr steckt, Emma?"

„Ich will's doch nur wissen", beharrte ich.

„Tja, ich erinnere mich daran, dass du, als du das letzte Mal nur etwas über Pferdezucht wissen wolltest, beinahe entführt und dann möglicherweise umgebracht worden wärst."

„Das hier ist nichts Vergleichbares", protestierte ich. „Das ist nur eine leere Hülse, und es hat mich bloß neugierig gemacht."

„Sicher", seufzte Ozzie. „Hör zu, Großkaliber wird für Großwild und für gewöhnlich für Schüsse auf große Entfernungen verwendet. Nicht für irgendwelches Geflügel. Du würdest den Vogel zerfetzt und überallhin verspritzt finden."

„Danke", sagte ich. Das Bild der Materie um den Kopf des Erschossenen stieg vor meinen Augen auf, und ich schnappte mir schnell eines von Ozzies Fotos auf dem Tisch neben mir, um meine Gedanken in eine glücklichere Richtung zu lenken.

„Du solltest zur Polizeiwache in Ealingham gehen und den Constables dort sagen, dass du so eine Hülse gefunden hast. Sie werden das wissen wollen und der Sache nachgehen."

„Okay" erwiderte ich munter.

„Nimm das nicht auf die leichte Schulter", warnte Ozzie. „Das Dorf und seine Umgebung gelten schließlich nicht als Jagdrevier. Du solltest *nichts* finden, was mit Gewehren zu tun hat. Eine leere Hülse bedeutet, dass jemand direkt neben der Stelle geschossen hat, wo du sie gefunden hast. Die Hülse wird vom Gewehr ausgeworfen und landet ziemlich nahe, je nachdem, auf welche Oberfläche sie auftrifft. Mir ist wirklich nicht wohl bei dem Gedanken, dass sich ein Schütze um mein Haus herumtreibt. Besonders nicht, wenn du da ganz allein bist."

„Aber es war niemand in der Nähe. Es war bloß die Hülse."

„Trotzdem, versprich mir, dass du es die Polizei wissen lässt."

„Ich versprech's", sagte ich. Es war auch nicht gerade gelogen. Ich hatte meine Entdeckung Sergeant Cameron gezeigt und es ihm somit gewissermaßen mitgeteilt. Ich musste Ozzie nicht wissen lassen, dass auch eine Leiche involviert war, die höchstwahrscheinlich von dem Projektil erschossen worden war, das zu der Hülse gehört hatte. Warum ihm mehr Sorgen bereiten als nötig? Höchstwahrscheinlich würde die Polizei den Mörder finden und verhaften, noch bevor Ozzie von seiner Reise nach Nordafrika zurückkam. Es bliebe noch genug Zeit, ihm von meinem grausamen Fund zu erzählen. Und bis dahin wäre alles Schnee von gestern, und Ozzie würde keine Energie an irgendeine Aufregung verschwenden müssen.

„Gut", führte Ozzie unser Gespräch dem Ende zu. „Ich hoffe, du hast Spaß im Pub heute Abend."

„Und du in deinem Restaurant."

„Bis morgen, Liebes."

„Ich liebe dich."

Klick.

Ozzie war schon wieder weg. Und ich fühlte, wie die Dämmerung im Haus immer dichter und bedrückender wurde. Zeit, das Licht anzuschalten und es anzulassen, während ich fort war. Nur, damit es so aussah, als sei jemand im Hause. Ich brauchte jetzt Menschen um mich herum. Die Bilder dieses Nachmittags und die Implikation, dass sich immer noch ein Mörder mit einem Gewehr in der Gegend herumtrieb, wollte ich nicht genauer überdenken. Nicht hier. Nicht jetzt.

5

Etwa eine halbe Stunde später – es war kurz vor sechs – ging ich wieder hinaus. Ich hatte gegen die feuchte Kälte der novemberlichen Fens noch einen Extra-Schal zu Mantel und Mütze angezogen. Diesmal nahm ich auch meine Handschuhe mit.

Die Straßenbeleuchtung war vor einer Weile angesprungen und warf bizarre Schatten auf den Deich und die baumbestandenen Vorgärten der Nachbarschaft. Nebelschwaden krochen von der Ouse herein und waberten über dem Kopfsteinpflaster der Straße. Ich eilte an Henrys Haus und ein paar anderen spärlich beleuchteten Cottages und Bungalows vorbei und wandte das Gesicht von der Stelle auf dem Deich ab, an der ich die Patronenhülse gefunden hatte. Am besten nicht daran denken. Mir schauderte, und ich war froh, als ich die Abzweigung zur Main Street erreichte.

Hier waren die Häuser dichter beieinander gebaut, und die Vorgärten wurden kleiner, während die Straßenlaternen zahlreicher zu werden schienen. Doch das mochte auch nur Einbildung sein. Vielleicht war ich einfach nur froh, dass ich in vier oder fünf Minuten anderen Menschen begegnen würde. Der Verkehr auf Ealinghams verwinkelter Main Street würde ebenfalls um diese Abendstunde etwas dichter sein. Mir war definitiv unheimlich zumute wegen der voraufgegangenen Ereignisse und weil ich ganz allein war.

Ich bog nach rechts in Richtung Dorfmitte ab. Die Bürgersteige waren schmal, und die Feldsteinmauern der Gebäude wirkten im gelblichen Licht der Straßenbeleuchtung noch altertümlicher. Weiter voraus konnte ich bereits das Fachwerk des Pubs in seinem Queen-Anne-Stil ausmachen. Lampen schienen einladend durch die Fenster, ein goldener Schein in der Dunkelheit. Ich lief schneller und freute mich darauf, Teil der summenden Menge da drin zu sein und heute Abend irgendein leckeres Pub-Essen zu verzehren. Auch andere Leute traten aus ihren Häusern und gingen in Richtung *Bird in the Bush*.

Als ich endlich den Eingang erreichte, drang schallendes Gelächter durch die Tür und hüllte mich in seine sorglose Atmosphäre, als ich sie öffnete. Ich holte tief Luft, nahm meine Mütze ab, löste den Schal und sah mich um. Ich erwartete natürlich nicht, vertraute Gesichter zu sehen. Ich hatte nicht oft genug Zeit bei Ozzie verbracht; sein und mein Arbeitsplan hatten nicht viele gegenseitige Besuche erlaubt. Der Gastwirt würde mich also nicht als Stammgast betrachten. Wie viel weniger würde ich andere solche erkennen?!

Ich überlegte, wo ich die beste Chance auf eine Unterhaltung haben würde, ging zur Bar und schaffte es, den offensichtlich letzten freien Barhocker zu finden. Kein Wunder. Er sah wie das ungeliebte Überbleibsel eines Garagenverkaufs aus. Sein Kunstlederpolster hatte Risse, durch die die Füllung barst, und er wackelte, weil einer seiner Füße seinen Gummischuh verloren hatte. Aber es war besser, als an der Bar zu stehen, bis jemand in vielleicht ein paar Stunden von seinem Hocker aufstand und nach Hause schwankte. Mit Sicherheit besser, als allein einen ganzen Tisch zu besetzen, an dem überhaupt niemand ein Gespräch anfing. Also setzte ich mich an die Theke und wartete ab, bis ich an der Reihe war, etwas zu trinken zu bestellen.

„Hi!" Der Wirt war direkt vor mich getreten. Ich nahm an, dass er Mitte dreißig war, also etwas jünger als ich, und er sah mich neugierig an. „Was kann ich dir bringen?"

„Mein Freund bestellt normalerweise für mich, deswegen weiß ich nicht – habt ihr hier auch Strongbow?" Ich fragte nach meiner Lieblings-Cider-Marke.

Er hob die Augenbrauen. „Nee. Aber wenn du einen eher trockenen Cider willst, der von hier ist vom Fass und ziemlich trocken, mit einem Hauch von Birne. Und wir haben noch 'nen anderen, der ein bisschen süßer ist. Willst du 'nen Schluck versuchen?"

„Das ist aber nett von dir!" rief ich überrascht aus. „Aber nein, danke. Ich glaube, ich hatte sonst immer den trockenen. Ich nehme ein Pint." Er nickte mir kurz zu und wollte schon weggehen. „Und die Karte bitte. Ich würde auch gern was essen."

„Hier an der Bar?" fragte er.

Ich nickte. Er zuckte die Achseln und begann meinen Cider zu zapfen, während er eine weitere Bestellung von einem anderen Gast am Ende der Bar annahm.

„Lassen Sie mich raten", hörte ich eine weibliche Stimme zu meiner Linken. „Sie sind aus Deutschland?"

Mein Kopf flog herum. Die Dame, die gesprochen hatte, war um einiges älter als ich und sah sehr seriös in einer weißen Bluse und lavendelfarbenen Strickjacke aus, das brünette Haar zu einem ordentlichen Knoten gekämmt. Ihre grünbraunen Augen musterten mich, ohne zu blinzeln, und sie hob ihr Glas Bier wie zum Gruß.

„Aber ja!" Ich erwischte mich dabei, dass ich sie anstarrte. Sie deutete auf die Theke, um mich darauf aufmerksam zu machen, dass mein Glas Cider vor mich hingestellt worden war. Ich erhob es.

„Cheers!" Ich nahm einen tiefen Schluck. Der frische, leicht bittere Geschmack war recht erfreulich. „Mmmh." Dann: „Wie haben Sie das erraten?" Ich leckte mir die Lippen und stellte das Glas wieder ab.

„Intuition." Ihre Augen funkelten, aber ihre Miene blieb unbewegt.

„Nun, dann lassen Sie mich raten. Sie sind aus London. Oder so einem Ort."

„Aus so einem Ort", sagte sie.

„Na, zumindest habe ich erraten, dass Sie nicht von hier sein können", grinste ich. „Ihr Akzent ist anders als hier in der Gegend."

Auf diese Bemerkung hin verzog sich der Mund der Frau zu einem Lächeln, und ich glaubte, tatsächlich ein unterdrücktes Kichern zu hören.

„Das sollte ich wohl hoffen." Dann wurde ihr Gesicht wieder ernst. „Aber Sie haben recht. Ich lebe derzeit in einem von Londons Vororten." Einen Moment lang saßen wir schweigend da, und ich dachte schon fast, die Befragung sei vorüber, als sie sagte: „Ich habe Sie zufällig nach der Karte fragen hören. Ich bin eben erst angekommen und kenne noch niemanden. Macht es Ihnen etwas aus, wenn ich Ihnen Gesellschaft leiste?"

„Ganz und gar nicht."

„Könnten wir uns aber an einen der Tische setzen? Ich fühle mich an der Bar nie wohl. Ich denke immer, es ist nur okay, wenn man allein ist und mit jemandem reden will."

„Klar", sagte ich. Wenn sie später beschließen sollte zu gehen und mir nicht danach wäre, in mein dunkles, einsames Interim-Zuhause zu gehen, konnte ich immer noch an die Bar zurückkehren.

„Barb Tope", stellte sie sich vor und bot mir ihre Hand. Ich schüttelte sie.

„Emma Schwarz", erwiderte ich. „Nett, Sie kennenzulernen."

„Gleichfalls", lächelte sie. Sie nahm ihr Glas und unsere Speisekarten von der Theke und ging mir voran an einen kleinen Tisch am Fenster.

Ich folgte ihr gegen einen neuerlichen Strom hereinkommender Gäste und ließ mich auf einen leidlich bequemeren Holzstuhl mit Armlehnen fallen. Es war tatsächlich kein schlechter Sitzplatz. Ich konnte nach draußen schauen, die Bar beobachten und ziemlich jeden sehen, der zur Tür hereinkam.

„Was hat Sie denn hierhergebracht?" fragte Barb. Sie glättete ihre lavendelfarbene Strickjacke, während sie sich setzte.

„Die Liebe", erwiderte ich.

„Schön!"

„Und Sie?"

„Die Arbeit", sagte sie.

„Ausgerechnet nach Ealingham?"

„Was ist verkehrt daran?"

„Naja, es ist nur ein kleines Dorf", grübelte ich laut. „Es gibt kaum Arbeit hier, falls man nicht gerade im Pub arbeitet, was Sie offensichtlich nicht tun, im Londis-Laden nebenan oder in der Grundschule. Klar, das ist eine Option. Aber von London hierherzukommen, um ein paar kleine Kinder Lesen und Rechnen beizubringen?"

Eine Kellnerin erschien an unserem Tisch. Es war eine andere als die vom letzten Mal, als Ozzie und ich hier im *Bird in the Bush* gewesen waren.

„Kann ich Ihre Bestellung aufnehmen?" fragte sie.

Sie war in ihren frühen Zwanzigern, blond und tätowiert und ganz hübsch. Aber ihre Züge verrieten auch, dass sie jede ungewollte Aufmerksamkeit der männlichen Kundschaft auf adäquate Weise beantworten würde. Ich stellte mir vor, dass sie notfalls recht grob werden konnte.

„Ich hätte gern eine Huhn-und-Champignon-Pastete mit einem Beilagensalat, bitte", sagte ich.

„Ich hätte gern ein gegrilltes Käse-Sandwich", bestellte Barb.

„Tut mir leid", erwiderte die Kellnerin. „Steht nicht auf der Karte. Aber Sie könnten einen Ploughman's Lunch haben."

Barb seufzte. „Den Versuch war's wert. Ich nehme ihn. Doppelte Käseportion, bitte. Und auch einen Beilagensalat."

Die Kellnerin notierte es, nahm die Speisekarten und schwenkte ab in Richtung Bar, um in der Küche dahinter zu verschwinden.

„Ich versuche es immer", erklärte Barb ihre Bestellung. „Als Kind haben mich meine Eltern mal nach Disneyworld in Orlando, Florida, mitgenommen. Es hat mich nicht sehr beeindruckt. Ich wusste, dass die Prinzessinnen nicht echt waren, und Goofy war nicht halb so putzig, wie ich ihn mir vorgestellt hatte. Aber in einem ihrer Restaurants hatten sie gegrillte Käse-Sandwiches. Und, Junge, habe ich mich damit vollgestopft! Meine Mutter musste sie nachmachen, als wir wieder daheim waren. Aber irgendwie haben sie nie so wie die anderen geschmeckt. Trotzdem waren sie besser als gar keine. Seit ich meinen eigenen Lebensunterhalt verdiene, versuche ich's jedenfalls in jedem Pub und in jeder Taverne, die ich besuche."

Ich lachte. „Nach dem Motto *Steter Tropfen höhlt den Stein?*"

„Genau. Wer weiß? Irgendwann hat vielleicht jemand endlich ein Einsehen und setzt es auf seine Karte." Wir lachten. „In der Zwischenzeit wird mir entweder Ploughman's Lunch oder Mac 'n' Cheese angeboten. Käsenudeln. Ich schätze, ich bin bei beiden so ziemlich zum Experten geworden."

„Sie könnten einen Artikel über diesen Aspekt der britischen Küche für einer Food-Zeitschrift schreiben", schlug ich vor.

„Ich glaube allerdings nicht, dass das jemand lesen wollte", sagte Barb augenzwinkernd. „Alles andere als nackte Fakten zu schreiben, ist nicht meine Stärke. – Aber Sie … schreiben Sie gern?"

„So verdiene ich meinen Lebensunterhalt. Ich bin Journalistin."

„Oh?"

„Kleine Tageszeitung in meiner Heimatstadt. Zumeist kulturelle und gesellschaftliche Stories. – Was machen *Sie* beruflich? Sie lassen mich im Dunkeln tappen."

Barb beugte sich leicht vor und sprach aus dem Mundwinkel: „Dann waren Sie es also, die den Toten gefunden hat, nicht wahr?"

Ich war völlig überrascht. „Was?!" flüsterte ich. „Was meinen Sie damit?!"

„Ach, kommen Sie schon, Emma", sagte Barb, und plötzlich wusste ich, welche Art von Beruf sie ausübte. „Ich bin gebrieft worden, während ich noch hier hochgefahren bin, um den

Fall zu übernehmen. Reines Glück, dass ich Ihnen sofort nach meiner Ankunft begegnet bin. Ich musste nur sichergehen, dass es wirklich *Sie* waren."

„Sie sind von Scotland Yard?" flüsterte ich und fühlte, wie mir das Blut aus dem Gesicht wich.

„So nennt man uns in Kriminalromanen, ja."

„Oh ja, ich erinnere mich. Ich hörte, offiziell sei es das Criminal Dingenskirchen."

„Criminal Investigation Department, ja", half mir Barb auf die Sprünge.

„Richtig, und das war ziemlich schnell. Ihre Ankunft hier, meine ich."

„Tja, wir haben es mit einem ausgesprochen suspekten Mord zu tun, der eine von Großbritanniens ethnischen Minderheiten involviert. Was bei den Medien viel Aufmerksamkeit erregen wird und daher bei der Öffentlichkeit, wenn er nicht prompt und so offensichtlich wie möglich untersucht wird." Barb lehnte sich zurück, hob ihr Glas und leerte es auf einen Zug. Es war ziemlich erstaunlich, weil sie einerseits so eine Dame zu sein schien, aber andererseits auch eine härtere Seite zu haben schien. Na, als Beamtin einer der besten Polizeikräfte Großbritanniens sollte sie das auch besser.

„Ethnische Minderheit …" Ein Bild der Leiche des jungen Mannes schoss mir durch den Kopf. Seine dunkle Haut.

„Na, es muss Ihnen doch aufgefallen sein, dass er nicht gerade die Blässe einer englischen Rose besaß."

„Nein! Nein, natürlich."

„Wir sind uns seiner Identität immer noch nicht sicher. Aber wir sind uns ziemlich sicher, dass er der weiteren Roma-Gemeinschaft angehört."

Ich schwieg. Ja, das machte Sinn. Vielleicht war es das, was mir an ihm vertraut vorgekommen war. Er hatte mich an die Wahrsagerin erinnert, die Linda vor ein paar Tagen in Newmarket konsultiert hatte. Aber da war noch etwas gewesen, das ich noch nicht ergründen konnte. Trotzdem, ich musste es Barb mitteilen.

„Einige von ihnen scheinen in ihren Winterquartieren bei Ealingham zu wohnen. Und neulich waren eine Freundin und ich in Newmarket – dort hat eine Wahrsagerin ihren Wagen aufgestellt."

Barb nickte stumm und verriet nicht, was sie dachte. Inzwischen kehrte unsere Bedienung zurück, einen Teller voll Brot, Käse, Butter, Senf, eingelegten Zwiebeln und sauren Gurken in der einen Hand und einen Teller mit einer rechteckigen Pastete, aus deren dekorativen Schlitzen Dampf aufstieg, in der anderen. Sie stellte beide vor uns hin.

„Könnte ich bitte noch ein Beck's haben?" fragte Barb.

„Sicher", sagte die Kellnerin, obwohl ich merkte, dass sie es vorgezogen hätte, wäre Barb an die Bar gegangen und hätte sich selbst darum gekümmert.

Barb entging es offenbar auch nicht. Sie zwinkerte mir zu, nachdem das Mädchen uns den Rücken gekehrt hatte. „Die ist sicher temperamentvoll. Im Zweifelsfall sollte sie nur wissen, wer am längeren Hebel sitzt."

„Wissen die denn, wer Sie sind?"

„Natürlich", lachte Barb grimmig. „Wenn Ihnen der Dorf-Constable *hier* ein Zimmer bucht, weil sie mich auf ihrem Arbeitsgebiet nicht wollen. Ich mir ziemlich sicher, dass er Dampf über mich abgelassen hat, noch bevor ich angekommen bin."

„Dann wissen die also von … dem Toten?" Ich brachte es nicht über mich, den jungen Mann als Leiche oder Leichnam zu bezeichnen. Da ich nun wusste, dass er zu den Roma gehörte, war er plötzlich für mich mehr zu einer Person geworden als zu einem Fall.

„Ich bin mir nicht sicher, wie viel er ihnen über den Fall erzählt hat. Aber weil er offenbar noch ein Neuling ist, wird er sich tatsächlich an die Regeln halten und außerhalb der Polizei niemandem etwas zu dem Fall anvertrauen."

Ich nickte. „Hatte er keine Ausweispapiere bei sich?" fragte ich mich laut.

Barb schüttelte den Kopf. „Nichts. Ein Handy, das wir zu knacken versuchen. Es ist gesperrt." Dann beugte sie sich wieder vor. Ich dachte, sie wolle mit ihrem Essen anfangen, und ich attackierte, plötzlich von Hunger überkommen, meine Pastete mit Messer und Gabel. Doch als ich einen Bissen in meinen Mund stopfte und mir fast den Gaumen verbrannte wegen der glühend heißen Füllung, flüsterte Barb: „Ich weiß auch, dass Sie eine leere Patronenhülse auf dem Deich gefunden haben."

Ich verschluckte mich fast. „Ja", brachte ich hustend hervor. „Was ist damit?"

„Das Areal ist nicht als Jagdrevier für Großwild bekannt, oder?"

„Ich nehme an, dass niemand im Dorf und seiner Umgebung überhaupt eine Waffe abfeuern sollte", sagte ich nun mit leerem Mund.

„Nein, natürlich nicht." Barb pikste mit ihrer Gabel in eine Silberzwiebel und nahm sie von den Zinken nur mit den Lippen ab. Sie kaute nachdenklich, genoss sichtlich das Aroma und schluckte. „Was wissen Sie über die Jägerei hier in der Umgebung?"

„Nicht viel", parierte ich. „Vergessen Sie nicht, dass ich hier nur zu Besuch bin."

„Wo steckt überhaupt Ihr Gastgeber? Warum sind Sie allein hier?" Barb klang so, als wisse sie es bereits.

„Er ist derzeit bei einem Einsatz, und ich passe auf sein Haus auf." Ich fand, ich klang, als verteidige ich ihn. Als müsse ich ihm ein Alibi beschaffen.

Barb nickte. „Einer der drüben in Mildenhall stationierten Amerikaner, vermute ich?"

Ich nickte und aß beharrlich meine Pastete weiter.

„Sie kennen das Kaliber der Hülse. Sergeant Cameron hat mich über Sie und Ihren Fund gebrieft. Und er gab zu, dass er Ihnen verraten hat, dass es sich um eine 30-06er handelt. Ich erzähle Ihnen auch, dass es ein Vollmantelgeschoss war; die

Marke ist eigentlich egal. Es ist die Sorte, mit der ein ziemlich bestimmtes US-Gewehr schießt. Seien Sie also nicht überrascht. Wir überprüfen jeden, der da drüben stationiert ist und bis gestern Abend dieses Pub besucht hat."

„Nun, Ozzie … also, mein Freund ist schon am Montag von hier abgereist." Barb hob den Blick erwartungsvoll vom Teller. „Er ist also über jeden Verdacht erhaben. Sie werden jemand anders überprüfen müssen. Vielleicht erinnert sich der Wirt an jemanden mit einer verdächtigen Einstellung."

„Falls *Sie* sich an jemand besonders erinnern, geben Sie mir einfach Bescheid. Sie wissen, wo Sie mich finden können. Und Sie sollten sich besser meine Nummer in Ihrem Smartphone abspeichern."

„Flip Phone", sagte ich lahm.

„Was auch immer", erwiderte sie und bestand darauf, dass ich sofort unter ihren Augen ihre Nummer in mein Handy kopierte.

Plötzlich verspürte ich den Drang, den polizeilichen Ermittlungen voraus zu sein. Mir gefiel nicht, dass Ozzies Landsleute im Fokus des Verdachts standen. Vor allem, da keiner von ihnen hier irgendwelche privaten Waffen haben durfte. Ich brauchte nur Beweise, um sie zu entlasten. Und daher musste ich denjenigen finden, der wirklich den Mord begangen hatte.

6

Wir wechselten das Thema und begannen, uns über Privateres, aber Unkontroverses zu unterhalten. Barb war als Kind in Deutschland gewesen und wollte wissen, wie sich die Dinge in meiner Heimat verändert hatten. Ich hatte Großbritannien schon immer geliebt und konnte nicht genug von den Schätzen bekommen, die ich hier noch entdecken mochte. Sie sagte, sie wolle unbedingt das Münchner Oktoberfest besuchen. Nur einmal. Ich sagte ihr, dass ich noch nie Brighton oder Liverpool richtig erlebt hätte. Sie sagte, sie erinnere sich an Paderborn als anheimelnde Stadt mit einer wunderschönen Fußgängerzone. Ich erzählte ihr, ich hätte mich in die Stadt Norwich auf den ersten Blick verliebt. Barb beschwor eine Orgie an deutschem Essen herauf, vor allem Wiener Schnitzel. Ich musste zugeben, dass sich die britische Küche so zum Besseren verändert hatte, dass sie ihren schlechten Ruf nicht mehr verdiente. Daher beendeten wir unser Abendessen in einer sehr angenehmen Tonart, auch wenn ich mir gedanklich eine Notiz gemacht hatte, dass ich mehr über den ermordeten Roma herausfinden musste.

„Ich hatte einen langen Tag", gähnte Barb schließlich hinter ihrer rechten Hand, nachdem sie die Kellnerin bezahlt und ihr ein großzügiges Trinkgeld gegeben hatte. „Ich schätze, ich mache jetzt Schluss und gehe nach oben auf mein Zimmer. Wir sehen uns."

Sie stand auf, streckte sich, winkte mir kurz zu und ging zu einer Tür im hinteren Bereich, der zu einer Treppe führte. Ich beschloss, noch etwas länger zu bleiben. Aber das würde ich an der Bar. Ich schnappte mir also Mantel, Schal, Mütze und Handtasche und zog um. Inzwischen war die Bar von Leuten belagert – Bauern diskutierten die neusten Marktregelungen, Sport-Fans sahen ein stummgeschaltetes Rugby-Spiel auf einem Bildschirm über der Bar an, ein paar Mädchen in ihren Zwanzigern hofften offensichtlich auf einen Flirt oder vielleicht mehr. Ein paar nette, ältere Männer rückten genügend zur Seite, dass ich mich dazwischenquetschen und mir noch ein Getränk bestellen konnte.

Seltsam, wie es einen Raum gemütlicher und vertrauter machen konnte, selbst wenn es nur ein Fremder gewesen war, mit dem man beim Essen gesessen hatte. Und wie die Wärme zuvor und das Selbstvertrauen, das man gefühlt hatte, ein bisschen weniger geworden schien, wenn man wieder allein war. Zumindest fühlte ich mich jetzt so. Oder vielleicht war ich einfach nur überwältigt von den Ereignissen vorhin und etwas einsam ohne Ozzie.

„Bist du enthaltsam, Mädel, oder was?" drang eine schleppende amerikanische Stimme an mein Ohr. Ich wandte mich um und fand mich von Angesicht zu Angesicht mit demselben Typ, der versucht hatte mit dem Mädchen anzubandeln, das ich vor ein paar Abenden dem Wirt den Briefumschlag hatte übergeben sehen. Welch ein Zufall!

„Nicht wirklich", antwortete ich und lehnte mich etwas zurück. Der Typ war mir ein bisschen zu dicht aufgerückt für mein Wohlbefinden. „Ist das dein üblicher Anmachspruch?"

„Es könnte funktionieren, oder nicht?" Er blickte mich jetzt anzüglich an. Er sah nicht schlecht aus. Aber dass er betrunken war, machte ihn auch nicht gerade attraktiver.

„Hat mit dem braunhäutigen Mädchen neulich auch nicht funktioniert, oder?"

Er sah mich ratlos an, und mir wurde klar, dass er sich an ihren verächtlichen Blick nicht erinnerte. Er würde sich auch an mich nicht erinnern. Er befand sich in seiner eigenen Welt.

„Ey, March!" rief der Wirt vom anderen Ende der Bar her, wo er einem Pärchen zwei beinahe überlaufende Pints servierte. „Lass die Lady in Ruhe, klar?"

Der Typ – dessen Name offenbar March war – hob entschuldigend die Hände und ließ ab. „Ich wollte nix machen. Echt."

„Na, aber ich weiß, dass du gerade jemanden anfassen wolltest, der nicht zu dir gehört. Du hast das Talent, Mann."

Der Typ murmelte etwas und zog sich in eine Ecke zurück, wo er gegen eine Säule gelehnt düster in die Menge starrte.

„Alles in Ordnung?" Der Wirt hatte sein Geschäft mit den Gästen abgeschlossen, die er bedient hatte, und jetzt stand er mir gegenüber. Ich nickte. „Er ist kein schlechter Kerl. Geht den Leuten nur seit kurzem auf die Pelle. Hat 'nen Abschiedsbrief von seinem Mädchen in den Staaten erhalten, und jetzt ist er ein bisschen verloren. Nichts, was sich nicht irgendwann wieder legt."

„Oh." Ich hatte nicht erwartet die Lebensgeschichte von March zu hören.

„Scheint so, als hätte er es immer auf Ladies abgesehen, die schon mit jemandem fest zusammen sind. Du bist Ozzies Mädchen, nicht?"

Also hatte er mich doch bemerkt, es sich aber nie anmerken lassen. Ich sah ihn mir etwas genauer an. Er hatte ein gerötetes Gesicht, rotbraunes, sehr kurzes Haar und blaue Augen, war stämmig gebaut und schien mit der Welt und sich in Frieden zu sein. Er sah mein Erstaunen und lachte in sich hinein. „Wenn du den ganzen Tag hinter der Bar stehst, siehst du eine Menge. Und du zählst eins und eins zusammen. Ozzie ist hier Stammgast, wie du wahrscheinlich weißt. Meist nur Abendessen und ein Pint an seinen freien Abenden. Er hat mir von dir erzählt. Emma, richtig?" Ich nickte. „Alan", lächelte er.

„Hi, Alan. Und danke für die Rettung."

„De nada. Was kann ich dir bringen?"

„Ein Glas Sprite ohne Eis, bitte. Ich möchte nicht betrunken enden. – Dieser Typ, March – wie kommt der nach Hause?"

„Oh, er wohnt im Dorf. Der macht das schon. Irgendwer wird vermutlich nett genug sein, ihn bis vor seine Haustür zu begleiten."

„Ich habe ihn sich neulich ähnlich verhalten gesehen, als ich hier mit Ozzie war. Er versuchte ein hübsches Mädchen mit ziemlich mediterranem Aussehen anzusprechen. Sie konnte sich behaupten."

Alans Gesicht verfinsterte sich, während er mein Sprite zapfte. „Das war ein richtig schlechter Schachzug. Sie ist nichts für ihn, so viel ist klar."

„Weil sie mit jemandem fest zusammen ist?"

Alan schüttelte den Kopf und stellte das Glas vor mich hin. Etwas von der Limo schwappte über den Rand.

„Entschuldigung. Nee. Das ist nicht der einzige Grund. Es ist einfach besser, die Roma in Ruhe zu lassen. Vor allem ihre Mädchen."

„Wieso das?"

„Es bedeutet nur Ärger", murmelte Alan. „Andere Kultur. Wir passen einfach nicht zusammen."

Er nickte abrupt und wandte sich einem anderen Gast zu, der ein leeres Glas über die Bar schwenkte.

Ich war sprachlos. Zum einen hatte ich nicht den Eindruck, dass Alan auch nur einen seiner Gäste diskriminierend oder respektlos behandelte. Zum anderen hatte ich ihn doch mit dem Mädchen auf eine Weise interagieren sehen, die darauf hindeutete, dass er sie kannte. Auf vertrauliche Weise. Was hatte er also mit ihr zu tun? Es hatte einvernehmlich gewirkt. Er hatte doch als Mittelsmann gedient, oder nicht?

Die nächsten paar Minuten waren für Alan sehr geschäftig, da eine neue Gruppe das Pub betreten hatte, um einen Absacker zu genießen. Er zapfte ein Glas ums andere und nahm sich sorgsam Zeit, wenn sich der Schaum setzen musste, damit ein Pint beim Servieren auch ein echtes Pint war. Ich staunte, wie er es schaffte, alle Bestellungen im Kopf zu behalten, hier zu scherzen und da Leuten eine Bemerkung zuzurufen und dennoch alles richtig zu machen, wenn er den Gästen die Gläser hinschob.

Endlich schien sich jeder mit einem Getränk niedergelassen zu haben, und er sah mich zu ihm hinüberblicken. Er hob das Kinn. „Noch was zu trinken für dich?"

Ich schüttelte den Kopf. „Nein. Aber ich frage mich, ob du mir wohl auf eine Frage Antwort geben kannst."

Er kam neugierig herüber. „Kommt auf die Frage an."

„Wenn ich Schüsse höre, was für Wild jagen Jäger dann hier in der Gegend?"

„Oh, Wasservögel, schätze ich." Er kratzte sich am Kinn. „Es ist jetzt Jagdsaison. Da hört man davon eine Menge in der ganzen Region. Aber nur von weitem."

„Es gibt also keine Jagdreviere hier in der Nähe?"

„Na, da ist ein Anwesen etwa fünf Meilen weit von hier. Die bieten Jagdkurse und Jagdausflüge an. Ich hab von Moorhuhn- und Fasanenjagd in ihrem Park gehört. Vielleicht auch Hasen. Wenn du größeres Wild willst, chartern sie einen Minibus, um die Gruppe in eine Ecke weiter im Norden zu bringen, wo es

Rehe gibt, wie ich gehört habe. Und es gibt noch eine Reihe anderer Landsitze in der Gegend, die das ähnlich halten. Warum?"

„Dann gibt es kein Jagdrevier, das an Ealingham angrenzt? Oder innerhalb der Ortsgrenzen?"

Alans Augen weiteten sich erstaunt. „Willst du mich auf den Arm nehmen?! Stell dir vor, jemand ginge durchs Dorf und schwänge ein Gewehr, um Wasservögel oder auch nur einen Hasen in seinem Garten zu schießen. Nein! Unerhört! Das würde jeden drumherum gefährden. Und wo würdest du die Grenze ziehen?! Auf dieser Seite der Ouse? Am anderen Ufer?"

Ich hörte nur zu und beobachtete seine Aufregung. War das echt? Oder war er ein guter Schauspieler?

„Du erzählst mir also, dass nie außerhalb von Sperrgebieten wie Anwesen oder speziell zugewiesenen Landstücken mit Gewehren geschossen wird?"

„Wieso fragst du das überhaupt?! Meinst du, es *hat* jemand geschossen? Ich meine …"

In diesem Moment entstand hinter mir Unruhe, und ich drehte mich um, um die Ursache zu suchen. Die Menge teilte sich, um eine völlig aufgelöste junge Frau durchzulassen. Ich blinzelte. War das sie? Sie war in einen dunklen Anorak und eine dunkelblaue Strickmütze gekleidet. Abgesehen von ihren irgendwie fremdländischen Zügen wäre sie in dieser Menge niemandem aufgefallen. Abgesehen von ihrem wilden Blick und dem stummen Schrei, der ihr ins Gesicht geschrieben war. Ich atmete tief und vorsichtig ein – es war die junge Frau, die ich vor kaum einer Woche zufällig beobachtet hatte, als sie ihren Brief an Alan übergeben hatte.

Die junge Frau sank regelrecht gegen die Bar, atemlos, die Hände auf der Theke. Ihr Mund war ein tonloser Schrei, ihre Augen begannen überzuquellen. Ihr Körper bebte, und sie schien kurz vor dem Zusammenbruch. Alan, der sich abgewandt hatte, um andere Gäste zu bedienen, hob nur eine Hand, als bitte er sie, zu warten oder hinter die Bar zu kommen oder beides. Sein Gesicht hatte die Farbe verloren, und er runzelte die Stirn. Die Fingerspitzen des Mädchens waren vom Umklammern des Thekenrands weiß geworden. Als sie Alans Gesten sah, raffte sie ihren erschöpften Körper wieder zielstrebig auf, und sie stieß sich ab, um sich durch die Leute zu kämpfen, vorbei an mir, an die Seite der Bar. Alan eilte, nachdem er seinen Gästen Wechselgeld herausgewählt hatte, so schnell er konnte hinüber, umarmte sie und zog sie zum Mücheneingang. Nichts mit ihnen zu tun haben, richtig? Aber er hatte definitiv den Arm um sie gelegt. Was ging da vor sich?

Ich spitzte die Ohren, konnte über dem Lärm um mich herum aber nichts hören. Ich konnte kaum ihre Stimmen ausmachen. Es war natürlich unmöglich für mich, ihnen in die Küche zu folgen. Ich konnte auch schlecht hinter die Bar schlendern. Und einen rückwärtigen Zugang zur Küche zu suchen, war genauso nutzlos. Bis ich einen gefunden hätte, wäre die Unterhaltung drinnen beendet.

Das Einzige, was ich tun konnte, war abzuwarten, bis Alan zurückkäme. Aber er kam nicht. Eine der Bardamen übernahm für ihn.

„War das Alans Freundin?" fragte ich scheinbar unschuldig. „Geht es ihr gut?"

Das Mädchen hob nur die Augenbrauen. „Alan hat keine Freundin. Nicht, dass ich wüsste. Und Rose ist unsere Küchenhilfe. Keine Ahnung, worum's da geht. Aber ich bin mir sicher, er kümmert sich um sie. – Noch 'n Pint?"

„Nein, danke. Ich glaube, das war's für heute."

Ich trank mein Sprite aus und stellte das Glas auf die Theke. Dann beglich ich meine Rechnung, schlüpfte in meinen Mantel und ging nachdenklich zur Tür. Ein letzter Blick über die Schulter zeigte mir, dass sich nichts verändert hatte. Die Menge war laut, die Stimmung kumpelhaft, der Kopf der Bardame war kaum sichtbar hinter der Bar, und weder Alan noch Rose war zurückgekommen.

Ich trat hinaus und wurde von einem Schwall kalter Novemberluft empfangen. Der Nebel war dichter geworden, und die Straßenbeleuchtung schnitt mit zylinderförmigen Strahlen hindurch. Der Verkehr war zu fast völlig abgeebbt, und einige der Lichter in den alten Häusern rundum waren bereits ausgeschaltet worden.

Rose war also nicht einfach irgendein Mädchen, sondern eine Angestellte. Und sie schien ein Problem zu haben, das Alan kannte. Alan, der mir geraten hatte, dass man die Roma besser in

Ruhe ließe. Nur dass *er* das nicht tat. Und als er gesagt hatte, dass sie Schwierigkeiten bedeuteten, hatte er damit insbesondere Roses Schwierigkeiten gemeint?

7

„Ich wusste, dass ich dich nicht hätte zurücklassen, sondern dich am Arm packen und nach Hause in Filderlingen zurückschleifen sollen!" Lindas Stimme klang viel zu laut und wach in meinen Ohren. „Und warum klingst du so komisch?"

„Ih puht mi die Thähne ..." Ich hob den Becher an meine Lippen, um mir den Mund zu spülen. Nachdem ich die schaumige Masse ausgespuckt hatte, rieb ich meine nasse Hand über den Mund, trocknete ihn mit einem Handtuch, warf einen raschen Blick in den Spiegel und zog mir eine Grimasse.

„Was?! Du putzt dir die Zähne?! Stehst du erst jetzt auf?! Es ist neun Uhr. Jeder mit ein bisschen Selbstrespekt auf der Welt ist um die Zeit schon auf den Beinen."

„Vergiss nicht, dass es hier eine Stunde früher ist. Außerdem habe ich Urlaub."

Linda seufzte. „Mein Fehler. Tut mir leid. Soll ich dich nochmal später anrufen?"

„Nee." Ich rieb mir Creme ins Gesicht, nahm mein Flip Phone, verließ das Badezimmer und ging ins Hauptschlafzimmer, um mich anzuziehen. „Worum geht es überhaupt?" Ich legte das Handy auf Ozzies Nachttisch und schlüpfte in Wollsocken, Jeans und einen dicken naturweißen Pulli.

„Ich habe einen Anruf von Niko bekommen."

„Und? Du solltest immer Anrufe von Niko bekommen, wenn es eine Kriminal-Story gibt, die wie eine größere Nachricht aussieht, der man nachgehen muss."

„Nun, es ist tatsächlich eine Kriminal-Story. Aber Niko hat sie bestimmt nicht von mir."

Ich ging hinüber in die Küche, um etwas Brot zu toasten und Wasser für eine Tasse Filterkaffee zu kochen. „Das heißt, du hattest noch nicht davon gehört und es war nicht auf dem Polizeiticker?! Sowas ist selten."

„Es ist mehr als selten. Es ist schrecklich!" Linda klang wirklich aufgebracht.

„Na, dann sag ihnen, dass du nicht über alles Bescheid wissen kannst. Vielleicht ist es nach Feierabend passiert?"

„Nein", schnappte Linda. „Es ist nicht einmal in meinem Zuständigkeitsbereich passiert."

„Nun, warum hat Niko dann ausgerechnet dich angerufen?!"

„Aaaah! Weil es *dich* betrifft, liebste Freundin! Weiß Ozzie schon, dass du eine Leiche gefunden hast?"

„Oh Mann! Es geht darum?!"

„Allerdings. Also – weiß Ozzie es schon?"

„Nein. Warum sollte er?"

„Na, weil ihr, soweit ich weiß, jeden Tag miteinander telefoniert."

„Und?"

„Hast du's ihm gesagt?"

Ich rollte mit den Augen. Inzwischen kochte das Wasser, und ich hatte noch nicht einmal eine Filtertüte in den Filter auf meinem Frühstücksbecher gelegt.

„Nein, hab ich nicht. Und ich werd's auch nicht."

Ich kämpfte mit der Tüte Filtertüten, zog eine heraus, während ich das Handy zwischen Wange und Schulter klemmte, und steckte sie in den Filter. Dann öffnete ich eine Dose gemahlenen Kaffee und löffelte das Zeug großzügig in den Filter.

„Du wirst es nicht." Linda klang jetzt so, als hyperventiliere sie. „Wie kannst du es ihm *nicht* erzählen?!"

„Ganz einfach, weil es nichts ändern würde. Ich würde deshalb nicht den Toten nicht gefunden haben. Es würde den jungen Mann nicht wieder lebendig machen. Es würde Ozzie nicht nach Hause bringen."

„Du bist unmöglich."

„Wie auch immer", sagte ich, fühlte mich aber nicht ganz so nonchalant. „Aber wie kommt es, dass Niko davon weiß?"

„Na, rate mal. Sie mussten deine Identität verifizieren und deinen Hintergrund checken."

„Sie …" Dann dämmerte es mir. „Wart mal eine Sekunde. Meinst du damit, dass Barb Wie-heißt-sie-noch von Scotland Yard tatsächlich meine Kontaktdaten und meine Aussage durchgegangen ist, herausgefunden hat, wo ich arbeite, und Niko am Telefon erwischt hat?!"

„So ziemlich. Er muss heute Morgen der Erste von deinen Kollegen im Büro gewesen sein. Und er hat was über dein

Abenteuer auf die Ohren bekommen. Er war schockiert. Ich auch, als er mich anrief und es mir gleich mitteilte. Er bat mich, dich zu bitten, sofort nach Hause zu kommen."

Ich lachte. Und weil meine Hand wackelte, verschüttete ich etwas heißes Wasser, das für den gemahlenen Kaffee im Filter gedacht war, über meine andere Hand.

„Autsch! Schitt!" schrie ich.

„Was ist passiert?"

„Ich sollte nicht Frühstück machen, wenn ich mit dir telefoniere."

„Hast du dich geschnitten?"

„Nein, meine Hand verbrüht." Ich eilte hinüber an die Spüle und ließ kaltes Wasser über die sich bereits rötende Haut meiner linken Hand laufen. „Verflixt, das tut weh."

„Na, hoffentlich heilt es schnell", sagte Linda ansatzweise mitfühlend. „Jedenfalls, tust du's?"

„Was?!"

„Heimkommen?"

„Natürlich komme ich heim", sagte ich und begann, die Geduld zu verlieren. „Ich hatte nie vor, hier länger zu bleiben, als mein Urlaub dauert. Und nein, ich komme nicht vorzeitig zurück, bloß weil ich diesen Toten gefunden habe, falls das die Frage war."

Ein langer Seufzer und Stille. Dann: „Tja, ich hab's versucht. Versprich mir nur, dass du auf dich aufpasst und dich von der Leiche fernhältst."

Ich konnte Linda immerhin das getrost versprechen. Ich war mir ziemlich sicher, ich würde dem Toten nie wieder begegnen. Inzwischen wäre er in einem Kühler irgendwo in einem pathologischen Institut für welche Zwecke auch immer, die sie dort im Sinn hatten. Die Todesursache war ziemlich offensichtlich, dachte ich. Aber natürlich musste jemand den Unbekannten noch identifizieren. Vor der Beerdigung gab es vermutlich keinen offenen Sarg. Ich war mir nicht einmal sicher, dass es eine Beerdigung geben würde, anlässlich deren ich zur Teilnahme benachrichtigt würde. Ich versprach Linda also feierlich, ja, ich würde mich von dem Toten fernhalten.

„Gut", stellte sie fest. Und ich widersprach ihr nicht. „Nun was anderes – Steffen und ich haben darüber nachgedacht, zu Pferd getraut zu werden. Ist das nicht romantisch?!"

„Na, es ist mit Sicherheit ziemlich ungewöhnlich", gab ich zu. „Muss euer Pfarrer auch auf einem Pferd sitzen? Oder wird er seinen Hals verrenken und in die Sonne blinzeln müssen, während er euch das Ehegelübde vorliest?"

„Oh, wir haben uns schon rückversichert, dass auch er im Sattel zu Hause ist", beruhigte mich Linda. „Wir hatten auch gedacht, dass du vielleicht …"

„Nein!"

Die Antwort schoss mir aus dem Mund, bevor ich auch nur denken konnte. Darum geht es beim Instinkt. Obwohl ich im vergangenen Frühjahr nolens-volens mit Pferden zu tun gehabt hatte, als ich eine Brandstiftungsserie in Pferdeställen untersucht hatte, fühlte ich mich immer noch nicht wohl mit diesen riesigen Kreaturen. Sie brachten mich nicht mehr aus der Fassung. Aber ich konnte auch nicht behaupten, dass ich ihnen besonders traute. Wer wusste schon, was in diesen großen Köpfen mit diesen zugegebenermaßen wunderschönen Augen und großen, weichen Schnuppen vorging?

„Du müsstest nur stillsitzen und …"

„Nein", wiederholte ich. „Ich weiß, dass etwas Schlimmes passieren würde – jemand würde niesen, mein Pferd würde scheuen, und ich flöge durch die Luft. Auf keinen Fall!"

Ich hörte Linda ausatmen. „Nun, es war den Versuch wert."

„Warum könnt ihr nicht einfach eine sehr hübsche und klassische Kapellentrauung haben und hinterher zur Show was mit Pferden auf Schloss Solitude machen? Ich bin mir sicher, einer Menge anderer Leute würde das auch gefallen."

„Spielverderber", grummelte Linda.

„Ich denke bloß an die älteren Leute, die nicht würden rennen können, falls jemand niest und …"

„Ich bin im Bilde", unterbrach mich Linda. „Ich werde mit Steffen darüber reden. Ich wollte etwas Außergewöhnliches."

„Tja, du weißt ja, was ich von Außergewöhnlichem und Hochzeiten halte."

„Und das wäre?"

„Je mehr es um die Hochzeit geht, desto weniger geht es um die Ehe."

„Pah. Du kennst uns besser als das."

„Ich will es hoffen."

Mein Magen begann zu knurren, und ich beäugte sehnsuchtsvoll meinen Orangenmarmeladen-Toast. „Hör mal, ich muss jetzt gehen. Ich muss den Bedürfnissen meines Körpers Folge leisten."

In dem Augenblick, in dem ich das Wort „Körper" äußerte, bereute ich es auch schon. Denn Linda sprang wirklich sofort darauf an.

„Übrigens hat Niko gesagt, dass Detective Superintendent Tope auch gefragt hat, ob du außerdem über Verbrechen berichtest. Er hat nicht wirklich gelogen, als er nein sagte. Aber er hat ihr auch nicht gerade die Wahrheit über deine Schnüffelei im Fall der Brandstiftungen gesagt. Du bewegst dich also besser auf Zehenspitzen bei ihr, hörst du?"

„Hat er das? Ich mag ihn immer mehr."

„Nicht komisch, Emma. Dieses Mal ist weder er noch ich da, falls du wieder in die Klemme gerätst. Du solltest also nicht mal dran denken."

„Tu ich nicht", erwiderte ich rasch. Natürlich wollte ich nicht daran denken, dass ich in der Klemme stecken könnte, Pfadfinder-Ehrenwort.

„Gut. Na, dann lass ich dich gehen. Ist es eins dieser fantastischen englischen Frühstücke, die du dir machst?"

„Nee. Nur Toast mit etwas Marmelade, Kaffee und ein Glas Saft."

„Klingt spärlich."

„Es ist genau, was ich heute früh möchte."

„Grüße Ozzie von mir."

„Mach ich", sagte ich und hatte schon den Mund voll mit einem ersten Bissen delikaten süß-sauer-bitteren, knusprigen Toasts.

Klick.

Ich konnte loslegen. Ich schluckte. Oh Linda, meine liebe Freundin, ich hatte dich nicht belogen. Aber ich hatte dir auch nicht genau die Wahrheit gesagt …

8

Menschen handeln oft aus ihrem Widerspruchsgeist heraus. Verbietet man jemandem etwas, finden sie es fast mit Sicherheit interessanter, als es wirklich ist. In diesem Fall waren mir jede Menge warnender Ratschläge, wenn nicht gar Verbote in den Weg geworfen worden. Doch nicht diese Tatsache machte meine Neugier noch größer. Ich wusste ja, dass Neugier tödlich sein konnte und dass ich mich im Fall eines Mordes ersten Grades auf Zehenspitzen um jeden Beweis bewegen musste, den ich finden mochte. Sogar, was ich bis jetzt herausgefunden hatte, konnte mich wahrscheinlich gefährden.

Wie Detective Superintendent Barb Tope betont hatte, untersuchte das Criminal Investigation Department in eine Richtung, die höchst unwahrscheinlich war und die jemandem ernsthafte Karriereprobleme bereiten konnte, selbst wenn er sich als unschuldig herausstellte. Selbst der leiseste Schatten von Verdacht konnte schließlich den Ruf eines Menschen schädigen. Auf keinen Fall konnte einer von Ozzies Landsleuten das Verbrechen begangen haben. Ich musste schlicht dazwischentreten und versuchen, ob ich mehr herausfinden konnte. Etwas Besseres. Etwas, das in die richtige Richtung wies.

Nachdem, was Linda als mageres Frühstück betrachtet hatte, das aber tatsächlich genau richtig für mich gewesen war, zog ich daher meine Schlechtwetterkleidung an und ging hinüber zu Henrys Haus. Ich klopfte an die Tür und musste geraume Zeit warten, bis er sie öffnete.

Henry war noch unrasiert und blinzelte mich verwirrt an. Er äußerte etwas, das ich in „Gute Güte, es ist doch noch nicht Nachmittag, oder?!" übersetzte.

„Hi Henry", lächelte ich verlegen. „Ich weiß, es ist sehr früh. Und ich nehme Rocky heute Nachmittag auf noch einen Spaziergang. Aber könnte ich ihn jetzt gleich für eine kleine Weile ausborgen? Bitte?"

Inzwischen mussten Rockys feine Ohren meine Stimme vernommen haben, denn ich hörte ein kurzes Jaulen, und dann rannte er aus Henrys Hintergrund durch die Lücke zwischen Mann und Türrahmen, um mich mit einem Sprung zu begrüßen, der mich beinahe über den Haufen warf. Henry packte sein Halsband gerade noch rechtzeitig, um die Wucht abzumildern, und schalt den lebhaften Labrador. Dann sagte er etwas völlig Unverständliches zu mir, befahl Rocky zu sitzen und kehrte mir den Rücken, um im dunklen Flur seines Hauses zu verschwinden. Als er sah, dass sein Herrchen gegangen war, erhob sich Rocky sofort und näherte sich mir winselnd und schwanzwedelnd. Ich tätschelte den Putzigen. Ein paar Minuten später kehrte Henry mit Rockys Leine zurück, hakte sie ein und reichte sie mir.

„Ich bleibe nicht lange weg", versprach ich. „Vielleicht eine Stunde oder so."

Er murmelte etwas, winkte mir dann leise zu und schloss die Tür hinter sich.

Rocky sah erwartungsvoll zu mir auf. Bevor er vollständig um mich herumgehen und mich mit seiner Leine fesseln konnte, ging ich einen Schritt auf die Straße zu.

„Komm, mein Freund!"

Rocky folgte mir eifrig. Bald stemmte er sich wie gewohnt fröhlich gegen die Leine, und ich musste zügig gehen, um mit ihm schrittzuhalten, ohne ihn zu strangulieren. Er wusste, dass wir auf den Treidelpfad zusteuerten, da wir alle vergangenen Nachmittage dorthin gegangen waren. Wir passierten das Deichtor. Heute bemühte sich die Sonne sehr, durch die grauen Morgenwolken zu brechen. Die Feuchtwiesen auf der anderen Seite der Ouse sahen üppig aus und glänzten im Tau der vergangenen Nacht. Nur die Rohrkolben mit ihren zerzausten Köpfen am Rande des Wassers verrieten, dass es Spätherbst war.

Ich schlug unsere übliche Richtung auf dem Treidelpfad ein, und Rocky begann, neugierig an allem zu schnuppern, was nur entfernt interessant erschien. Ein Poller auf dieser Seite des Pfads, die sitzlosen Überreste einer Bank auf der anderen. Ich sah ihm amüsiert zu, obwohl die Anspannung in mir stieg. Ging ich wirklich an den Ort zurück, an dem ich gestern den Toten gefunden hatte? Was, wenn dort noch irgendwelche Überreste wären? Allein der Gedanke drehte mir fast den Magen um. Aber wenn ich etwas Hilfreiches für die kleine amerikanische Minderheit finden wollte, die gerade aus völlig falschen Gründen unter Verdacht stand, musste ich meine Übelkeit erregenden Gedanken überwinden.

Funktionierte die Leine wie eine Telefonleitung? Rocky begann, meine Unruhe zu spüren, und sah immer öfter zu mir zurück, als sei er im Zweifel, ob er mit dem, was er tat, weitermachen solle. Oder vielleicht bildete ich mir das auch nur ein. Vielleicht wollte er nur von der Leine gelassen werden. Aber nicht heute. Nicht auf diesem Abschnitt des Treidelpfads. Ich wollte nicht, dass er an den Schauplatz des Verbrechens rannte und dort irgendetwas durcheinanderbrachte. Ich wollte nicht, dass er mich in Schwierigkeiten brachte.

Als wir uns der Wegbiegung näherten, setzte sich Rocky und begann zu winseln. Vielleicht erinnerte er sich daran, was er vor nicht einmal vierundzwanzig Stunden entdeckt hatte? Vielleicht war er nur müde, weil ich ihn nie morgens zum Gassigehen mitnahm. Ich spürte die Anspannung ebenfalls steigen; ein Schauer lief mir über den Rücken und ließ mir die Haare zu Berge stehen. Natürlich nicht wirklich. Mein Pferdeschwanz saß noch. Ich zerrte an Rockys Leine.

„Komm, mein Junge. Hab keine Angst. Es gibt nichts zu befürchten."

Sobald wir um die Biegung kamen, mussten wir anhalten. Absperrband spannte sich über den Pfad, und vier Männer in weißen Overalls bewegten sich überallhin zwischen diesem Band und dem auf der anderen Seite des Areals. Sie hatten einen Teil des hohen Grases am Flussufer geschnitten. Und jetzt suchten sie anscheinend jeden Zentimeter des Bodens mit Metalldetektoren ab. Es machte Sinn. Wonach auch immer sie suchten, es würde in der kürzeren Vegetation leichter zu finden sein.

„Ich hätte auf Sergeant Cameron hören sollen", sagte eine vertraute Stimme neben meiner linken Schulter. „Er meinte, dass Sie zweifelsfrei zum Schauplatz des Verbrechens zurückkehren würden. Dass Sie genau diese Art Mensch seien."

„Guten Morgen, Barb", sagte ich, ohne mich umzudrehen. „Haben Sie letzte Nacht gut geschlafen?"

„Fest wie ein Baby", erwiderte sie. „Danke."

Erst jetzt blickte ich sie an. Sie lächelte grimmig unter einer pastellgrünen Strickmütze, die ihre Augen hervorhob und sie noch braungrüner wirken ließ.

„Es ist nicht verboten, den Treidelpfand entlangzugehen, solange man sich nicht jenseits des Absperrbands bewegt, richtig?" Ich war zornig auf mich selbst, als ich die Verteidigung in meinem Ton hörte.

„Nein, natürlich nicht."

Eine Weile lang standen wir schweigend da. Es war ein bisschen wie ein Wettstreit, wer länger dastehen und zusehen konnte, ohne ein Wort zu sagen. Wir beide wollten Antworten. Nur, während ich wusste, dass das bei Barb der Fall war, konnte sie nur annehmen, dass auch ich hinter der Hintergrundgeschichte zum Mord her war. Schließlich brach Barb das Schweigen.

„Was machen Sie wirklich hier? Sie gehen nicht nur einfach spazieren. Sie sind auf der Suche nach etwas, nicht wahr?"

„Nach einem Abschluss", versuchte ich es. Es war sicherlich ein Teil der Wahrheit.

„Einem Abschluss", wiederholte Barb und starrte geradeaus. „Das ist ein großes Wort für jemanden, der einen Toten gefunden hat. Benötigen Sie psychologische Hilfe? Ich könnte versuchen, Hilfe für Sie zu finden."

„Nein, danke. – Ist Ihnen je sowas passiert?"

„Was? Eine Leiche zu finden?"

„Ja."

„Ich wünschte es." Ich schnappte nach Luft. „Missverstehen Sie mich nicht. Eine Menge Tatorte würden unverändert bleiben und mich viel schneller zu Schlussfolgerungen kommen lassen, weil ich die Beweise viel schneller finden würde. Es ist bestimmt nicht, weil ich selbst gern auch einmal ein Mordopfer finden würde.

Ich nickte und starrte immer noch auf den Schauplatz, wo einer der Männer offenbar ein Signal von seinem Metalldetektor erhalten hatte. Der Fund stellte sich jedoch als leere Bierdose heraus und wurde auf einen kleinen Haufen anderen Metallmülls geworfen.

„Es ist eine Schande, wie Menschen einfach Müll wegwerfen", bemerkte Barb. „Sie vergessen, dass die Welt wie ein großes Wohnzimmer ist. Am Ende ist es, als würfen sie all das Zeug in ihrem eigenen Haus weg. Seltsamerweise halten sie *das* aber blitzblank."

„Wonach suchen sie überhaupt?" wagte ich zu fragen.

„Nach der Kugel."

„Warum würde das helfen?"

„Jede Schusswaffe hat im Lauf so etwas wie einen individuellen Fingerabdruck. Wenn die Kugel abgefeuert wird, trägt sie diese spezifischen Merkmale." Barb seufzte. „Es ist trotzdem wie die Suche nach der Nadel im Heuhaufen, wenn man das als einzigen Beweis hat."

„Dann sind diese sogenannten Fingerabdrücke in keiner Datenbank gelistet?" fragte ich überrascht.

„Selbst wenn sie es wären, gibt es Schusswaffen, die außerhalb des Zeitrahmens hergestellt wurden, in dem so eine Datenbank erstellt wurde. Oder in einem anderen Land."

„Wie wahr", räumte ich ein. „Sie behalten dann die Kugel also einfach mit den anderen Beweismitteln, die Sie haben?"

„Ja. Aber inzwischen suchen wir nach dem Besitzer des betreffenden Gewehrs."

„Kennen Sie schon die Identität des jungen Mannes?" fragte ich vorsichtig. Ich wollte Barb nicht verärgern. Ich wusste, dass es für sie eine Frage der Ehre sein musste, solche wichtigen Details so schnell wie möglich herauszufinden. Ich steckte meine kalten Hände in die Manteltaschen. Ich hatte mal wieder meine Handschuhe vergessen. Rocky reagierte auf die Bewegung am Ende der Leine mit hoffnungsvollem Blick. Es musste ihn langweilen, nur auf der Stelle zu hocken und etwas zuzusehen, was vielleicht auch für ihn etwas Aufregendes bedeuten mochte.

„Noch nichts. Wir werden mit einem Portrait von ihm herumfragen." Barb zog ein Gesicht. „Retuschiert natürlich. Aber ich bin mir nicht sicher, ob wir schnelle Ergebnisse erhalten werden. Wenn er, wie ich vermute, ein Roma war, werden seine Mitmenschen vielleicht den Mund halten, sobald die Polizei auftaucht und fragt."

„Ich könnte helfen", bot ich vielleicht etwas zu schnell an.

Barb zog die Augenbrauen hoch, sodass sie fast unter dem Rand ihrer Mütze verschwanden. „Sie werden nichts dergleichen tun. Ich bin Kriminalbeamtin in Zivil und kann das sehr gut handhaben." Sie hob nun das Band an und schlüpfte darunter auf die andere Seite, als wolle sie mir signalisieren, dass unsere Unterhaltung zu Ende sei.

„Tut mir leid", murmelte ich.

Barb lenkte ein. „Hören Sie, das ist ein Mordfall. Der Mörder läuft noch frei herum und verfolgt vermutlich wachsam, was wir finden könnten, wie schnell wir es finden und was wir daraus machen. Jemand, der jemand anders in den Kopf schießt, ist kaltblütig und verteidigt wahrscheinlich seine Freiheit mit einer weiteren Kugel. Sie kommen besser nicht einmal in seine Nähe. Das ist *mein* Job. Okay?"

„Ja, Ma'am."

Barb winkte mir kurz zu und schritt auf die Männer in Overall zu. „Schon was Nützliches gefunden?"

Ich konnte nichts hören außer dem Klang einer Männerstimme und dann, dass sie antwortete. Rocky erhob sich und versuchte ebenfalls, auf die andere Seite des Bandes zu gelangen.

„Du bleibst hier, mein Freund." Ich fasste die Leine kürzer, und Rocky ließ sich frustriert wieder fallen.

Am Ufer der Ouse schien einer der Männer etwas entdeckt zu haben, das seine Aufmerksamkeit erregte. Er rief Barb herbei und deutete auf etwas am Boden. Sie bückte sich, und dann verdeckte ihr Körper den Rest dessen, was da geschah. Aber als sie sich wieder aufrichtete, steckte sie eine kleine Tüte in ihre Manteltasche, sah mich über die Schulter an und nickte mir energisch zu.

„Die Kugel?" formte ich nur mit den Lippen. Doch sie hatte ihre Aufmerksamkeit bereits auf den Mann gerichtet und diskutierte etwas mit ihm.

Jetzt ging es also darum, ob die Kugel, die sie gerade gesichert hatten, und die Hülse, die ich gestern gefunden hatte, größenmäßig zusammengehörten. Und selbst wenn, brachte sie das der Lösung keinen Zentimeter näher. Nicht, bis sie das Gewehr gefunden hatten, von dem sie abgefeuert worden war, und noch mehr. Es musste noch andere Hinweise auf den Mörder geben.

Meine Gedanken wandten sich wieder dem Opfer zu. Ich runzelte die Stirn. Was war mir an dem Toten vertraut erschienen? Es war nicht sein Gesicht gewesen – ich war in jüngerer Zeit keinem anderen Roma begegnet als der Frau in Newmarket.

„Bevor du für immer in eine andere Welt reist, nimm dich vor Kugeln in Acht!"

War sie wirklich eine Hellseherin gewesen? Ich zerbrach mir den Kopf. Der Mörder hatte erst zugeschlagen, nachdem sie das zu mir gesagt hatte. Sie konnte mich nicht mit Ealingham in Verbindung bringen, es sei denn, Linda hätte in dem Wagen über mich geplaudert. Allerdings unwahrscheinlich, da es um *sie* gegangen war, nicht um mich. Auch konnte die Frau über meine Spaziergänge mit Rocky auf dem Treidelpfad nicht Bescheid gewusst haben. Und wie hätte sie von dem Mord wissen können? Und dass ich den Toten finden würde? Nein. Es gab offenbar wirklich Unergründliches zwischen Himmel und Erde. Ich holte tief Luft. Es war ziemlich zermürbend, dass die Roma eine Kugel und mich in Verbindung gebracht hatte. Plural. Kugeln. Ich erschauerte. Und ich konnte nur hoffen, dass sie mit der Reise in eine andere Welt nicht meinte, dass ich umgebracht werden würde. Noch dazu von einer Kugel.

Ich schüttelte den Kopf, um ihn von den Bildern zu befreien, die sich in meine Gedanken schlichen. Vergiss die Warnung. Konzentrier dich wieder auf den Roma. Was war …

Plötzlich wurde es mir klar, indem ich mir noch einmal seine Kleidung vor Augen führte. Ein Gegenstand hatte höchstwahrscheinlich nicht ihm selbst gehört. Das farbenfrohe Tuch mit seinem folkloristischen Muster. Zudem nicht irgendein Tuch. Denn ich hatte es schon einmal gesehen.

„Barb!" rief ich aus und stand auf Zehenspitzen, als würde mir das helfen. Meine Stimme quietschte vor Aufregung. Ich räusperte mich und versuchte es erneut. „Barb!!!"

Ich sah, wie einer der Männer, mit dem sie sprach, den Kopf in meine Richtung bewegte, als deute er mit dem Kinn auf mich. Barb wandte sich sichtlich verärgert um. Ich musste ihre Gedankengänge gestört haben. Aber ich gestikulierte dringlich, sie möge herüberkommen. Ich musste ihr einfach meine Beobachtung mitteilen. Barb sagte etwas zu dem Mann, und ich nahm an, dass sie dabei die Augen verdrehte. Sie ließ sich Zeit, durch das nasse Gras herzukommen, und hielt schließlich ein paar Meter weit weg an, womit sie mir andeutete, dass ich in ihrem Team nicht willkommen sei. Vielleicht ärgerte sie auch, dass ich sie beim Vornamen und nicht bei ihrem Rang gerufen hatte.

„Was jetzt? Sind Sie immer noch da?!"

„Ich habe etwas gefunden."

„Was? Wo?"

„Nein, lassen Sie es mich neu formulieren. Ich habe etwas herausgefunden. Haben Sie schon Fotos von dem jungen Mann gesehen?"

„Habe ich. Ich habe Ihnen gesagt, dass ich denke, dass er ein Roma ist. Also, was ist damit?"

„Nun, er hielt ein buntes Tuch in einer Hand, richtig?"

„Ja. Es ist in der Asservatenkammer zusammen mit anderen Gegenständen, die ihm gehörten. Wir vermuten, dass er möglicherweise das Tuch festgehalten hat, als die Frau, der es gehörte, sich losriss und vor ihm weglief. Wahrscheinlich eine Roma, da das Tuch ein typisches Muster hat und auch die Farben auf eine ethnische Minderheit hindeuten."

Ich atmete schwer. „Barb, Sie werden es nicht glauben, aber ich glaube, ich weiß, welcher Frau das Tuch gehört."

„Was?" Barb machte ganz große Augen.

„Sie haben richtig gehört. Ich glaube, ich habe dasselbe Tuch an einer Frau gesehen, der ich schon einmal begegnet bin. Hier in Ealingham. Im *Bird in the Bush.*"

9

Barb stand einen Augenblick mit offenem Mund da.

„Haben Sie das die ganze Zeit gewusst? Oder ist Ihnen das gerade erst in den Sinn gekommen?"

Ich errötete und duckte mich. „Ich weiß, es klingt ein wenig seltsam. Ich wusste, etwas an dem Toten war mir vertraut. Es ist mir nur erst gerade klar geworden, dass es nicht der Tote war, sondern das eine Stück, das mit seiner Bekleidung keinen Sinn ergab. Das Tuch einer Frau in der Hand eines toten Mannes. Und ich musste überlegen, wo ich es schon einmal gesehen hatte. Ungefähr vor einer Woche. Als ich mit Ozzie im Pub war. Ich meine …"

„Ja, Ihr Freund." Barb zögerte einen Moment. „Was haben Sie noch? Ich weiß, da ist noch mehr. Sie sehen ganz danach aus."

„Sie heißt Rose. Ihren Nachnamen kenne ich nicht. Sie arbeitet im Pub. Als Küchenhilfe, verstehe ich."

Barb blieb einen Augenblick lang still und starrte an eine Stelle irgendwo hinter meinen Schultern. Dann entschied sie: „Sie bleiben hier, bis ich das hier erledigt habe. Dann kommen Sie mit mir mit. Ich will sichergehen, dass Sie nicht allein auf eine Exkursion gehen."

Sie drehte sich um und schritt auf die Männer zu, um etwas mit ihnen zu besprechen, wobei sie ab und zu einen Blick über ihre Schulter auf mich warf. Dann kam sie endlich wieder zurück.

„Gehen wir. Ich möchte mit dem Mädchen reden. Rose, sagten Sie?"

Sie schlüpfte unter dem Band durch und ging weiter. Ich nickte und passte meinen Schritt an ihren an; Rocky zog munter an der Leine.

„Ich habe sie gestern Abend erneut gesehen. Ganz kurz. Sie kam in das Pub, als Sie schon nach oben gegangen waren, und verschwand mit Alan in der Küche." Barb wandte mir kaum das Gesicht zu. „So heißt der Wirt", fügte ich hastig hinzu. „Seinen Nachnamen kenne ich auch nicht."

„Kein perfekter Job für eine Journalistin", spottete Barb leise, und es zuckte um ihre Mundwinkel.

„Naja, ich war nicht als Journalistin da", entgegnete ich. „Nur als Gast wie alle anderen auch. Alan beim Vornamen zu kennen, war mir zu dem Zeitpunkt genug. Ich hatte ja nicht vor, einen Artikel über *Das Leben und Wirken eines Wirts in Suffolk* zu schreiben, oder?"

Barbs Augen funkelten, als mache ihr unser Schlagabtausch Spaß. Ich war mir nicht sicher, ob ich dasselbe empfand. Ich war mir bewusst, dass wir einander dabei helfen konnte, den Fall zu lösen. Aber ich sollte eigentlich nicht daran beteiligt sein.

„Dann haben Sie also die Kugel gefunden?" wagte ich mich schließlich vor.

„Ja."

Ich war etwas atemlos, weil ich rasch lief und zugleich sprach. Barb schien deutlich sportlicher zu sein als ich. Oder vielleicht war sie gerissener, weil sie sich den Anschein gab, indem sie weniger sagte. Jedenfalls hatte sie mich mal wieder in der Defensive, und es gefiel mir nicht.

„Haben Sie schon einen Verdacht hinsichtlich des Mörders?"

„Wir müssen erst noch das Gewehr finden und ihm nachgehen."

„Sie werden vergebens suchen. Es gibt alle möglichen Gewehre, die Kaliber 30-06 verwenden."

„Wir werden suchen, bis wir fündig geworden sind", beharrte Barb.

„Bis dahin sind vielleicht alle anderen Spuren kalt, und Sie haben immer noch nicht den Mörder, sondern nur die Waffe gefunden."

Barb blieb plötzlich stehen. Ihre braungrünen Augen glühten jetzt wie Kohlen und brannten sich direkt in meine.

„Hören Sie, Emma, ich bin nicht hier, um meine Untersuchungsmethoden mit Ihnen zu erörtern."

Ich hob entschuldigend die Hände. „Ich wollte Sie nicht verärgern. Ich will Ihnen nur die Mühe ersparen, Zugang zum Kommandeur bei der RAF Mildenhall zu finden. Ich habe Ozzie schon gestern hinsichtlich der Gewehre befragt."

Barb hörte zu, die Arme in die Hüften gestemmt. „Ich möchte es aber dennoch aus erster Quelle hören, dass es keiner von ihnen war, der diesen jungen Mann erschossen hat."

„Es könnte das Mädchen gewesen sein …"

„Sicher."

„Nachdem es sich losgerissen hatte und das Tuch in den Händen …"

„Seien Sie nicht albern. Wenn sie das Gewehr bei sich gehabt hätte, glauben Sie, der Mann hätte nach dem Tuch statt nach dem Gewehr gegriffen?"

„Auch wieder wahr."

Wir gingen schweigend weiter.

„Zumindest können wir uns darauf einigen, dass Rose den Mann gekannt haben muss. Er hatte ihr Tuch."

Barb lachte kurz und verzweifelt auf. „Wenn ich also auf der Straße einen Gegenstand finde, kenne ich auch automatisch dessen Besitzer?"

„Sie meinen, er könnte es einfach gefunden haben? Vielleicht auf dem Treidelpfad?"

„Ich meine gar nichts. Ich will Fakten", stellte Barb fest.

Wir gingen durch das Deichtor hindurch. Wir gaben Rocky bei sich zu Hause ab. Henry hatte den Mund geöffnet, um etwas zu fragen, als er Barb neben mir erblickte, aber ich winkte kurz und ignorierte ihn dann. Wir hatten keine Zeit für Erklärungen. Wir steuerten rasch wieder auf die Abzweigung zu, die zum Dorfkern führte, und passierten die Feldsteinhäuser, die sich hinter ihren minimalistischen Vorgärten zusammenkauerten. Schließlich erreichten wir die Main Street. Der Verkehr war dichter als üblich.

Barb schielte auf die vorbeifahrenden Autos. „Kennen Sie einen Autovermieter in der Gegend?"

„Versuchen Sie's in Mildenhall", erwiderte ich. „Oder in Ely."

Barb nickte still. „Klingt plausibel." Sie warf einen Blick auf ihre Uhr. „Halb elf."

Ich antwortete nicht. Wenn ich sie gewesen wäre, hätte ich angenommen, dass das Frühstück im *Bird in the Bush* inzwischen vorüber und die Küchenhilfen alle vor Ort seien, um das Mittagessen vorzubereiten und sich um das Frühstücksgeschirr zu kümmern.

Das Zentrum des Dorfs sah heute Morgen so malerisch wie eine Postkarte aus. Abzüglich eines blauen Himmels. Der Dorfplatz war gepflegt, sein Rasen makellos gemäht. In seiner Mitte stand ein Weltkriegs-Mahnmal, geschmückt mit einem Kranz roter Stoff-Mohnblumen. Die Kirche im Perpendicular-Stil stand dem Pub gegenüber und die Polizeiwache dem Rathaus. Das Raster mit all diesen Institutionen im Zentrum und in fußläufiger Nähe zueinander besaß eine gewisse Logik.

Barb marschierte energisch auf die Pub-Tür zu. Sie riss sie auf und prüfte nicht einmal, ob ich ihr unmittelbar folgte oder nicht. Das musste sie auch nicht. Natürlich tat ich das.

Das Licht im Schankraum und im Restaurant war schwach. Da es draußen grau war und die Fenster des uralten Gebäudes nur klein waren, hatte man das elektrische Licht über den Tischen eingeschaltet. Letztere waren erst gerade geputzt worden, da sie noch Spuren von Feuchtigkeit trugen. Die Stühle waren mit dem Sitz nach unten daraufgestellt worden, um einer älteren Frau, die den Holzfußboden moppte, die Arbeit zu erleichtern. Der Geruch von Reinigungsmitteln mischte sich unangenehm mit dem von abgestandenem Kaffee und kaltem Speckfett. Ich sah Barb die Nase rümpfen. Die ältere Frau verschwand, sobald sie uns bemerkte, grußlos in die Küche.

Die Bar hinten war dunkel und verlassen. Barb steuerte mich dennoch darauf zu. Sie machte es sich auf einem der Barhocker bequem und bedeutete mir wortlos, ich solle dasselbe tun. Sie legte die Hände recht entspannt auf die Theke, als sei sie einfach ein gewöhnlicher Gast. Ein paar Augenblicke später kam eine Bardame aus der Küchentür und näherte sich uns hinter der Bar.

„Hallo zusammen. Tut mir leid. Unsere Frühstückszeit ist vorbei, und wir haben noch nicht fürs Mittagessen geöffnet. Vielleicht möchten Sie in einer halben Stunde wiederkommen?" Ihre Augen waren rotgerändert, und ihre Ärmel waren über die Ellbogen hochgekrempelt. An einem ihrer Unterarme glitzerte Schaum.

„Wir würden gern Rose sehen", sagte Barb, als sei Rose eine Bekannte von ihr.

Das Mädchen musterte uns misstrauisch. „Sie ist heute früh nicht aufgetaucht. Ich wusste, dass man einer Roma nicht trauen kann. Die sind heute hier und morgen dort. Wegen ihr sehe ich jetzt so aus. Zwiebeln schneiden, Geschirr abwaschen. Normalerweise nicht mein Job."

„Nicht aufgetaucht?!" wiederholte ich.

Dann musste etwas sie gestern Abend mehr aufgeregt haben, als ich gedacht hatte. Aber natürlich wurde mein voriger Gedanke, dass sie mit dem Toten irgendwie in Verbindung stand, angesichts ihres fehlenden Tuchs noch wahrscheinlicher. Barb blieb ungerührt. Sie griff in eine ihrer Manteltaschen und holte ihre Polizeimarke heraus.

„Detective Superintendent Barb Tope", sagte sie und war die Ruhe selbst. „Könnte ich bitte mit Ihrem Chef sprechen?"

„Er wird auch erst in einer halben Stunde hier sein."

„Nun, vielleicht können Sie ihn anrufen und ihm sagen, er solle etwas früher hereinkommen. Es könnte ihm recht sein, wenn unsere Unterhaltung nicht von jedermann mitgehört wird."

„Hat Alan etwas Schlimmes getan?" Die Augen des Mädchens wurden groß wie Untertassen.

Barb blieb still wie eine Sphinx. Das Mädchen begann, unruhig zu werden.

„Okay, okay … Ich rufe ihn an."

Sie ging zum Wandtelefon hinüber und drückte eine Kurzwahltaste. Eine Sekunde später murmelte sie hektisch etwas in den Hörer, der in ihrer Hand zitterte. Alle paar Augenblicke blickte sie uns verstohlen an, während sie sprach und ihren Mund und den Hörer mit der anderen Hand verdeckte. Schließlich legte sie auf.

„Er wird in etwa fünf Minuten hier sein. Sie haben Glück, dass er nebenan wohnt."

„Schau mal an, welch einen Unterschied ein Anruf bewirken kann", lächelte Barb vergnügt. Mir entging nicht der amüsierte Ton in ihrer Stimme.

Die Bardame zuckte die Achseln. „Kann ich Ihnen inzwischen was zu trinken machen?"

„Eine Tasse Kaffee. Schwarz. Sie, Emma?"

„Ginger Ale wäre schön, danke."

Wir erhielten unsere Getränke gerade, als Alan durch die Küchentür hereinstürmte. Er musste das Haus durch den Hintereingang betreten haben, der auch als Mitarbeitereingang diente. Er sah heute Morgen blass aus. Er hatte dunkle Ringe unter den Augen. Sein Haar stand nach allen Seiten, und er hatte einen Unfall beim Rasieren gehabt, da er zwei Schnitte am Kinn hatte, die er mit winzigen Schnipseln Papiertaschentuch abgedeckt hatte, damit sie aufhörten zu bluten. Er nahm sie hastig ab, als er uns erreichte. Dann nickte er mir zu. „Emma."

Ich nickte zurück. Es hatte mir plötzlich die Sprache verschlagen.

„Detective Superintendent Barb Tope. Sally hat mir am Telefon gesagt, dass Sie eine dringende Angelegenheit mir zu besprechen hätten?" wandte er sich an Barb, die endlich ihre

Strickmütze abnahm. Er lächelte nicht und wartete, dass sie etwas sage.

„Stimmt", stellte sie fest und zeigte ihm ihre Marke.

Alan warf nicht einmal einen Blick darauf, sah aber überrascht aus. „Dann hat es also nichts damit zu tun, dass Sie unser Hausgast sind, sondern alles ist jetzt polizeilich!" rief er aus.

„Sagen wir, es ist Zufall. Ich bin genauso überrascht wie Sie." Barbs Stimme klang so kühl wie immer. „Ich habe nie Ihren Namen erfahren. Sie sind …?"

„McLeod. – Sie sind wegen Rose Buckland gekommen?"

Barb wiegte den Kopf. „Was können Sie mir über sie erzählen?"

„Kommt drauf an, ob's relevant ist", wich er aus.

„Lassen Sie *mich* das entscheiden. Aber beginnen wir mit ihrem Hintergrund. Sie ist eine ihrer Küchenhilfen, höre ich. Erzählen Sie mir mehr von ihr. Wie sie ist. Wo und wie sie lebt."

Alan holte tief Luft. „Sie ist neunzehn, Single, lebt bei ihrem Vater. Sie hat den Job angenommen, als sie vor gut einem Monat in ihr Winterquartier zogen." Er blickte Barb aus zusammengekniffenen Augen an. „Sie sind Roma, falls Sie das wissen müssen. Sie hat hier jede Wintersaison gearbeitet, seit sie mit sechzehn die Schule verließ. Das ist typisch für Roma-Mädchen."

„Die Art von Arbeit oder die Sache mit der Schule?" fragte ich neugierig.

Alan warf mir einen zornigen Blick zu. „Ich weiß nicht, warum das *deine* Angelegenheit sein sollte, Emma. Wieso bist du überhaupt hier mit ihr?"

Bevor ich etwas sagen konnte, trat Barb dazwischen. „Das, Mr. McLeod, ist *meine* Angelegenheit. Und vielleicht hören wir auf, darüber zu diskutieren, worüber es nötig ist zu reden oder nicht, sondern bleiben bei den Tatsachen. Sie werden vielleicht froh sein, fertig zu sein, bevor Ihre ersten Gäste erscheinen. Bitte beantworten Sie einfach Emmas Frage. Ich wüsste es auch gern."

Alan ließ den Kopf hängen. Als er wieder aufsah, hatte sein Blick den Kampfgeist verloren. „Okay, Detective. Also, ja, es ist normal für Roma-Mädchen, die Schule zu verlassen, wenn sie sechzehn sind. Es hält sie von den Gorja fern. Das ist die Bezeichnung für alle, die sesshaft und keine Roma sind. Viele Familien möchten, dass sie in ihrem eigenen engen Kreis heiraten. Und bis das geschieht, leben sie innerhalb der Grenzen ihrer Familien. In Roses Fall ist das derzeit in Mr. Bucklands Winterquartier."

„Kennen Sie ihn?"

Alan schüttelte den Kopf. Dann beschrieb er das Mädchen weiter. „Rose ist sehr ordentlich – etwas anderes, was typisch für die Roma ist."

„Ist es das?"

„Sauberkeit ist eine der Grundvoraussetzungen für körperliche Gesundheit. Was wirklich wichtig ist, wenn man viel unterwegs ist und noch dazu unter sehr eingeschränkten

114

Bedingungen. Denken Sie an Wohnraum. Ein weiterer Grund, warum ich Rose gern einstelle, ist ihre Zuverlässigkeit."

„Bis heute Morgen?" fragte Barb.

Alan biss sich auf die Lippen und erwiderte nichts.

„Wann haben Sie Rose das letzte Mal gesehen?"

Alan sah mich an. Ich verschluckte mich fast. Sein Blick war finster. Ich wusste, warum. Wenn ich nicht hier gewesen wäre, hätte er sich irgendetwas ausdenken können. Aber er wusste, dass ich ihn und Rose gestern Abend gesehen hatte. Daher musste er die Wahrheit sagen, welche Konsequenzen das auch nach sich ziehen würde.

„Gestern Abend. Emma kann es bestätigen. Sie sah Rose und mich in die Küche gehen."

„Das ist allerdings ein interessantes Detail." Barb sah mich mit sardonischem Lächeln an. „Warum haben Sie mir das nicht gesagt?"

„Ich dachte nicht, dass es relevant sein könnte", behauptete ich. „Außerdem wussten wir bis zu unserer Ankunft hier nicht, dass Rose heute Morgen nicht zur Arbeit erschienen ist."

„Aber für Sie war es keine Überraschung, nicht wahr, Mr. McLeod?"

Alan räusperte sich. „Nein. Sie … sie fühlte sich gestern Abend nicht wohl, und ich war damit einverstanden, dass sie eine Weile nicht zu erscheinen brauche."

„Eine Weile?! Und gab es einen spezifischen Grund dafür, dass sie sich nicht wohlfühlte?"

Alan seufzte. „Eine schiefgelaufene Verabredung."

Barb hob die Augenbrauen, bis sie beinahe wie Zirkumflexe aussahen. „Eine schiefgelaufene Verabredung", wiederholte sie.

„Die Person, mit der sie sich hatte treffen wollen, ist nicht erschienen."

„Oh?"

Alan wurde unruhig hinter der Bar. Dann nahm er sich von einem Regal ein Glas und zapfte sich etwas Wasser. Er leerte das Glas in einem Zug und stellte es dann vor sich auf die Theke.

„Warum habe ich das Gefühl, dass Sie noch mehr Einzelheiten kennen, Mr. McLeod?"

Er atmete tief ein. „Als sie an den Ort kam, an dem sie sich treffen sollten … Da war überall polizeiliches Absperrband."

„Wo genau?"

„Auf dem Treidelpfad."

„Wann kam sie dorthin?"

„Nachdem sie gestern Abend mit der ersten Abendschicht fertig war."

„Und sie hat ihre Arbeit wann begonnen?"

„Um zehn Uhr früh. Wir haben Zehn-Stunden-Schichten. Mit Pausen zum gemeinsamen Essen."

„Sie war also die ganze Zeit hier?"

„Von zehn Uhr morgens bis acht Uhr abends, ja." Alan sah Barb hilflos an.

„Kann das irgendwer sonst noch bestätigen?"

„Sie können das gesamte Küchenpersonal fragen."

Jetzt war ich es, die tief Luft holte. Rose Buckland hatte also ein Alibi für den Zeitpunkt des Mordes. Falls sie erwartet hatte, den Roma zu treffen, der getötet worden war, musste es ein Schock gewesen sein, stattdessen am Schauplatz eines Verbrechens zu stehen. Wusste sie überhaupt, dass der Mann umgebracht worden war? Oder glaubte sie, er habe jemand anders getötet? Falls sie einander am Abend hatten treffen sollen, warum war er dann am frühen Nachmittag dort gewesen? Und wie war er an Roses Tuch gekommen?

Ich sah Barb an. Sie lächelte Alan an.

„Danke, dass Sie sich Zeit genommen haben, Mr. McLeod. Falls Sie sich zufällig an mehr erinnern, rufen Sie mich bitte an. Ich bin vielleicht nicht immer auf meinem Zimmer."

Sie reichte ihm eine Karte. Die Pub-Tür öffnete sich, und eine Gruppe Bauarbeiter strömte aus der Kälte herein.

„Und auch genau rechtzeitig für Ihre ersten Gäste."

10

Barb und ich trennten uns nach der Befragung von Alan. Es gab nichts weiter zu sagen. Wir steckten mit der Untersuchung in einer Sackgasse. Und mein erster Verdächtiger, Rose, hatte bereits erwiesenermaßen ein Alibi. Gut für sie.

Wir wussten immer noch nicht, wer der Unbekannte war. Wir wussten, dass er Roses Tuch hatte – vielleicht war es bei dem Treffen darum gegangen, ihr das Tuch zurückzugeben? Doch je mehr ich darüber nachgrübelte, desto weniger Sinn machte das. Er hätte einfach im Pub aufkreuzen und das Tuch abgeben können. An Rose oder, genauer gesagt, an jeden anderen Angestellten. Stattdessen hatte er auf dem Treidelpfad gewartet. Am Nachmittag. Aber Rose war erst am Abend erschienen. Etwas stimmte nicht damit. Um das herauszufinden, musste ich Rose finden.

Barb hatte nicht gefragt, wo Mr. Buckland mit seiner Tochter wohnte. Ich war zu sehr in meine eigenen Gedanken verstrickt gewesen, um nach der Adresse seines Winterquartiers zu fragen. Und ich wollte nicht zum Pub zurückgehen – wo ich möglicherweise auf Barb treffen würde – und die Antwort aus Alan herausquetschen. Ich musste meine eigenen Wege finden. Logische Investigation.

Falls Mr. Buckland und seine Tochter Rose wirklich jeden Winter nach Ealingham-on-Ouse oder in seine Nähe zogen, bestand die Möglichkeit, dass die Leute, deren Feuer Ozzie und ich am Abend meiner Ankunft gesehen hatten, es auch taten. Ich seufzte. Das bedeutete, dass ich doch Ozzies Pick-up Truck borgen und mich dem englischen Linksverkehr stellen musste. In einem Pick-up Truck vom Kontinent. Naja, zumindest war ich Fahrzeuge gewohnt, die das Steuerrad links und die Gangschaltung auf der rechten Seite des Fahrersitzes hatten. Wäre es ein britischer Pick-up Truck gewesen, würde ich mich früher oder später in einem Graben wiedergefunden haben.

Ich ging recht gemächlich zurück zu Ozzies Zuhause. Es gab keinen Grund zur Eile. Die Roma oder Landfahrer – wer auch immer die Leute da draußen in den Fens zwischen Mildenhall und Ealingham waren – würden sich nicht plötzlich in Luft auflösen. Es sei denn natürlich, sie standen irgendwie mit dem Mord in Verbindung. Was ich für mehr oder weniger unwahrscheinlich hielt. Natürlich konnte man nie wissen, und ich würde sehr vorsichtig sein müssen, wie ich sie nach Rose befragte.

Zurück im *Heron* ging ich in die Küche, wo Ozzie all seine Schlüssel in einer Schublade aufbewahrte. Ich kramte darin, bis ich den für den Pick-up Truck gefunden hatte. Zu meiner Überraschung bemerkte ich, dass meine Finger zitterten. Der Gedanke daran, zum ersten Mal in Großbritannien Auto zu fahren, hatte mich völlig nervös gemacht.

Ich sah in den Spiegel, bevor ich erneut das Haus verließ. Ich wollte ordentlich aussehen, aber nicht auf übertriebene Weise. Ich wollte auf die Leute, die ich besuchen würde, einen positiven Eindruck machen. Das bedeutete, ich konnte dort nicht wie ein schickes Großstadt-Mädchen antanzen. Ich wollte Informationen erhalten. Ich musste nahbar erscheinen.

Ich starrte Ozzies Fahrzeug an. Ich hatte noch nie einen Pick-up Truck gefahren. Nur meinen kleinen dotterfarbenen Käfer und zwei andere Gebrauchtwagen davor. Ich hoffte, es würde nicht zu schwierig sein. Ich hatte Ozzie oft beim Fahren beobachtet; der einzige Unterschied schien also die Parkbremse zu sein, die sich unter dem Armaturenbrett befand.

Ich kletterte auf den Fahrersitz und passte seine Einstellungen und die der Spiegel an mich an. Dann holte ich tief Luft und startete den Motor. Wie würde ich auf die andere Seite des Flüsschens gelangen, das zwischen dem Winterquartier und der Hauptstraße floss, auf der wir gefahren waren? Ich hatte nur eine vage Vorstellung von Abzweigungen, die nicht danach aussahen, als ob sie irgendwohin führten.

Sobald ich auf der Main Street war, steigerte sich meine Nervosität. In Großbritannien zu fahren, an einen Ort zu fahren, den ich nicht kannte, zu Leuten, die ich nicht kannte, mit einer Mission, die Ozzie – gelinde gesagt – nicht gutheißen würde, war sicher nicht, was ich bei meiner Ankunft geplant hatte. Doch genau das tat ich.

Der Verkehr war gering. Ealingham lag bald hinter mir, und die grün-beigen Marschen der Fens mit gepflügten Feldern dazwischen glitten vorbei. Quadratische Kirchtürme, die aus einem bewaldeten Hügel am Horizont aufragten, zeigten an, dass sich dort eine Kleinstadt oder ein Dorf befand. Auf dem matschigen Boden eines Bauernhofs näher an der Straße bewegten sich fette Schweine, und ich hielt die Luft an, während ich durch diesen besonderen Gestank fuhr. Ich konnte mir keine ländlichere und entlegenere Landschaft vorstellen, die dennoch so nahe bei Großstädten lag wie diese. Man konnte sich in ihr verirren, so schien es mir.

Tatsächlich fand ich das Winterquartier, nach dem ich suchte, recht schnell. Eine andere Geschichte jedoch war es, dorthin zu gelangen. Mehrere Male glaubte ich, es geschafft zu haben, nur um umkehren zu müssen, obwohl ich das, was wie ein Wohnwagenpark mit einem Wirtschaftsgebäude auf einer Seite, direkt vor Augen hatte. Endlich fand ich die schmale Abzweigung zwischen Hecken und einer Trockenmauer, die mich ans Ziel brachte. Eine Gruppe Kinder hatte sich am Ende des Feldwegs versammelt. Sie deuteten kichernd auf mich und stießen einander in die Seite, offenbar wegen meiner mehrfach fehlgeschlagenen Versuche, ihre Siedlung zu erreichen.

Ihre Kleidung war schlecht, farbenfroh und passte nicht zusammen. Aber die kleinen Gesichter wirkten voll und ihre Körper wohlgenährt. Ein paar Hunde waren an Wohnwagen angekettet. Mehrere faltige Gesichter starrten mich durch die Fenster an. Ich fühlte mich schon jetzt wie ein Eindringling. Und zudem nicht willkommen. Langsam stieg ich aus dem Pick-up Truck und hielt mich an der Tür fest; ich wartete darauf, dass mir jemand den Zutritt zu dem Ort gestatten würde.

Nach einer Weile drängte sich eine Frau ungefähr meines Alters durch die Kinderschar. Sie trug ein viel zu dünnes Kleid für dieses Wetter und hielt ein gehäkeltes Dreieckstuch über ihrer Brust zusammen. Ihre misstrauischen Augen waren die ganze Zeit auf mich gerichtet. Einmal zuckte sie zusammen und griff nach einem ihrer Füße – sie hatte an einer Stelle im Matsch ihren Schuh verloren und musste ihn wieder anziehen. Was noch mehr Gekicher bei den Kindern erzeugte. Schließlich stand sie mit eingestemmten Armen etwa drei Meter von mir entfernt da.

„Haben Sie also endlich die richtige Abzweigung gefunden, na?" verspottete sie mich. „Muss 'ne ziemlich dringliche Angelegenheit sein, die Sie mit uns haben, dass Sie so hartnäckig hierherkommen wollen."

Ich war mir nicht sicher, ob sie das als Feststellung meinte oder als Einladung, ihr meine Absicht zu erklären. Ich beschloss, es als Letzteres zu interpretieren.

„Ich wollte fragen, ob Sie mir wohl etwas über jemanden von Ihnen sagen könnten", begann ich.

Sie legte den Kopf schief, und ihre braunen Augen funkelten vor stiller Belustigung. „Jemand von uns. Nette Art, sich auszudrücken." Ich spürte Hitze in meinem Gesicht aufsteigen. „Meinen Sie also einen Landfahrer? Einen Roma im Allgemeinen? Oder jemanden von unserer Gruppe hier?"

„Ich meinte jemanden, der Roma ist …" Meine Stimme stockte.

„Sie wissen aber schon, wie viele es auf der Welt gibt, nicht? Ich kenne ein paar, aber nicht alle von ihnen." Ich hörte jemanden hinter dem Türrahmen eines riesigen Wohnwagens mit Vordach kichern. Andere Frauen zeigten ihr Gesicht, interessiert an dem, was hier vorging. Ich denke, mein Eintreffen bedeutete Abwechslung in ihrem harten Alltagsleben. Eine Art humoristische Einlage.

„Ich bin wegen Rose hier. Rose Buckland."

„Sie ist keine von uns."

„Sie meinen, sie lebt nicht hier?"

„Nein, ganz sicher nicht." Die Frau drehte sich um, als betrachte sie das Gespräch als beendet.

„Könnten Sie mir sagen, wo ich sie finden kann? Bitte?"

Die Frau wandte nur ihr Gesicht über die Schulter. Ihre langen Locken bewegten sich wie dicke Seidenstränge. Sie wirkte auf seltsame Weise geheimnisvoll und attraktiv.

„Um diese Tageszeit ist sie wohl im Pub in Ealingham. Sie arbeitet für jemand anders anstatt für ihre Familie."

Ich verstand nicht, was sie meinte. Geld zu verdienen und es vermutlich zum Haushaltsbudget beizusteuern, *war* für mich Arbeit für die Familie. Doch ich beschloss, sie nicht um eine Erklärung ihrer Sichtweise zu bitten. Stattdessen fuhr ich fort: „Und falls sie dort nicht ist – wo wohnt sie?"

Die Frau musterte mich, fuhr herum und kam einen Schritt näher. „Sie wissen vermutlich bereits, dass sie bei ihrem Vater lebt?" Ich nickte. „Auf der anderen Seite von Ealingham. In 'nem alten Bauerhaus. Die Straße hat keinen Namen. Das Haus hat keine Nummer. Sie können es trotzdem nicht verfehlen mit diesem Stück Müll daneben."

„Stück Müll?" Ich war völlig ahnungslos.

„Ein Vintage-Karavan aus den 1940ern", spie die Frau. „Ihr Gorja kennt Euch mit Wohnwagen überhaupt nicht aus, feine Leute die Ihr seid, oder?"

Ich wurde immer kleiner. Nein, sie hatte recht. Ich hatte viele Karavans und Wohnmobile bei einer großen Jahresmesse in Stuttgart gesehen und war sogar in einige hineingestiegen. Aber sie alle waren brandneu gewesen. Und da mir wirklich nichts an diesem Lebensstil lag, hatte ich mich nicht bemüht, mir Marken oder Modellnamen zu merken.

„Wie erkenne ich also diesen Karavan?" fragte ich kleinlaut.

„Oh, glauben Sie mir, Sie werden ihn erkennen, wenn Sie ihn sehen. Er sieht aus wie die moderne Version jedes Klischees, das Sie über Vardos kennen." Sie lachte. Mir stand der Mund offen. „*Vardo* ist noch sowas für Sie. Das ist ein traditioneller Roma-Wohnwagen, wie ihn unsere Frauen im Wahrsager-Geschäft für gewöhnlich haben."

„Danke."

„Warum wollen Sie Rose überhaupt sehen?" Sie stellte einen Fuß vor und war plötzlich die Inkarnation von Bizets Carmen, inklusive dünnes Kleid, schmutzige Schuhe und Dreieckstuch.

„Ich habe ein Tuch gefunden, das sie verloren hat", sagte ich.

Es war nicht gelogen. Ich musste der Frau aber auch nicht sagen, dass ich nicht im Besitz des Stückes war. Noch, dass das Tuch von einer Männerhand festgehalten wurde. Der Hand eines Toten. Eines toten Roma, der noch keinen Namen hatte. Ich hatte keine Ahnung, wie viel sie schon über den Mord auf dem Treidelpfad wussten. Aber es war gewiss nicht meine Angelegenheit, Überbringer dieser Nachricht zu sein. Außerdem wusste ich nicht einmal, ob der Mann zu dieser Gruppe gehört hatte.

Das Gesicht der Frau wurde weicher. „Hat ihr Tuch verloren, was?" Sie zog das ihre dichter um ihren nun zitternden Körper. „Seien Sie vorsichtig, wenn Sie dahingehen", sagte sie in milderem Ton. „Ihr alter Herr ist nicht gerade die Sorte, mit der Sie zu tun haben wollen."

„Ist er gefährlich?"

Noch ein raues Lachen. „Man weiß es nie mit Männern, nicht? Aber sein Temperament ist bösartig genug, dass er sich für sich hält. Es gibt keine anderen Roma, die in einer Gruppe mit ihm leben möchten." Sie winkte mir und begann wegzugehen. Als sie die Wohnwagen fast wieder erreicht hatte, sah sie mich ein letztes Mal an. „Er hat den Karavan und ein Gewehr von seinem Vater geerbt – und seinen Zorn. Alles vom Zweiten Weltkrieg. Man hat unsereinen nie gemocht. Aber so, wie man seine Familie behandelt hat, hat er Narben davongetragen, die schlimmer sind als die, die andere englische Roma haben."

Ich beobachtete, wie sie die Stufen zu dem Wohnwagen emporstieg, aus dem sie vorhin gekommen war. Sie schloss die Tür hinter sich. Jetzt kamen die Kinder auf mich zu und versuchten herauszufinden, ob sie mir irgendwelche Süßigkeiten abschmeicheln konnten. Ich hatte keine, und innerlich verfluchte ich mich, dass ich gar nicht daran gedacht hatte, dass auch Kinder hier sein könnten. Nächstes Mal – so es denn ein nächstes Mal geben würde – würde ich ganz sicher etwas für die Kinder mitbringen.

Schließlich setzte ich mich wieder hinter das Steuer von Ozzies Kleinlaser und fuhr weg. Der Wohnwagen-Kreis wurde im Rückspiegel kleiner und verschwand hinter den Büschen und Bäumen, die am Flüsschen wuchsen. Als ich die Brücke überquerte und wieder auf die Hauptstraße einbog, war mir, als hätte ich eine andere Welt hinter mir gelassen.

11

Ich fuhr zurück zu Ozzies Haus und schnappte mir einen Apfel und einen Joghurt zum Mittagessen. Ich war kein großer Fan von Mittagessen, da meine Lieblingsmahlzeit das Abendessen war. Und ab und zu ein leckeres und furchtbar üppiges englisches Frühstück mit meinem Schatz. Ich hatte auf Letzteres einfach keine Lust, wenn er nicht da war.

Dann schaltete ich Ozzies Computer ein. Er hatte mir sein Passwort verraten, bevor er abgereist war, damit ich Zugang zu allem hätte, wofür ich mich interessieren mochte. In diesem Fall war es die Umgebung von Ealingham. Ich hatte keine Lust, ein Ziel noch einmal so umständlich anzusteuern, wie ich das gerade mit dem Wohnwagenpark der Roma geschafft hatte. Vielleicht würde ich Mr. Bucklands Haus finden, wenn ich den Karavan von oben entdecken würde. Es sei denn natürlich, das Google-Kamerateam wäre im Sommer vorbeigekommen, wenn die Bucklands damit umherreisten.

Ich hatte Glück. Nachdem ich einzelnstehende Häuser in den Fens auf der anderen Seite Ealinghams ein paar Mal herein- und heraus-gezoomt hatte – es gab mehr davon auf dem Satellitenbild, als ich angenommen hatte – fand ich eine seltsame Form neben einem Gebäude. Ich konnte das orangefarbene Google-Männchen auf die Hauptstraße absetzen, wenn auch nicht neben das Haus, und die moderne, grün und weiß lackierte Version eines Vardo ausmachen. Ich holte tief Luft, zoomte wieder heraus und wechselte zum weniger verwirrenden Landkartenmodus, um herauszufinden, wo ich abbiegen musste. Als ich es gefunden hatte, druckte ich die Karte einfach aus. Dann schlüpfte ich in Mantel und Wollmütze und fuhr wieder los, diesmal in die andere Richtung.

Was würde ich zu Mr. Buckland sagen? Würde er überhaupt mit mir reden? Oder würde er mich mit dem Gewehr bedrohen, von dem ich vorhin gehört hatte, bevor ich mich ihm auch nur würde vorstellen können? Alle möglichen Szenarien kamen mir in den Sinn, keines von ihnen vielversprechend. Ich musste aufhören zu spintisieren und mich einfach auf meinen nächsten Schritt konzentrieren. Den, die Abzweigung zu finden.

Ealingham lag erneut hinter mir, und ich genoss tatsächlich die Novembertrostlosigkeit der einsamen Fen-Landschaft. Abflussgräben und Kanäle woben ihren Weg durch die Wiesen und Felder. Ein paar Krähen staksten ernsthaft um eine Pfütze auf einer leeren Koppel und suchten vermutlich nach dem, was die üblichen Bewohner von ihrem Futter übriggelassen hatten. Ich überholte einen Radfahrer, dann einen Traktor. Und dabei verpasste ich meine Abzweigung, denn der Traktor hatte mir die Sicht versperrt. Ich schlug mit der rechten Faust aufs Lenkrad. Jetzt würde ich irgendwo wenden müssen.

Da es keine weiteren Abzweigungen gab, musste ich bis zu dem Dorf fahren, das ich am Horizont ausgemacht hatte. Als ich durch die Tankstelle am Ortseingang wendete, rannte mir eine schwarze Katze vor das Auto, und ich musste hart bremsen, damit ich sie nicht erwischte. Sie war aus dem Nichts von links gekommen und verschwand nach rechts, so schnell sie aufgetaucht war. Nun bin ich nicht von Natur aus abergläubisch. Aber dieser Vorfall ließ alles noch verheißungsvoller aussehen. Obwohl ich mir nicht einmal sicher war, ob die Wegrichtung des Kätzchens nun Glück oder Pech bedeuten sollte.

Ich fuhr ungefähr eine Meile zurück und fand dieses Mal die Abzweigung sofort. Die Straße war schmal, und ich war froh, dass an ihrem Ende nur ein Haus stand. Die Wahrscheinlichkeit, dass mir ein anderes Fahrzeug entgegenkommen würde und ich würde zurücksetzen müssen, lag beinahe bei null. Dennoch waren meine Nerven angespannt, und ich fühlte, wie sich mir die Kehle zuschnürte, als ich mich dem Haus näherte, von dem ich annahm, dass es das Zuhause der Bucklands war.

Es war ein zweistöckiges Backsteingebäude mit weißen Fensterrahmen, einer weißen Haustür und Schornsteinen an beiden Giebelseiten. Es lag oberhalb eines der weiteren Kanäle, mit einem Dock, aber keinem Boot in Sicht. In den Fenstern hingen Gardinen, und ein alter, aber liebevoll polierter grauer Mercedes stand auf einer Schotterfläche an der Seite des Hauses. Ich beschloss, den Pick-up Truck umzudrehen, falls ich in Eile gehen musste, und parkte ihn neben dem Auto. Als ich ausstieg, merkte ich, dass sich meine Knie etwas schwach anfühlten.

Ich musste noch sicherstellen, dass ich am richtigen Haus war. Also ging ich rasch an seiner Vorderseite vorbei, um nach dem Vintage-Wohnwagen zu schauen. Und tatsächlich, da stand er auf der anderen Seite – ein prachtvolles Stück Geschichte. Keineswegs das Stück Müll, das die Roma-Frau beschrieben hatte. Mit der modernen Version eines Vardo hatte sie allerdings recht gehabt. Ich trat an eines der Seitenfenster und stellte mich auf die Zehenspitzen, um hineinzusehen.

„Was haben Sie hier zu suchen?"

Ich fuhr herum; das Herz schlug mir im Hals, das Blut rauschte in meinen Kopf, all meine Glieder wurden schwach, und in meinem Bauch stieg Übelkeit auf. Ich blöde, blöde Kuh! Natürlich war ich beobachtet worden, als ich herfuhr und als weder eingeladener noch angekündigter Besuch ankam. Und an der Haustür vorbeizugehen und dann aus dem Blickfeld zu verschwinden … Der Mann, dem ich gegenüberstand, hatte ganz recht, auf mich und meine Neugier zornig zu sein.

„Ich hab den hier von der Hauptstraße aus gesehen. Der ist wunderschön", versuchte ich, ihn zu beruhigen, und deutete auf den Karavan. Natürlich funktionierte das nicht.

„Was machen Sie auf meinem Grundstück?"

„Ich … ich …"

Der Mann war klein und drahtig. Sein schwarzes Haar wurde dünner, aber seine bräunliche Haut war beinahe faltenlos. Es war schwierig, sein Alter zu bestimmen. Er konnte leicht alles von Ende dreißig bis ein oder zwei Jahrzehnte älter sein. Er trug ein sauber gebügeltes Hemd und schwarze Hosen – als wolle er ausgehen. Seine dunklen Augen sprühten Zorn und Abwehr, und seine vollen Lippen waren fest zusammengepresst, während er mich musterte. Zu meiner Erleichterung hielt er kein Gewehr. Er hatte die Arme über der Brust verschränkt und war ganz Herr der Situation. Und er wartete auf eine Erklärung von mir.

„Es tut mir leid", brachte ich schließlich hervor. „Ich wollte nur sichergehen, dass ich am richtigen Haus bin, und ich wusste, dass dieser prächtige Vintage-Karavan mir dabei helfen würde, es zu identifizieren." Liebe Güte, sprach ich wirklich so gestelzt?!

„Na, und das Hineinschauen hat geholfen?" fragte er zynisch.

„Nein. Nein, natürlich nicht. Ich konnte nur nicht widerstehen."

„Sie gehören nicht hierher."

„Ich weiß. Es tut mir leid. Darf ich mich erneut und besser vorstellen? Bitte?"

„Ich meinte, Sie sind keine Engländerin. Für mich klingen Sie deutsch."

„Das bin ich auch. Emma Schwarz." Ich bot ihm scheinbar unbekümmert meine Hand. Er ignorierte sie.

„Und was bringt Sie hierher, Fräulein oder Frau Schwarz? Eine Deutsche, die in das Zuhause eines Roma eindringt. Nicht, dass das historisch so eine neue Situation wäre, nicht wahr?"

Es war mir vorhin nicht in den Sinn gekommen, und ich hätte mich ohrfeigen können. Die Bürde, die schwerer war als die anderer Roma, von der die Roma-Frau heute Morgen gesprochen hatte, konnte nur eines bedeuten. Mr. Bucklands Familie oder zumindest ein Teil von ihr war der grauenvollen Verfolgung und Auslöschung ihrer ethnischen Minderheit zum Opfer gefallen, die mein Volk während des Dritten Reichs an ihr verübt hatte. Seine Vorfahren waren nicht nur diskriminiert worden; einige von ihnen waren vielleicht brutal ermordet worden. Und hier stand ich, eine Deutsche, und steckte meine Nase nicht nur in seine Familienangelegenheiten, sondern presste sie auch gegen ein Stück seines Privateigentums, eines der Wohnwagenfenster.

„Ich nehme an, Sie sind Mr. Buckland? Ich suche nach Ihrer Tochter Rose."

„Was wollen Sie von ihr?"

„Sie vermisst vielleicht ein Tuch, und ich weiß, wo es hingekommen ist."

Mr. Buckland lachte bitter. „Ich hoffe, sie hat nicht mehr als nur ihr Tuch verloren."

Ich wusste nicht, was er meinte, und musste wohl auch so ausgesehen haben. Mr. Buckland schüttelte den Kopf, sein Gesicht ein Bild der Frustration.

„Ich weiß nicht, was Sie damit andeuten."

„Sie kennen also Rose?"

„Nein. Ich habe sie nur im *Bird in the Bush* gesehen, und ich weiß, dass sie dort als Küchenhilfe arbeitet."

„Nun, diese Tage sind ganz sicher gezählt", grummelte er mehr zu sich selbst.

„Sie ziehen wieder fort?"

„*Sie*. Denn sie wird einen der Unseren heiraten, wie sie das schon vor Jahren hätte tun sollen. Jedes gute Roma-Mädchen heiratet und gründet eine Familie, sobald es aus der Schule ist. Aber nicht Rose. Oh nein! Sie hat sich für etwas Besseres gehalten. Aber ich bin ihr auf die Schliche gekommen. Habe ein paar ihrer Schulbücher unter ihrer Matratze gefunden und dafür gesorgt, dass sie nicht mehr aus ihnen lernen kann. Habe sie zu Asche verbrannt. Heimlich für einen Schulabschluss lernen! Als wäre sie für ein anderes Leben bestimmt. Aber ich lasse das nicht zu!"

„Aber Rose ist volljährig, oder nicht?"

Mr. Buckland schien sich wieder meiner Anwesenheit zu erinnern. „Ja, das ist die Gorja-Idiotie, die sie in den Schulen lehren. Und deshalb holen wir unsere Mädchen da raus, bevor ihre Köpfe zu verdreht werden und sie unseren Traditionen den Rücken kehren wollen. Volljährig! Wenn sie schon verheiratet wäre und eine Reihe Kinder am Schürzenzipfel hätte, hätte sie genug zu tun und würde nicht an Rebellion denken."

„Aber Bildung schadet doch niemandem."

„Nein?! *Sie* hatten vermutlich die bestmögliche Ausbildung da, wo Sie herkommen. Sind *Sie* verheiratet? Haben *Sie* Kinder?" Ich schwieg. „Sehen Sie?! Sehen Sie?!"

Ich wusste nicht, was ich antworten sollte. Er sorgte sich also, dass Rose aus dem Familienmuster der Roma ausbrechen und einen anderen Weg wählen würde. Damit, dass er sagte, er hoffe, sie habe nicht mehr als nur ihr Tuch verloren, deutete er an, dass sie mehr Kleidungsstücke verloren oder ausgezogen oder gar ihre Jungfräulichkeit verloren haben mochte, um gegen ihre Herkunft zu protestieren. Kurz, er vermutete, dass sie sich jemandem hingegeben hatte, den er nicht kannte oder den er nicht mochte. Einem Gorja.

„Sie versuchen also, sie dazu zu bringen, jemanden zu heiraten, bevor sie ihr Leben ändert?"

„Die Hochzeit ist bereits beschlossene Sache", stellte Mr. Buckland fest und klang ingrimmig zufrieden.

„Von ihr?"

„Was bedeutet das Ihnen? Sie wird sich unseren Traditionen beugen. Und jetzt verschwinden Sie."

„Aber wegen des Tuchs …"

„Sie ist nicht hier."

„Aber …"

„Sie haben es doch gerade gehört. Rose ist gestern Abend nicht heimgekommen. Sie ist nicht im Haus. Sie ist nicht im Karavan."

„Aber wo *ist* sie dann?!"

„Sie sagen, Sie haben sie im Pub gesehen? Das ist, wo sie arbeitet. Das ist, wo sie Gorja-Männern begegnet. Gehen Sie zurück zum Pub, und fragen Sie dort nach ihr. *Die* werden es schon wissen."

„Aber sie ist heute nicht zur Arbeit erschienen!"

Mr. Buckland starrte mich verwirrt an. „Sie ist nicht dort aufgetaucht?!"

„Nein. Deshalb nahm ich an, sie sei hier. Bei Ihnen."

„Nun, das ist sie nicht." Er verschloss sich. „Gehen Sie jetzt."

Ich nickte. „Danke, Mr. Buckland."

Er sagte kein Wort, trat aber beiseite, um anzudeuten, dass ich an ihm vorbeigehen solle. Das tat ich auch. Ich schritt auf den Pick-up Truck zu. Nicht zu schnell – Mr. Buckland jagte mir keine Angst ein. Nicht zu langsam – ich wollte ihn nicht mehr verärgern, als ich es offenbar schon getan hatte. Als ich die Wagentür öffnete, stand er an seiner Haustür. Unsere Blicke begegneten sich noch einmal. Er brach die Verbindung ab und ging hinein. Ich ließ mich auf den Fahrersitz fallen und atmete auf. Es war nicht ganz schiefgelaufen. Aber auch nicht wirklich gut.

12

Fast hätte ich vergessen, Rocky zu seinem üblichen Nachmittagsspaziergang abzuholen. Als ich daher endlich an Henrys Tür ankam, blinzelte er mich nur an, sagte etwas Unverständliches, und schlurfte zurück in seinen Flur. Ich hörte ihn Rocky rufen, und der schwarze Labrador sauste zur Tür, die Leine zwischen den Lefzen. Das Musikthema einer Fernseh-Quizshow begann in einem der Zimmer und schwebte zur Haustür. Henry kam zurück, nickte mir kurz zu und schloss die Tür. Meinetwegen hatte er die ersten Augenblicke seines Programms versäumt, und er hatte es deutlich gemacht, dass er meine Verspätung nicht schätzte. Ich seufzte, nahm Rocky an die Leine und schlenderte zum Deich und dem Treidelpfad an der Ouse.

Der restliche Nachmittag verlief ereignislos. Das Absperrband war entfernt worden, und ich begegnete einigen Joggern, die mit verbissenen Mienen aus der anderen Richtung kamen. Ich brachte Rocky nach einer Stunde zurück. Dann wartete ich auf Ozzies Anruf. Ich überließ ihm das Reden und erwähnte einfach nicht, wo ich heute gewesen war. Er wäre ziemlich sauer auf mich gewesen. Wäre ich er gewesen, hätte ich genauso empfunden.

Also hörte ich ihm zu, wie er den Basar beschrieb, den er vor ein paar Stunden besucht hatte. Er erzählte mir, er habe ein paar Geschenke für mich gekauft. Und er schwärmte von dem

Essen, das er in einem winzigen Restaurant abseits des Rummels gefunden hatte, in das er seine Flieger zum Abendessen mitnehmen wollte – wenn sie denn willens waren, echte marokkanische Küche zu probieren, nicht die Burger und Kebabs für Touristen, die an der Poolbar ihres Hotels serviert wurden. Ozzie klang glücklich und entspannt, und auch mich hätte nichts glücklicher machen können. Als er auflegte, spürte ich, wie eine Welle der Glückseligkeit mich durchrauschte, dass er solch ein Bestandteil meines Lebens geworden war.

Als es Zeit fürs Abendessen war, beschloss ich, erneut ins Pub zu gehen. Erstens war mir nicht mehr wohl in diesem großen, leeren Haus hinter dem Deich. Es lag viel zu nahe an dem Ort des Verbrechens, und es gab zu wenige Nachbarn rundum. Zweitens wollte ich nicht ins Hintertreffen geraten, während sich der Fall entwickelte. Je näher ich bei den beteiligten Personen war, desto größer war die Wahrscheinlichkeit, dass ich ein, zwei mehr Hinweise aufschnappte. Die beteiligten Personen waren natürlich Detective Superintendent Barb Tope und der Wirt Alan McLeod. Ich war mir nicht sicher, welche Geschehnisse ich erwartete. Aber sie würden sich nicht ohne mich ereignen. Ich hatte schon zu viel mitbekommen, um ohne einen weiteren Versuch, der Geschichte auf den Grund zu gehen, einen Rückzieher zu machen.

So ging ich durch die schwach beleuchteten Straßen Ealinghams. Jemand hatte seinen Vorgarten mit einem beleuchteten, aufblasbaren Charlie Brown, einem aufblasbaren Snoopy und einem lebensgroßen Weihnachtsmann dekoriert, der einen Teil der Hausfassade erkletterte. Ich wusste nicht, wie viel Einfluss die amerikanische Kultur hier hatte, besonders im Umfeld eines amerikanischen Luftwaffenstützpunkts. Ich wusste, dass erst vor kurzem Guy Fawkes Night stattgefunden hatte mit Feuern im Freien und all dem dazugehörigen traditionellen Drumherum. Ozzie hatte mir erzählt, dass Amerikaner, die außerhalb des Stützpunkts wohnten, in dieser Gegend zu Halloween ebenfalls ihren Anteil an um Süßigkeiten bettelnden Trick-or-Treaters empfingen, dass aber die, die feierten, sich selten aufs Land begaben. Es war meist eine Sache der Bequemlichkeit, auf den Hauptverkehrsstraßen in den größeren Städten zu bleiben, wobei Eltern ihre Kinder von Haus zu Haus fuhren und ihre Sicherheit überwachten, während sie heimlich spekulierten, wie viel kostenlose Süßigkeiten sie ihren Kindern später für ihre Dienstleistung abschwatzen konnten. Jetzt drehte sich also schon alles um Weihnachten, und anstelle von Charles-Dickens-Figuren hatten es die Peanuts in diesen Vorgarten geschafft.

Es war ein klarer, kalter Abend, und die Sterne funkelten da oben. Der Mond war nur eine abnehmende Sichel in einem scheinbar endlosen schwarzen Meer. Umso mehr erfreuten mich der Anblick der Pub-Fenster mit ihrem goldenen Schein und der Klang von Gelächter und Gesprächen, der durch die schwere Holztür drang, noch bevor ich sie aufstieß.

Drinnen war es warm, und die Luft roch nach Pasteten, Fisch mit Fritten und nach verschüttetem Bier. In einer Ecke des

Raums hatte sich eine Gruppe Männer und Frauen um eine Zielscheibe geschart. Der dumpfe Klang der Darts, die darauf aufprallten, vermischte sich mit dem Klicken vom Billardtisch daneben und mit dem Klirren von Gläsern. Alans Stimme rief Bestellungen in die Küche. Die Bardame von gestern Abend drängte sich durch die Menge an der Seite der Bar und trug Essen an einen der Tische. Mir lief das Wasser im Mund zusammen.

Ich drängelte mich durch an die Bar und fand Alans Aufmerksamkeit. Er lächelte mich an. Aber sein Lächeln wirkte angestrengt, und es erreichte nicht seine Augen. Er kam herüber.

„Emma, wie geht's dir heute Abend?"

„Ganz gut, danke. Und dir?"

„Springlebendig", sagte er, aber ich hörte die Doppeldeutigkeit und wusste, dass er inzwischen von dem Toten am Treidelpfad gehört haben musste. „Cider?"

„Bitte. Und ich würde auch gern einen Blick auf die Karte werfen."

Er holte eine unter dem Tresen hervor und reichte sie mir. Dann ging er zu den Zapfhähnen hinüber, und ich konnte das sprudelnde zitrusfarbene Gebräu in ein frisches Glas strömen sehen. Einen Moment später schob er es mir zu.

„Ich nehme den Korb mit zwei Stücken Schellfisch und Pommes Frites, bitte. Und zum Nachtisch eine Knickerbocker Glory."

Er hob die Brauen, nahm aber meine Bestellung eines Eisbechers mit Baiser an einem kalten Novemberabend an. „Isst du an der Bar oder an einem der Tische?"

„Ich suche mir einen Tisch, Dankeschön."

Ich stieß mich von der Bar ab und wand mich durch die Menge. Es schien, als sei der Tisch von gestern Abend wieder nicht besetzt. Also setzte ich mich dorthin und verbrachte die nächsten zehn Minuten damit, Gäste und Bardamen zu beobachten. Ab und zu warfen die Scheinwerfer vorbeifahrender Autos ihre Strahlen durchs Fenster. Barb war nirgends zu sehen. Ich war beinahe enttäuscht.

Eine Bardame kam mit meinem Körbchen und den üblichen an meinen Zusätzen, Malzessig und Ketchup, an meinen Tisch.

„Brauchen Sie sonst noch was?" fragte sie.

„Ist Rose heute reingekommen?"

„Rose wer?"

„Rose Buckland."

„Die Küchenhilfe? Nein, tatsächlich nicht." Sie schien überrascht. „Jetzt, wo Sie's sagen! Was ist mit ihr?"

„Oh, ich wollte nur mit ihr über ein Tuch reden, das sie vielleicht verloren hat. Und es ist gefunden worden."

Das Gesicht der Bardame verdüsterte sich, und sie beugte sich leicht vor. „Es gibt Gerüchte, dass sie auf der anderen Seite vom Deich 'nen Toten gefunden haben. Auf dem Treidelpfad am Fluss", flüsterte sie halblaut und eindringlich. „Sie sagen, er sei

140

einer von diesen Zigeunern. Aber keiner weiß was Genaues. Rose ist auch eine von denen. Meinen Sie, sie ist deshalb nicht aufgekreuzt?"

Ich schüttelte den Kopf. „Tut mir leid, keine Ahnung, wovon Sie sprechen", behauptete ich. „Es geht nur um das Tuch und dass sie heute früh nicht da war. Ich hab's nur einfach nochmal versucht."

Die Bardame zuckte mit den Schultern und richtete sich auf. Dann sagte sie mit ihrer normalen Stimme: „Nee, ich weiß nicht, wo sie ist. Ehrlich gesagt, ich weiß nicht viel über sie. Sie spricht nicht viel. In ihren Pausen sitzt sie meist mit einem Buch da und lernt. Schulbücher. In ihrem Alter!" Sie kicherte. „Guten Appetit!"

Ich sah auf mein Körbchen. Zwei große Stücke glänzender, dampfender, frittierter Fisch und eine Unmenge an Pommes Frites – leider die dick geschnittene Sorte, die immer schlaff und durchweicht scheinen, egal wie lange sie frittiert wurden. Ich goss Malzessig über die Pommes und schlug zu. Es schmeckte recht gut, und die winzige Schale Gurkensalat, die man dem Körbchen beigefügt hatte, rundete meine Mahlzeit erfreulich ab. Als ich fertig war, kam die Bardame zurück, räumte mein leeres Geschirr ab und lieferte mir fünf Minuten später mein farbenfrohes Dessert. Ich musste zugeben, dass der Service in Alan McLeods Pub großartig und flink war.

„Oh Mann, wenn es nicht zu kalt dafür wäre, würde ich mir auch sowas bestellen!"

Ich blickte von meinem hohen Glas auf, den vollen Löffel schon fast an den Lippen.

„Barb", grinste ich. „Warum dachte ich gerade, dass es schön wäre, wenn Sie sich dazusetzten und mir Gesellschaft leisteten?!"

Barb lächelte sardonisch zurück. „Ist es, weil Ihnen meine Person als Gesellschaft gefällt oder weil Sie gern hören würden, wie mein Fall sich gestaltet? Sie wissen schon, dass ich Ihnen keine Details nennen darf." Sie zog einen Stuhl heraus und ließ sich darauf fallen. Sie wirkte müde, und ihre Nase war leicht gerötet. „Glauben Sie, die haben hier was gegen eine aufkommende Erkältung?"

„Fragen Sie nach einem Glas heißem Wasser, einem Löffel Zucker und einem Schuss Rum", schlug ich vor. „Wenn das nicht hilft, spüren Sie zumindest die Kälte nicht mehr so nach ein oder zwei Schluck. Altes deutsches Seemanns-Heilmittel."

„Aber Sie leben doch in Filderlingen bei Stuttgart, oder nicht?"

„Oh, aber ich habe meine Kindheit und Jugend in Hamburg verbracht."

„War Ihr Vater ein Seemann?"

„Nein, aber meine Tante Maria, die mich aufgezogen hat, hat auf solche Mittelchen geschworen. Nur nicht für uns Kinder", zwinkerte ich.

„Auch besser so", erwiderte sie mit einem leisen Funkeln in den Augen. „Ich versuch's einfach."

Sie sah sich nach der Bardame um und konnte bald ihre Bestellung aufgeben.

„Sie haben immer noch kein gegrilltes Käse-Sandwich, oder?" fragte sie, und die Bardame verneinte es, wie sie es schon gestern Abend getan hatte. „Nun, und ich schätze, Sie machen auch keine Ausnahme und bereiten eines für mich, oder?"

„Tut mir leid", sagte die Bardame. „Ploughman's Lunch oder ..."

„... Mac 'n' Cheese, ich weiß. Ich nehme das, bitte mit Extra-Käse. Ich brauche heute Abend etwas, das meine Knochen wärmt." Barb rieb sich die Hände, und die Bardame ging zur Küche. „Sie glauben gar nicht, was für ein Zirkus das heute war, einen Leihwagen zu kriegen. Erst musste ich eine Ewigkeit auf ein Taxi warten. Scheint, dass es kaum welche gibt, wenn man sie mal braucht. Dann hat der Autoverleih erst später geöffnet, und ich musste eine Stunde lang warten. Ich hatte das nicht kommen sehen und bin natürlich herumgelaufen. Hätte ich das mit der Warterei vorher gewusst, hätte ich mich wärmer angezogen."

Ein Glas siedend heißes Wasser wurde Barb vorgesetzt zusammen mit einem Schnapsglas Rum und einem Tütchen Zucker. Als Barb die Komponenten mischte, wehte der bittersüße Duft zu mir und erinnerte mich an trübe Kindertage, wenn Tante Maria sich hinlegte, um ihre Erkältung mit einem Grog, wie sie das Gebräu nannte, zu lindern, und üblicherweise nach einem doppelten Schuss in ihrem Gebräu groggy endete. Ich fragte mich immer noch, ob das Wort „groggy" vom Missbrauch des Getränkes stammte.

„Sie haben aber doch ein Auto bekommen?" fragte ich mit gespielter Munterkeit, um die falsche Nostalgie zu vertreiben.

„Hab ich", sagte Barb und versuchte den ersten Schluck.

„Nicht schlecht. – Tja, und dann bin ich rüber nach Cambridge gefahren, um nochmal mit dem Kriminallabor und der Pathologie zu sprechen. Natürlich musste auch das in einem kalten Kellerraum voller Kacheln und Kühler stattfinden. Ich schätze, da hat es mich dann endgültig erwischt."

„Ich bezweifle das", erwiderte ich. „Eine anständige Erkältung kommt drei Tage lang, bleibt drei Tage lang und geht drei Tage lang."

„Lassen Sie mich raten – Ihre Tante Maria?"

„Selbige."

„Lebt sie noch?"

„Absolut. Aber wir haben einander nie sehr nahegestanden."

„Sowas gibt's."

Der Mac 'n' Cheese kam, eine gigantische Portion, dekoriert mit Petersilienzweigen und ebenfalls einer winzigen Schale Gurkensalat, nicht auf dem Teller, sondern daneben. Barbs Augen leuchteten auf, und ein paar Momente völliger Stille folgten, während sie die ersten Bissen weicher Hörnchennudeln und zähflüssiger Käsefäden aufspießte. Ich aß meinen Eisbecher zu Ende und leckte den Löffel noch extra ab. Dann zählte ich bis zwanzig, um Barb noch etwas Zeit zu lassen, bevor ich das Gespräch wieder aufnahm.

„Warum überhaupt die Fahrt zur Pathologie? Ich meine, es war doch offensichtlich, wie der Mann umgebracht wurde, richtig?"

Barb schluckte. „Sicher. Erschossen. Aber mit was für einem Kaliber? Welche Waffe können wir daher von der Untersuchung ausschließen?"

„Aber die Patronenhülse, die ich gefunden habe …"

„Ist gar kein Beweis, bis die Größe der Wunde und die Wirkung auf den Körper mit der Größe der Hülse und – noch besser – mit der Kugel übereinstimmt. Die DNA auf der Kugel muss mit der des Opfers übereinstimmen."

„Sie haben heute Morgen eine gefunden. War es die, nach der Sie gesucht haben?"

„Das konnte man mir noch nicht sagen", seufzte Barb. „Unser DNA-Labor ist völlig überlastet mit Analysen. Aber mit etwas Glück könnte ich die Ergebnisse in ein paar Tagen erhalten."

„Und inzwischen läuft der Mörder frei herum und sucht sich möglicherweise weitere Opfer." Ich war fassungslos.

„Möglich, aber nicht wahrscheinlich." Ich sah Barb mit unausgesprochenen Fragen an. „Wir haben es selten mit Serienmördern zu tun."

„Wenn also die DNA auf der Kugel geklärt ist, oder wie auch immer Sie das nennen …?"

„Dann überprüfen wir die Markierungen auf der Kugel, die sich unweigerlich durch die Bewegung durch den Lauf ergeben haben. Diese Markierungen sind so ziemlich wie ein Fingerabdruck."

„Und dann müssen Sie immer noch die Waffe finden", grübelte ich, während ich mich an meine Diskussion mit Ozzie erinnerte. War das wirklich erst gestern gewesen?! „Und selbst, wenn Sie das tun, ist es nicht klar, ob der Besitzer der Waffe oder jemand anders der Mörder war."

Barb hatte ihre Gabel auf den Tisch gelegt, beide Hände um das Glas gefaltet und einen weiteren Schluck genommen. Jetzt musterte sie mich. „Sie sind ziemlich gut informiert über sowas. Für jemanden, der meist über kulturelle Ereignisse berichtet und Umfragen zu eher friedlichen Themen führt, meine ich."

„Sie vergessen, wer dieser Tage mein Freund ist."

„Oh ja, Master Sergeant Wilde. *Oscar* Wilde." Barb kicherte. Ich spürte, wie sich mir das Gefieder sträubte. „Entschuldigung. Aber Namen wie diese sind zu selten, als dass sie keine Reaktion hervorriefen. Und ja, ich bin auch auf den Stützpunkt gefahren, um mit dem Kommandeur Ihres Freundes zu reden und die Vorschriften für privat nach Großbritannien importierte Waffen kennenzulernen. Sie können also wegen der Amerikaner dieses Stützpunkts zumindest in dieser Hinsicht beruhigt sein. Dennoch kann es immer noch jeder von ihnen gewesen sein."

„Ziemlich entmutigend", seufzte ich.

146

„Ziemlich. Aber nicht hoffnungslos. Ich muss einfach der Kugel nachgehen. In ein paar Tagen sollten wir also einen großen Fortschritt machen." Hatte sie *wir* gesagt? „Sergeant Cameron, Constable Williams und ich." Sie sah mich mit einem Lächeln an, das ein winziges bisschen boshaft war. „Sie dachten nicht etwa, dass das Sie einschließt, oder?"

„Nein."

„Na also." Sie nahm ihre Gabel wieder vom Tisch auf und genoss ihr Nudelgericht weiter. Allerdings schob sie den Gurkensalat weg. „Nicht meine Sorte Dressing", erklärte sie zwischen zwei Bissen. „Ich mag keine süßen Vinaigretten."

Alan kam zu uns herüber. Er wechselte ein paar freundliche Worte rechts und links, während er das tat, weshalb er länger benötigte, als es seine Absicht gewesen sein musste. Sein Blick wirkte gehetzt. Endlich erreichte er unseren Tisch.

„Alles in Ordnung bei den Damen?" fragte er. Ich hatte so eine Ahnung, dass er hinter etwas anderem her war als nach einem Kompliment für die Küche.

„Absolut", bestätigte ich.

„Sagen Sie, ist da ein bisschen Gruyère im Gericht?" fragte Barb.

Alan nickte. „Sie haben ein paar feine Geschmacksknospen, Detective."

„Und auch ein paar Ahnungen. Sie kommen nicht von hinter der Bar her, um das zu fragen. Gestern Abend sind Sie auch nicht gekommen und haben nachgefragt ..."

Alans Schultern sackten herunter. „Ist das so offensichtlich, hm? Nun, ich wollte eigentlich nur wissen, welche Auswirkungen diese Treidelpfad-Sache auf das Geschäft in unserem Dorf haben könnte."

Barbara sah ihn mit zusammengekniffenen Augen an. „Versuchen Sie's nochmal besser. Sie wollen wissen, wie weit wir bereits mit der Untersuchung sind. Und warum ist das für Sie von Interesse?"

„Nun, der Mörder könnte noch in der Gegend sein …"

„Stimmt. Aber jeder in jeglichen Fall verwickelte Mörder könnte das." Dann gab sie nach. „Erzählen Sie mir was über den Waffenbesitz hier in der Gegend. Wer ist als Jäger bekannt? Was für Jagdsitze gibt es hier? Was für Schießstände? Gibt es hier irgendwelche Waffenliebhaber wie beispielsweise Sammler? Sie könnten mir immens helfen, wenn Sie mir eine Liste von Leuten und Orten zusammenstellten, mit der ich meine Suche beginnen könnte."

Alan seufzte. „Ich bin mir nicht sicher, ob ich so viele von beiden kenne."

„Aber als Wirt begegnen Sie vielen Leuten, die über ihre Beute sprechen, oder nicht? Oder über Jagdausflüge?" Sie legte mit schlauem Blick den Kopf schief.

Alan errötete. „Ich könnte es versuchen."

„Könnten Sie", grinste Barb. „Und ich nehme vielleicht noch einen Nachtisch. Vielleicht noch so einen Grog und einen Bratapfel."

Alan, der wusste, dass er ohne jegliche Informationen, aber mit einer zusätzlichen Aufgabe entlassen war, wandte sich frustriert um und ging zurück an seine Arbeit.

„Sehe ich aus wie ein Informationsbüro?" fragte Barb niemanden konkret und schüttelte den Kopf. „Ich bin hier, um Fakten zu sammeln, nicht, um sie auszugeben."

Ich biss mir auf die Zunge. Sie verriet mehr von dem, was sie wusste, wenn man sie richtig behandelte – was ich vermutlich tat. Ich fragte mich nur, ob sie auch mir Zugang zu Alans Liste gewähren würde. Irgendwie wusste ich, dass ich schneller als sie sein musste, sie zu ergattern. Wieder einmal.

13

Ich wartete ab, bis Barb ihren Abend beschloss. Nach ihrem zweiten Grog verkündete sie, dass sie sich schläfrig fühle und am nächsten Morgen ausschlafen wolle, um ihre Erkältung zu kurieren. Die Laborergebnisse waren ohnehin erst in zwei Tagen zu erwarten – sie würde es morgen einfach ruhig angehen lassen. Sie sah gewiss auch aus, als könne sie eine gute Dosis Schlaf vertragen, als sie ging, nachdem sie ihre Rechnung beglichen hatte.

Ich hätte mich nach so einem langen und ereignisreichen Tag ebenfalls müde fühlen müssen. Doch ich war aufgedreht. Es galt, noch so viel herauszufinden. Wo war Rose? Wer war der unbekannte Tote? Wer hatte ihn erschossen und warum? Wie gehörten Rose und der Unbekannte zusammen? Was wusste Alan? Denn ich hatte nicht nur so eine Ahnung, dass er mehr wusste, als er verriet. Ich war mir todsicher.

Wie gestern Abend ging ich an die Bar und suchte mir eine winzige Ecke, in die ich mich zwischen der Wand und einem grob aussehenden Bauern quetschte. Er gönnte mir kaum einen Blick, nickte mir einen schroffen Gruß zu, und das war's. Ich war nicht unglücklich darüber. Je weniger Beachtung man mir schenkte, desto besser.

Aber Alan sah natürlich, dass ich es mir an der Bar gemütlich machte, und er sah gar nicht glücklich darüber aus. Ich wusste, hätte er vermeiden können, mich zu bedienen und meine

Gesellschaft zu ertragen, so hätte er es getan. So jedoch hob er am anderen Ende der Bar lediglich fragend die Brauen, und ich formte lautlos die Worte: „Cider, bitte."

„Pint?" fragte er.

Ich nickte, und er nahm ein frisches Glas zur Hand, um mein Getränk zu zapfen. Als er herüberkam, um es vor mich hinzustellen, gelang es mir, ihn beim Ellbogen zu fassen.

„Alan, kann ich vielleicht mit dir reden? Bitte?"

„Jetzt? Du siehst doch, wie voll es ist. Das ist überhaupt kein guter Zeitpunkt zu reden."

„Was *ist* dann ein guter Zeitpunkt?"

„Du willst nicht, dass *sie* dabeisitzt. Ist es das?" Ich wusste, dass er Barb meinte, und nickte. Alan lenkte ein. „Ich habe in etwa einer Stunde eine kurze Pause – das habe ich immer, wenn der Service zum Abendessen endet, zwei Stunden vor der ‚Letzten Runde'. Komm dann auf die andere Seite der Bar, und ich nehme dich nach hinten mit."

Ich ließ Alans Ellbogen los. „Danke."

Für den Rest der Zeit nahm er mich kaum zur Kenntnis, und ich war angespannt ob dessen, was er wohl enthüllen können würde. Er hatte sich gestern Abend sofort um Rose gekümmert. Er hatte heute Morgen mächtig mitgenommen gewirkt, was sich auch immer gestern Abend abgespielt haben mochte. Und er hatte versucht, Barb Informationen zum Mord auf dem Treidelpfad zu entlocken versucht. Warum?

Schließlich zeigte die Uhr über der Bar, dass es nur noch zwei Minuten bis zu Alans Pause waren, und ich glitt aus meiner Ecke, die sofort von einem anderen Gast belegt wurde. Ich ging ans andere Ende der Bar und lehnte mich lässig an die Wand, um unauffällig zu bleiben. Inzwischen ging die Bardame, die bisher die Tische bedient hatte, hinter die Bar und übernahm für Alan. Ich warf einen Blick hinüber zu den Tischen. Es saßen noch Gäste dort, aber alle waren nur noch mit ihren Getränken beschäftigt.

„Komm mit", hörte ich Alans Stimme neben mir. Er ruckte seinen Kopf in Richtung Küche, und ich stolperte ihm rasch hinterher.

Die Küche hinter der Bar war ziemlich groß. Irgendwie größer, als ich erwartet hatte. Ich sah, wie die Köche Essen verpackten und ihre Herde putzten. Ein Küchenjunge spritzte das schmutzige Geschirr ab und stapelte es in eine Groß-Spülmaschine. Eine Küchenhilfe hatte damit begonnen, alle Arbeitsflächen abzuwischen. Alan winkte mich zum Hintereingang, einer Metalltür neben einem riesigen Kühler. Er schnappte sich einen Mantel vom Haken, bevor er mir die Tür öffnete. Ich trat hinaus. Ein automatisches Licht sprang an und beleuchtete die Hintergasse. Wir standen zwischen einer Anzahl von Restaurantmüll-Containern. Keine sehr einladende Umgebung. Vorsichtig blickte ich zu den Fenstern im Obergeschoss auf.

„Keine Sorge, sie kann dich nicht hören. Ihr Zimmer geht nach vorne raus." Alan stand jetzt neben mir und zündete sich eine

Zigarette an. Er zog an ihr, inhalierte tief und stieß dann eine lange Wolke bitteren Rauchs aus. „Was für ein Spiel spielst du überhaupt, Emma? Tust du nur so, als wärst du ihre Freundin, während du dein eigenes Ding durchziehst?"

Ich sah ihn verärgert an. „Ich tue nicht nur so. Ich mag sie wirklich."

Er zuckte die Schultern. „Trotzdem irgendwie praktisch, oder? – Also, was willst du von *mir*?"

Ich schluckte schwer. „Diese Liste, die du für Barb machst – könnte ich eine Kopie davon haben? Bitte?"

Er lachte bitter. „Ozzie bringt mich um, wenn ich das tue."

„Er wird es nicht erfahren."

Alan seufzte. „Emma, ich kenne dich kaum. Aber das ist keine Situation, in die du dich begeben solltest. Es hat schon einen Toten gegeben. Du willst doch nicht riskieren, dem Mörder im Weg zu sein, oder?"

Ich schnaubte. „Ich stecke schon kopfüber drin."

„Was? Wieso?"

„Ich war's, die die Leiche gefunden hat."

Alan schnappte nach Luft. „Oh, um Himmels willen. Das ist furchtbar!" Sein Gesicht wurde aschfahl, und er würgte. Dann nahm er zwei rasche Züge an seiner Zigarette, warf sie auf den Boden und trat sie aus. Einen Moment lag vergrub er sein Gesicht in beiden Händen. Dann sah er mich an. „Kannst du … kannst du ihn beschreiben?"

„Woher weißt du, dass es keine Frau war?"

„Glaub mir, es ist keine Frau außer Rose darin verwickelt. Und du weißt ja bereits, dass sie das nicht getan hat."

„Wie kannst du dir da so sicher sein?"

„Weil es nur wenige Optionen gibt, und die sind alle männlich. Also, kannst du ihn bitte beschreiben?"

„Sagst du mir bitte, worum es hier überhaupt geht?"

Alan nahm mich bei den Schultern. „Emma, das hier ist wirklich wichtig. Kannst du …" Er hatte mich so fest gepackt, dass ich zusammenzuckte. Er fluchte leise und ließ mich los.

„Er war jung. Anscheinend war er ein Roma. Und er hielt ihr Tuch in seinen Händen."

Alan nickte und ließ sich gegen einen der Müllcontainer sacken. Er starrte blicklos zu Boden.

„Alan?" Ich rieb meine Schultern und versuchte, seine Aufmerksamkeit zu gewinnen, indem ich mit meiner Hand vor seinem Gesicht wedelte. „Hey? Bist du okay?"

Er schüttelte den Kopf, als erwache er aus einem Traum, und sah mich mit benommenem Blick an. Dann wandte er sich um, um wieder hineinzugehen. Ich aber war schneller und packte ihn am Arm.

„Ich habe dir alles gesagt. Jetzt bist du dran. Was weißt du darüber?"

Aus Alans Augen strömten die Tränen, als er mich erneut ansah. Er unterdrückte ein Schluchzen. Dann wischte er sich über das Gesicht. „Er hätte auf Rose warten sollen."

„Ich weiß. Ich meine, das habe ich mir zusammengereimt. Kannst du bitte beim Anfang beginnen? Als Rose gestern Abend in dein Pub kam, was war da geschehen?"

Alan setzte sich auf den Türabsatz. Er zog mit zitternden Händen noch eine Zigarette aus einem zerknitterten Päckchen und zündete sie an. Er inhalierte tief, atmete aus. Stille. Dann: „Rose sollte jemanden treffen, der sie von hier wegbringen würde. Weg von den Plänen ihres Vaters für eine arrangierte Ehe. Sie wollte ihre eigene Lebensweise bestimmen. Dies war also jemand, der sie an einen sicheren Ort gebracht hätte, bis sie ihre wahre Liebe geheiratet hätte. Das war alles."

„Das ist *nicht* alles", beharrte ich. „Da steckt mehr hinter der Geschichte. Lass mich rekapitulieren. Rose liebt jemanden, soll aber entsprechend der Wahl ihres Vaters heiraten. Also versucht sie, mithilfe von jemand wegzulaufen, um ihren Liebsten zu heiraten. Woher kannte sie den Mann?"

„Den Mann?"

„Den Unbekannten, der getötet wurde."

„Den Unbekannten …" Alan lachte bitter. „Nein, sie kannte ihn nicht. Ihr Tuch war das Mittel für sie, ihn als den zu erkennen, der ihr bei der Flucht helfen würde."

„Wie konnte er an ihr Tuch kommen, wenn sie ihn nicht einmal kannte?" Alan schwieg. „Warte mal! Du?!"

Alan räusperte sich. „Ich bin Teil einer Organisation, die den Frauen von Landfahrern und Roma dabei hilft, zu ihrem Recht zu kommen. Im Winter gibt es hier einige. Und wir sehen für gewöhnlich eine Menge. Kinder, die krank sind und in unsere Häuser und Geschäfte einbrechen, um zu stehlen. Geschlagene Frauen. Männer, die Arbeit brauchen, um ihre Familien zu ernähren. Sie stehen am Rande der Gesellschaft, und obwohl es ein gewisses Bewusstsein für sie gibt, ist es nie genug. Sie sind nie integriert worden, weil sie eine andere Lebensweise haben. Und deshalb werden sie ausgegrenzt. Die Leute sind ihnen gegenüber misstrauisch. Und ein stehlendes Kind oder eine geschlagene Frau taugt nicht am besten, um Vertrauen in Menschen zu wecken, die so anders sind. Vor allem die Roma hier."

„Du gehörst also zu einer Organisation, die Leute kennt, die anderen helfen, aus ihrer Lebensweise auszubrechen?"

Alan ließ den Kopf hängen. „Er hat irgendwann mal selbst angefangen, wie ein Gorja zu leben."

„Du redest jetzt von dem Unbekannten?"

Alan nickte. „Es war nicht einfach für ihn. Seine Hautfarbe, seine fremdartigen Züge verrieten immer seine andersartige Abkunft. Man sagt, Kleider machen Leute – das stimmt nur bis zu einem gewissen Grad. Jedenfalls war er glücklicher fern von seinem alten Leben. Zumindest sagte er das. Und er wollte anderen dabei helfen, dieses Glück ebenfalls zu erreichen."

„War dabei Geld im Spiel?"

„Wie bei Schleppern?"

„Ja."

Alan schüttelte den Kopf. „Er hatte reguläre Arbeit und tat das ohne irgendwelchen Profit für sich selbst." Ihm gingen erneut die Augen über. „Er war ein guter Mensch."

„Wie hieß er?"

„Ist das wichtig? Er ist doch ohnehin tot."

„Es könnte uns helfen, den Mörder zu finden."

„Glaub mir, das wird es nicht. Niemand hat gewusst, dass er hier war."

„Außer dir, Rose und besagtem Mörder", betonte ich.

„Codona", flüsterte Alan. „Sein Name war Patrick Codona."

„Du hast Rose also gesagt, sie müsse dir ein Erkennungszeichen geben, und sie hat dir ihr Tuch überlassen?" Alan nickte. „Und sie sollte ihn auf dem Treidelpfad treffen. Aber als sie dorthin kam, war das bereits ein abgesperrter Tatort, und Codonas Leichnam war fortgeschafft worden. Also kam sie hierher zurück."

„Sie dachte, jemand könne ihn angegriffen und getötet haben und sei dann davongerannt."

„Na, toll", sagte ich und ging im Kreis. „Einfach fantastisch. Und wo ist sie dann jetzt? Du weißt vermutlich, dass sie nicht bei ihrem Vater zu Hause ist. Hast du wieder deine Hand im Spiel, dass sie versteckt ist?"

Alan blickte zu Boden, tat einen letzten Zug aus seiner Zigarette, warf sie weg und trat darauf. Dann sah er mich mit ausdruckslosem Blick an. „Ich habe keine Ahnung. Ich habe eine andere Nummer von einem anderen Mann aus unserer Organisation angerufen. Innerhalb einer Stunde wurde Rose abgeholt und weggebracht."

„Und das soll ich glauben? Dass du nicht weißt, wo sie ist, meine ich." Ich starrte ihn grimmig an.

„Es ist besser, dass niemand es weiß", antwortete er ruhig. „Je weniger bekannt ist, desto weniger wird verraten." Er stand auf. „Ich muss wieder reingehen. Kommst du?"

Ich schüttelte den Kopf. Ich brauchte einen Spaziergang und musste die Geschichte, die ich gerade gehört hatte, erst einmal verarbeiten. Der Weg nach Hause – also zu Ozzies Zuhause – würde mir die ungestörte Stille und inspirierende Bewegung bieten, die ich dafür brauchte, in dem Ganzen einen Sinn zu finden.

Alan streckte die Glieder und wischte sich noch einmal übers Gesicht. Dann öffnete er die Hintertür. Ich winkte ihm kurz zu, während er in der Tür verschwand, und suchte vorsichtig meinen Weg über das schlüpfrige, bemooste Kopfsteinpflaster der Hintergasse, bis ich wieder die Lichter der Main Street erreicht hatte.

14

Am nächsten Morgen spürte ich ein leichtes Kratzen in meinem Hals, sobald ich aufwachte. Mein rechtes Ohr schmerzte, und das war das sicherste Zeichen dafür, dass ich mich erkältet hatte. Toll! Es war mir egal, wo ich mir das eingefangen hatte – ich wollte es einfach los sein. Ich kramte in den Medikamenten, die ich in meinem Schrank weggepackt hatte, und fand ein paar Beutelchen Lemsip. Ich war erleichtert – zumindest konnte ich sofort etwas gegen die schlimmsten Auswirkungen tun.

Ich nahm mir Zeit, mein Frühstück zu genießen – Toast, Marmelade, ein weichgekochtes Ei, zwei Scheiben gebratenen Speck und Lemsip – und ein paar Hasen dabei zuzusehen, wie sie durch den durchweichten hinteren Garten hoppelten. Die Büsche waren triefendnass, und ihre Zweige hingen schwer über die leeren Gartenbeete, die Ozzie und ich im Frühsommer mit Kartoffeln, Zwiebeln, Tomaten und Gurken bepflanzt und während meines letzten Besuchs abgeerntet hatten. Jetzt war alles, was von unseren Bemühungen übrig war, nur noch der schwärzlich-braune Boden, den wir sorgsam umgewendet und mit Kompost für das nächste Jahr gedüngt hatten. Das Radio spielte sanften Jazz, ab und zu unterbrochen von Verkehrsnachrichten und Konzertankündigungen. Und in der Waschmaschine neben dem Herd lief eine Ladung meiner Kleidung und einiger Sachen von Ozzie.

Mittendrin klingelte das Telefon, und ich stand auf, um es aus dem Flur zu holen.

„Hallo?"

„Oh gut, du bist noch am Leben!" Es war Linda.

Ich musste lachen. „Was hast du erwartet?! Ich mache Urlaub."

„Nun, das Letzte, was ich von unserem Freund Niko gehört habe, war, dass ein britischer Detective Superintendent, dessen Namen ich vergessen habe, deine Identität überprüft hat, weil du eine Leiche gefunden hattest. Und das war vor – lass mich sehen ... ziemlich genau vor 48 Stunden. Wie ich dich und deine furchtbare Neugier kenne, hast du inzwischen mindestens zwei Leute befragt, die entweder Verdächtige sind oder dich zu dem Mörder führen könnten. Und wahrscheinlich planst du genau jetzt deine nächsten Schritte." Linda kannte mich einfach zu gut. Ich verzog das Gesicht. „Und es gefällt dir nicht, dass ich das weiß."

„Ich esse gerade mein Frühstück", versuchte ich, sie zu beruhigen.

„Essen hat noch nie jemanden am Denken gehindert", behauptete Linda. „Übrigens, höre ich da was Nasales in deiner Stimme?"

„Bei mir ist 'ne Erkältung im Anzug."

„Siehste?! Du bleibst besser im Haus und pflegst dich. Selbstgemachte Hühnersuppe soll da ziemlich gut helfen."

„Ich habe kein Huhn im Haus."

„Das ist eine lahme Entschuldigung dafür, nicht daheim zu bleiben."

„Ist es nicht", protestierte ich und dachte, dass ich ein bisschen wie eine Neunjährige klänge. „Außerdem soll man seine Erkältung an die frische Luft tragen."

„Deine Tante Maria?"

„Haargenau."

„Na, da ich dich nicht davon abhalten kann, was du dir in den Kopf gesetzt hast, kann ich zumindest mein Bisschen dazu beitragen, dich vor Schlimmem zu bewahren."

„Und wie?"

„Erzähl mir, was du rausgefunden hast."

„Es ist nicht dein Fall, Linda, vergisst du das?"

„Deiner auch nicht. Sogar noch weniger – du bist keine Polizistin."

„Aber Journalistin." Ich nahm einen Schluck meiner Medizin. „Okay, ich tu dir den Gefallen." Und ich begann, Linda die Geschichte von Roses arrangierter Heirat zu erzählen, der sie zu entgehen versucht hatte, indem sie an einen sicheren Ort weglief, wo sie ihren Liebsten heiraten wollte.

„Ist diese Sache mit einer arrangierten Ehe nicht etwas altmodisch? Und auch, ein Mädchen mit sechzehn aus der Schule zu nehmen?"

„Ich weiß", jammerte ich. „Furchtbar, nicht? Soweit ich weiß, gibt es Bürgerrechtsbewegungen und andere Organisationen, die die Roma in Großbritannien gegründet haben.

Und die sind darauf aus, dass fahrenden Kindern gleichwertige Bildungs- und Gesundheitsdienste geboten werden, ihr Lebensstil modernisiert wird, Integration und Akzeptanz gefördert werden und so weiter und so fort. Aber was soll man machen, wenn man einen Vater wie Mr. Buckland hat?!"

„Weißt du, wer der Liebhaber von Rose ist?"

„Nein, ich kenne seine Identität noch nicht. Ich bin mir sicher, ich finde es früher oder später heraus."

„Dieser Wirt, Alan, weiß es wahrscheinlich", warf Linda ein.

„Wahrscheinlich. Ich habe das gestern Abend versäumt, weil es nicht so sehr wichtig schien."

„Nicht so sehr wichtig?! Er ist ein Stück zu dem Puzzle!"

„Ich weiß. Aber alles war so aufwühlend. Die Tatsache, dass Alan seine Hand im Spiel hat. Ihn weinen zu sehen. Und das schien echte Trauer zu sein, glaub mir."

„Klar."

„Jedenfalls wurde Roses Kontakt am Nachmittag erschossen. Erinnere dich – ich denke, ich habe den Schuss gehört, nicht die Fehlzündung eines Automotors. Aber sie hätte diesen Codona erst am Abend treffen sollen, nach Einbruch der Dunkelheit. Jetzt bin ich völlig verwirrt, warum er schon am Nachmittag da war. So ziemlich sechs Stunden, bevor er erwartet wurde."

„Mit dem Tuch?"

Es dämmerte mir. „Du meinst, er wurde dazu verleitet, früher dort zu sein?"

„Nichts anderes ergibt einen Sinn", bemerkte Linda trocken. „Er muss gedacht haben, dass es Rose sei, die ihn bat, früher dort zu sein. Aber offenbar war sie es nicht – sie hat ja das wasserdichte Alibi."

„Wer immer ihn also dahin gelockt hat, muss von dem Arrangement gewusst haben ..."

„Scheint so, oder nicht? Denk drüber nach. Das kannst du auch daheim tun. Versprichst du mir, das zu versuchen?"

Ich seufzte. Sie seufzte. Sie wusste, dass ich nicht daheimbleiben würde oder konnte.

Klick.

Da saß ich und verschluckte mich fast an meinem Toast. Natürlich – wie hatte ich die Möglichkeit übersehen können, dass jemand Roses Plan herausgefunden hatte?! Die Frage war nur, wer und wie? Und welches Interesse hatte der Mörder daran, Codona zu erschießen? Und was wusste Alan noch, das ich ihn nicht gefragt hatte? Worüber hatte er vielleicht schlicht beschlossen zu schweigen?

Ich war nervös, aber ich musste einige Aufgaben im Haushalt abschließen. Ich wollte Ozzies Zuhause so viel Liebe schenken wie möglich, sodass er in ein Nest heimkehren würde, das sauber und gemütlich war. Auch wollte ich, dass er zu vorbereiteten Mahlzeiten im Gefrierschrank heimkehrte, die er nur auftauen und aufwärmen musste. Damit er nicht kochen musste, sobald er nach Hause kam. Er nahm für gewöhnlich sein eigenes Essen mit auf den Stützpunkt, da das Casino am anderen Ende der Startbahn lag, ein ganzes Stück Fahrt von seinem Arbeitsplatz im Büro entfernt. Mit ein paar von mir vorbereiteten kulinarischen Vorräten würde er Zeit zum Ausruhen haben, wenn er von seinem Einsatz zurückkam. Natürlich hätte ich es viel mehr vorgezogen, hätten wir all dies gemeinsam tun können. Aber ich wusste, dass ich als Partnerin eines Militärmitglieds immer auf Platz zwei nach der Pflicht stehen würde.

Die Zeit flog dahin, und es war beinahe Mittag, als ich endlich ein paar Behälter mit duftendem, dampfendem Essen gefüllt hatte. Die Deckel waren noch nicht darauf, sodass alles abkühlen konnte. Und ich hatte die Deckel beschriftet. Ozzie sollte auf den ersten Blick erkennen können, was in welchem Behälter war, wenn er ihn aus dem Gefrierschrank holte.

Was würde *ich* zu Mittag essen? Ich beschloss, hinüber zum *Bird in the Bush* zu gehen. Mit etwas Glück könnte ich mich mit Alan unterhalten. Hoffentlich war allerdings Barb unterwegs. Oder noch im Bett. Ich hatte nicht die Absicht, dabei aufzufliegen, dass ich in ihrem Fall herumschnüffelte.

Draußen nieselte es, und ich zog die robustesten Schuhe an, die ich hierher mitgebracht hatte. Sie komplettierten mein rustikales Outfit. Auf dem Land kümmerte sich ohnehin niemand um Eleganz. Nicht, wenn es nicht um gesellschaftliche Ereignisse ging. Ich schnappte mir einen von Ozzies Schirmen aus dem Schirmständer und ging hinaus. In der Auffahrt standen Pfützen, und der Deich sah im grauen Tageslicht abweisend aus. Ich wünschte, der Fluss wäre direkt zu sehen gewesen. Das hätte alles so viel malerischer gemacht. Genau wie Mr. Bucklands Haus. Aber man konnte nicht alles haben. Und was Mr. Bucklands Heim an Standortvorteilen hatte, fehlte ihm in anderen Aspekten, die ich für wichtiger hielt. Ich hätte letztlich nicht tauschen wollen.

Ich atmete die frische Luft tief ein. Sie roch nach nassen Steinen, verrottendem Laub und Gülle. Jemand musste seine nahegelegenen Felder gedüngt haben. Rauch stieg aus einigen Schornsteinen – nicht jeder hatte eine Zentralheizung wie Ozzie in seinem Zuhause. Die Straße war so menschenleer wie die, die zur Main Street führte. Ich vermied die Pfützen auf dem Bürgersteig, so gut ich konnte, doch das Sprühwasser durch vorbeifahrende Autos auf der Durchfahrtstrasse machte meine Bemühungen nutzlos, trocken zu bleiben. Ich fühlte mich recht unordentlich und unbehaglich, als ich schließlich das Pub betrat.

Der Raum war fast leer. Ein älteres Ehepaar war gerade mit seinem frühen Mittagessen so gut wie fertig, und ein Arbeiter in Overalls saß an der Bar, trank Bier und aß Pommes mit den Fingern, wobei er den kleinen Finger geziert abspreizte. Eine junge Frau polierte Gläser und Bestecke an einem Sideboard neben der Bar. Alan war nirgends zu sehen. Ich setzte mich an einen Tisch in der Nähe der Bar, damit wer auch immer mich bedienen würde, nicht durch den ganzen Raum würde gehen müssen.

„Hallo, Emma", sagte Alan. Er war wie aus dem Nichts erschienen. Er musste in seinem kleinen Büro gearbeitet haben, das auch als Rezeptionsbereich für die wenigen Zimmer oben diente. Er schien noch müder als gestern, sicherlich aufgrund unseres Gesprächs am Abend. „Was kann ich für dich tun?"

„Würstchen im Teig und ein Sprite ohne Eis, bitte", sagte ich.

Er nickte und ging in die Küche. Ein paar Augenblicke später kam die junge Frau mit einem Glas Sprite herüber. Alan machte deutlich, dass ihm heute nichts daran lag, mich als Gast zu haben. Ganz vermeiden konnte er mich aber trotzdem nicht, denn nach zehn Minuten kehrte er mit dem Teller meiner Bestellung zurück. Der Geschmack der Wurst war ziemlich vernachlässigbar, aber der Yorkshire Pudding darum herum war ganz, was er sein sollte, und die Zwiebelsauce schmeckte himmlisch. Ich seufzte vor Vergnügen. Alan war inzwischen wieder in seinem Büro.

Als ich fertig war, beglich ich die Rechnung an der Bar. Der Arbeiter war vor einer Weile gegangen. Das Ehepaar ebenso. Ich schlenderte hinüber zu Alans kleinem Bürowinkel, trat mit einem sanften Klopfen ein und stellte mich ihm genau gegenüber. Alan blickte irritiert auf.

„Emma, bitte lass die ganze Geschichte ruhen. Ich möchte einfach nicht mehr darüber reden."

„Aber du denkst ganz offensichtlich auch darüber nach. Du siehst so aus, als hättest du letzte Nacht nicht gut geschlafen."

Er faltete die Hände über der Tischplatte. „Was erwartest du? Ein Mann, den ich angerufen habe, wurde aufgrund dieses Anrufs umgebracht."

„Aber warum? Und von wem?"

„Glaub mir, wenn ich wüsste, warum, wüsste ich auch, von wem. Es könnte genauso mit seiner Vergangenheit zu tun haben wie mit Roses Zukunft. Wer weiß? Außerdem ist das der Job eines Detective Superintendents. Und dabei belässt du es am besten."

Ich sog meine Unterlippe ein. „Gib mir nur eine letzte Information – wer *ist* Roses Liebster?"

Alan seufzte, fuhr sich mit den Händen durch das kurze Haar und verschränkte sie dann hinter seinem Kopf. „Du gibst nicht so leicht auf, oder?"

„Zu früh aufgeben bedeutet, die vollständige Geschichte zu verpassen", entgegnete ich.

Er ließ die Hände sinken. „Michael Thornton."

„Ein Gorja", stellte ich fest.

„Kein Roma, wenn du das meinst."

„Exakt." Ich runzelte die Stirn. „Wohnt er hier in der Gegend?"

„Du sagtest, *eine* Frage."

„Komm schon", versuchte ich, ihn zu überreden.

„Balmer Hall", gab er nach und erhob sich. Seine Antwort überraschte mich völlig. Ich wollte schon meinen Mund öffnen, doch Alan brachte mich rasch zum Schweigen. „Genug jetzt. Das ist alles, was ich weiß. Und wenn es sein muss, dann finde den Rest selbst heraus." Er ging schon an mir vorbei in den Schankraum.

Ich nickte. „Dankeschön." Ich folgte ihm. „Und ich verspreche dir …"

„Nicht." Alan wirbelte herum. „Tu's einfach nicht. Ich möchte nur meinen Seelenfrieden."

Ich hob entschuldigend meine Arme.

In dem Moment öffnete sich die Pub-Tür, und ein junger Mann trat ein. Einer, an dessen Gesicht ich mich sofort erinnerte. Und ich hegte nicht den geringsten Zweifel daran, wer er war. Es war der junge Mann, der an dem Abend, an dem ich mit Ozzie hier gewesen war, den Umschlag abgeholt hatte. Um ehrlich zu sein, wäre seine Kleidung weniger lässig-elegant und teuer gewesen, hätte ich ihn vielleicht nicht erkannt. Und in einer anderen Umgebung wäre er mir sicher überhaupt nicht vertraut vorgekommen. Er sah ziemlich unauffällig aus. Einfach ein nettes, frisches, junges Männergesicht, sauber rasiert, das braune Haar geschäftsmäßig kurz, schlank, irgendwie sportlich, durchschnittliche Größe. Überhaupt keine herausragenden Eigenschaften. Aber er war hier im Pub, und er wäre da selbst in einer Menschenmenge aufgefallen. Weshalb er an jenem letzten Abend im Pub mit Ozzie ja auch meine Aufmerksamkeit erregt hatte.

Da ich neugierig war, warum er hergekommen war, hielt ich mich im Hintergrund und machte mich so unsichtbar wir möglich, indem ich an die Seite der Bar glitt. Während Alan sich auf den Mann konzentrierte, schlüpfte ich hinter die Theke und duckte mich unter den Tresen. Ziemlich unbequem, aber es war gewiss unter diesen Umständen der beste Ort, um zu lauschen.

„Michael!" hörte ich Alan ausrufen. „Ich dachte, du würdest Rose treffen …"

„Alan …" Ich stellte mir vor, wie sie einander die Hand schüttelten. „Wollte ich. Aber sie ist nicht, wo sie hätte sein sollen. Was ist passiert?"

Ich hörte jetzt, wie Holz auf Holz kratzte – vermutlich das Rücken von Stühlen –, und ich stellte mir vor, dass sich die beiden Männer setzten. Vermutlich einander gegenüber. Ich hielt den Atem an.

„Ich habe gehört, dass es auf dem Treidelpfad, wo Rose abgeholt werden sollte, einen Mord gegeben hat. Ich bin fassungslos. Ist Rose …?"

„Rose ist in Sicherheit. Es war derjenige, der sie hätte abholen und zum Unterschlupf hätte bringen sollen."

„Wer war das?"

„Tut der Name was zur Sache?"

Pause. Dann ein leises: „Ich schätze, nein."

„Patrick Codona war sein Name. Klingt das bekannt?"

„Nein."

Die Stille dehnte sich. Das also war Roses Geliebter. Von Balmer Hall. Plötzlich hielt ich mir vor Augen, dass der junge

Mann der Sohn unseres einstigen Fremdenführers sein musste. Würde der Herr die Wahl seines Sprösslings gutheißen?

„Nun, wenn Rose ihn nie getroffen hat, wo ist sie dann jetzt? Ist sie zu ihrem Vater zurückgegangen?"

„Nein. Ich habe sofort, als sie aufgeregt hierher zurückkam, einen weiteren Anruf getätigt, und jemand anders hat sie abgeholt. Wir wussten nicht, ob der Unterschlupf noch sicher oder ebenfalls kompromittiert war, da der Mann, den sie hatte treffen sollen, wie wir ja nun wissen, aufgeflogen und sogar umgebracht worden ist. Ich erwarte bald einen Anruf, der uns sagt, wo sie sich aufhält. Geh fürs erste einfach davon aus, dass Rose in Sicherheit ist."

„Ich ... ich ... ich verstehe das einfach nicht. Warum würde jemand so etwas tun? Warum kann Rose nicht wie jeder Erwachsene von daheim weggehen? Warum müssen all diese Vorkehrungen getroffen werden, um sie herauszuholen, nur damit sie frei sein und ihr Leben leben kann wie jeder andere auch?"

„Ich habe darauf keine Antwort, mein Freund. Außer, dass es für manche Roma schwieriger ist als für andere, einen anderen Lebensweg zu wählen. Manche brauchen Hilfe von Außenstehenden. Da greifen dann diese Vorkehrungen. Es ist eine andere Kultur, die du einfach akzeptieren musst."

„Ich akzeptiere sie ja. Aber können wir nicht *alle* einfach auf einer aufgeschlosseneren Ebene miteinander umgehen? Und wo kommt da Mord ins Spiel? Ich finde, das ist krank."

„Ist es. – Da du Codona nicht kanntest, ist es sinnlos zu fragen, ob irgendjemand aus seiner Vergangenheit ihn umgebracht haben könnte. Basierend auf Ereignissen, die gar nichts mit Roses Flucht zu tun hätten."

„Keine Ahnung", erwiderte der junge Mann nach einer kurzen Pause. „Aber erscheint logischer, dass der Mörder wusste, dass Codona Rose treffen sollte, und ihn dann abfing."

„Stimmt. Aber es ergibt keinen Sinn, dass Codona so früh aufkreuzte."

Alan war also zu demselben Schluss wie ich gekommen. Das war gewissermaßen beruhigend. Das bedeutete auch, dass sich Barb wahrscheinlich auf derselben Spur befand. Ich war mir nicht sicher, ob ich darüber glücklich war.

In dem Moment hörte ich die Pub-Tür quietschen und ein paar schwere Schritte kurz nach dem Eintreten innehalten.

„Und wo versteckt ihr zwei Rose?" brüllte Mr. Bucklands Stimme.

15

„Nicht!" Alans Stimme zitterte plötzlich.

Die junge Frau, die vorher noch Gläser und Bestecke am Sideboard poliert hatte, eilte plötzlich hinter die Bar und an mir vorbei, um in der Küche zu verschwinden. Ich hörte nur die Hintertür zuschlagen.

„Jesses!" rief Michael aus.

„Wo ist meine Tochter?"

„Sie ist nicht hier. Ich schwöre es, Mann", sagte Alan.

Er klang panisch, und ich fragte mich in meinem kleinen Versteck hinter der Bar, was vor sich ging. Es klang furchterregend. Ich ließ mich auf alle Viere nieder und betete, dass ich mich lautlos würde bewegen können. Ich kroch zum Ende der Bar, spähte um die Ecke und erstarrte.

Mr. Buckland stand breitbeinig mit blutunterlaufenen Augen da und schwenkte ein Gewehr. Alan und Michael waren beide aufgesprungen. Alan war kreidebleich; Michael auch. Ich wollte fast meinen Augen nicht trauen. Dies sah aus wie eine Szene aus einem Italo-Western, und für gewöhnlich folgte da ein Blutvergießen. Ich schmeckte Eisen auf der Zunge, und mir drehte sich der Magen um. Trotzdem gelang es mir, still zu bleiben.

„Hören Sie", sagte Michael. „Ich weiß, dass Sie mich nicht mögen. Aber Rose liebt mich, und ich liebe sie."

„Ruhe!"

„Mr. Buckland", versuchte es Alan. „Dieser Junge hier …"

In diesem Moment drückte Mr. Buckland ab. Ein Schuss ertönte, gefolgt von einem „Ping" – vermutlich der Aufprall der Patronenhülse auf dem Fußboden – und von dem dumpfen Schlag des Kugelaufpralls auf etwas Festes. Meine Ohren protestierten mit einem Tinnitus-ähnlichen Geräusch, das alles rundum überlagerte. Einen Augenblick lang war ich taub. Dann hörte ich einen gedämpften Schrei, und ich sah Michael seinen rechten Ärmel mit der linken Hand umfassen. Blut quoll durch seine Finger und begann, auf den Holzfußboden des Pubs zu tropfen. Sein Mund formte ein klagendes O.

Alan war zur Seite gesprungen, doch nun richtete Mr. Buckland die Waffe auf ihn. Es war ein Gewehr mit einem hölzernen Schaft und vergleichsweise wenig Metall. Es wirkte ziemlich schwer, aber Mr. Buckland schien das Gewicht nichts auszumachen. Er schwenkte es, um Alan zu bedeuten, er solle sich an Michaels Seite begeben. Alan gehorchte; er taumelte dabei.

„Jetzt sag mir, wo meine Tochter ist." Mr. Buckland starrte Alan an. „Sie ist zuletzt hier gesehen worden. Das bedeutet, du musst wissen, wo sie ist."

Es war mir gelungen, zurück hinter die Bar zu kriechen. Ich bebte. Mit zitternden Fingern zog ich mein Handy aus meiner Manteltasche. Zum Glück hatte Barb darauf bestanden, dass ich ihre Nummer unter die Kontaktdaten speichere. Zum Glück erinnerte ich mich gerade jetzt daran. Ich hatte nie geglaubt, dass ich sie je anrufen würde. Aber jetzt war mir das sehr viel lieber als eine anonyme Notrufnummer, die mich irgendwo landen lassen würde. Ich schickte ihr eine Nachricht.

„Hilfe! Amokläufer im Ealingham Pub. Ein Verletzter."

Ich wartete und betete um Antwort von Barb. Aber es kam keine. Inzwischen redete Alan ohne Punkt und Komma, um sein Leben zu retten, während Michael sich nur wand und kleine, tierähnliche Laute von sich gab. Falls Mr. Buckland geglaubt hatte, er würde aus Letzterem Informationen herausholen können, dann lag er damit ganz falsch. Michael musste so unter Schock stehen und Schmerzen haben, dass er unfähig war, irgendetwas Zusammenhängendes zu sagen. Und Alan achtete darauf, die Dinge allgemein zu halten und Mr. Buckland zu beruhigen, wie er das mit einem betrunkenen Gast getan haben würde, der auf eine Kneipenschlacht aus war. Was es ja auch irgendwie war, nur viel schlimmer.

„Red' keinen Mist!" schrie Mr. Buckland plötzlich.

Ich hielt mir gerade rechtzeitig für den zweiten Schuss, den ich kommen fühlte, die Ohren zu. Einige Flaschen auf dem Regal über mir gingen zu Bruch; Glas und Flüssigkeit flogen überall hin. Mein Haar wurde von einer Ladung Rum, Whiskey und winzigen Glasscherben getroffen.

„Wenn du weiter wie ein Psychiater redest, zerschieße ich dir die gesamte Bar. Wo ist Rose?"

Pause.

„Wo ist …"

174

„Ich weiß nicht, Mann. Ich schwöre bei Gott", wimmerte Alan. Ich hatte keine Ahnung, was vor sich ging. Ich fühlte mich nicht einmal mehr hinter der Bar sicher, falls Mr. Buckland seine Drohung tatsächlich wahrmachen würde. Ich konnte versuchen, in die Küche zu kriechen und durch die Hintertür zu fliehen. Andererseits war ich hier wenigstens ein Zeuge.

„Du willst mir also sagen, dass du Rose hast gehen sehen. Und das war's. Nur, warum hast du nicht angerufen, als sie am nächsten Morgen nicht aufgetaucht ist? Weil du wusstest, wo sie steckt. Also versteckst du sie entweder, oder du weißt, wohin sie gegangen ist. Richtig?"

Die Drohung und die Wut in Mr. Bucklands Stimme sandten mir Gänsehäute über den Rücken. Es half nicht, dass meine Rückseite von Alkohol durchtränkt war.

„Ich habe ihr gesagt, sie brauche am nächsten Tag nicht zu kommen", behauptete Alan. „Sie fühlte sich nach Feierabend überhaupt nicht wohl."

Ich wusste nicht, dass es in ihm steckte, solch eine Story in solch einer Situation zu fabrizieren. Einen Augenblick lang bebte nicht einmal seine Stimme. Vermutlich, weil ein Teil der Geschichte stimmte. Rose war mehr als aufgeregt gewesen, dass sie den Tatort gefunden hatte. Und Alan hatte gewusst, dass sie nicht zur Arbeit zurückkehren würde ... Welche Geistesgegenwart!

„Du behauptest also, es war gegenseitiges Einverständnis, dass sie nicht zur Arbeit erscheinen würde?"

„Das ist genau, was ich sage, Sir.“

„Und du …“

Ich wagte nicht mehr, mich zu bewegen. Ich wusste, dass ich mich verletzen würde, verließe ich meine gegenwärtige Position, um die Szene zu beobachten, die sich nun entfalten würde. Außerdem würde mein Gewicht Glasteilchen über den Boden schleifen – was Geräusche bedeutete. Ich hatte gewiss nicht vor, die dritte Person zu sein, die an diesem Mittag auf das Ende eines Laufs starrte. Wo, um Himmels willen, war Barb? Warum brauchte sie so lange?

Gerade noch rechtzeitig fiel mir ein, dass ich noch den Ton für Benachrichtigungen eingeschaltet hatte. Es gelang mir mit Fingern, die nicht mir zu gehören schienen, alle richtigen Tasten zu drücken, um sie stummzustellen. In dem Augenblick, als ich damit fertig war, leuchtete ein Fenster auf.

„Komme.“

Ich unterdrückte einen Seufzer der Erleichterung. Ich wartete.

„Du bist ein verdammter Gorja, der versucht, meine Tochter von ihrer Familie fortzuholen. Nur um ihre Unschuld zu stehlen. Und als Nächstes wirst du sie fallen lassen wie eine heiße Kartoffel, um Spaß mit einer von deinen Leuten zu haben. Denn das ist alles, woran deine Sorte denkt. Euch fehlen Familienwerte. Ihr schmeißt all eure Traditionen und kulturellen Werte über Bord. Und dann seid ihr darauf aus, die anderer zu zerstören.“

Michael sog die Luft zwischen die Zähne ein. Er antwortete nicht.

„Ihr deutet mit Fingern auf mein Volk. Ihr tratscht über uns. Ihr geht uns aus dem Weg. Ihr verleumdet uns als faul, verräterisch, schmutzig, gewalttätig."

Nun, zumindest Letzteres klang in meinen Ohren wie die Wahrheit. Mr. Buckland *war* gewalttätig. Aber ich hörte auch den Schmerz in seiner Anschuldigung. Ich war mir nicht sicher, ob ich verstehen wollte, was er sagte. Das hätte Empathie bedeutet. Und man konnte keine Empathie für jemanden empfinden, der andere Leute brutal behandelte, nur weil *er* Schmerzen hatte.

„Bitte, Mr. Buckland, dürfte Michael sich setzen?" versuchte Alan den erzürnten Roma zu überzeugen.

Anscheinend gab es schweigende Zustimmung, denn ich hörte die Beine eines Stuhls über den Boden kratzen.

„Danke", brachte Michael hervor.

„Mr. Buckland, Sir." Alan nutzte die winzige Unterbrechung. „Darf ich sagen, dass offensichtlich beide Seiten mit Vorurteilen kämpfen? Und in diesem Fall haben wir es ziemlich genau mit einer Romeo-und-Julia-Geschichte zu tun. Diese beiden jungen Menschen aus zwei sehr eigensinnigen Familien lieben einander. Michael hier würde Rose nie schlecht behandeln."

„Und woher willst du das wissen, McLeod?" spie Mr. Buckland. „Hast du in seiner Seele gelesen? Weißt du wirklich, ob die schäbige Art seiner Familie nicht auch im Herzen dieses Gorja Wurzeln geschlagen hat?"

„Hat *Ihre* strenge Art Wurzeln in dem von Rose geschlagen?"

„Eine Frau hat ihren Hütern zu gehorchen – und der erste ist ihr Vater."

Ich hätte kotzen können. Das war so altmodisch und aus Zeiten, als Frauen sich noch darauf verließen, dass ein Mann für ihre Bedürfnisse bezahlte. Heutzutage konnte jedes Mädchen eine angemessene Ausbildung erhalten – wonach Rose sich zu sehnen schien – und ihren eigenen Unterhalt verdienen. Was natürlich der Bedeutung der männlichen Rolle recht abträglich war. Unabhängigkeit passte niemandem, der sein Selbstwertgefühl aus einer sozialen Struktur bezog, die auf Abhängigkeiten und Unterdrückung baute.

Glücklicherweise musste weder Alan noch Michael antworten. Denn genau in diesem Augenblick sprang die Pub-Tür auf.

„Hände hoch! Die Waffe auf den Boden!"

Es war Sergeant Camerons Stimme. Er klang triumphierend. Ich schätze, es war sein Traum gewesen, diese Worte nur einmal in seinem Leben sagen zu dürfen. Jetzt, kurz vor seiner voraussichtlichen Pensionierung, wurde der Traum wahr. Ein Traum, den wahrscheinlich jedes Kind hatte, das zur Polizei gehen wollte. Ich hätte ein Vermögen dafür gegeben, sein Gesicht zu sehen. Naja, vielleicht kein Vermögen.

Dann kamen Schritte vom Seiteneingang, der auch zu den Gästezimmern führte.

„Flucht ist zwecklos", sagte Barb ruhig. „Lassed Sie die Waffe falled, Mister." Auweia, ihre Erkältung war wirklich übel! Ich hörte einen gemurmelten Fluch und einen schweren Gegenstand zu Boden fallen. Ich war darauf gefasst, dass Mr. Buckland es doch noch versuchen würde zu fliehen. Doch vielleicht hatte ihn der Kampfgeist verlassen. Ich hörte das Klicken von Metall – Handschellen, tippte ich.

„Sie habed das Recht zu schweiged, aber es kad Ihrer Verteidigug schaded, wed Sie bei Befragug dicht erwähded, worauf Sie sich später vor Gericht berufed", zitierte Barb. Es klang wie die englische Version der Miranda-Rechte, die ich so gut aus US-Filmen kannte. Ich hatte nie geglaubt, dass ich je so etwas hören würde. Schon gar nicht in so schrecklich nasaler Manier. Wäre die Situation nicht so ernst gewesen, ich hätte laut herausgelacht.

Auf der anderen Seite brachte der Gedanke an ihre Anfechtungen mich selbst wieder zum Schniefen. Und plötzlich war da dieser wilde, juckende Drang in meinen Nasenlöchern.

„Wo steckt übrigens Emma Schwarz?" fragte Barb.

Ich erhob mich aus meinem Versteck. Glas fiel von mir herab, und mein nasser Mantel klebte an ganz neuen Stellen, als ich mich aufrichtete.

„Hatschi", nieste ich. „Hatschi, hatschi!"

16

Detective Superintendent Barb Tope blinzelte mich an, ohne zu lächeln. „Natürlich, immer mittendrin."

„Schuldig, euer Ehren", versuchte ich zu scherzen. „Es ist allerdings nicht immer absichtlich."

Barb lächelte nicht einmal jetzt. Sie ging nur hinüber zu Michael und sah seine Wunde an, wobei sie ihren hellvioletten Pullover der Gefahr aussetzte, mit dem Blut des jungen Mannes befleckt zu werden.

„Emma!" rief Alan aus. „Du bist immer noch hier?!"

„Was zur Hölle tut *sie* denn hier?!" grummelte Mr. Buckland.

„Es war ihre Nachricht, die Sie alle vor größeren Schwierigkeiten bewahrt hat", erklärte Barb. „Wie auch immer", wandte sie sich nun an Constable Williams, „rufen Sie Sanitäter her. Sagen Sie denen, es sei ernst, aber nicht lebensgefährlich. Blaulicht und Martinshörner sind nicht notwendig."

Constable Williams ging hinaus, um anzurufen. Ich schüttelte ab, was ich noch an Glasscherben im Haar hatte, und versuchte, mich an Barb vorbeizustehlen, um einer weiteren Befragung zu entkommen. Ich hatte Pech. Ihre Hand hielt mich am Mantelärmel zurück.

„Sie gehen nirgendwohin, fürchte ich", sagte Barb. Sie klang ganz anders, wenn sie als die Detektivin agierte, die sie war.

Ich zuckte die Achseln. „Wo wollen Sie mich auf dem Familienfoto?"

Barb blickte sich im Raum um. „Sergeant, könnten wir an diesem Tisch bitte ein paar Stühle mehr haben?" Kurzerhand führte sie Buckland an den Tisch, an dem Michael und Alan zuvor gesessen hatten, und brachte ihn sanft dazu, sich zu setzen. „Mr. McLeod, Emma, Sie, Mister Wie-war-noch-der-Name …"

Wir alle folgten nach, auch Michael, der unter einer Rettungsdecke, die ihm Sergeant Cameron um die Schultern gelegt hatte, vor Schock zu zittern begann.

Barb blickte jedem von uns ins Gesicht. „Welch ein bunt zusammengewürfelter Trupp, sage ich nur. Nun, Mr. McLeod, Sie sind natürlich der Wirt. Dennoch scheinen Sie interessante Verbindungen zu haben, die ungewöhnlich sind, hm?" Ihre Augen richteten sich auf das Opfer der Schießerei. „Sie? Wer sind Sie?"

„Thornton, Ma'am. Michael Thornton."

„Sie haben Glück, dass nicht die Kugel sie getroffen hat. Nur ein Splitter von dem Balken da. Aber warum hat Mr. Buckland überhaupt geschossen?"

„Das fragen Sie besser *ihn*", knirschte er mit den Zähnen.

„Ich möchte es gern einstweilen von Ihnen hören."

„Er glaubt, ich wisse, wo seine Tochter Rose ist. Er glaubt, ich verstecke sie."

„Tun Sie das?"

„Nein."

„In welcher Angelegenheit sind Sie heute Mittag hier?"

„Ich kam her, um Alan dasselbe zu fragen." Er schluckte. „Wo er Rose versteckt, meine ich."

„Alan?!"

„Mr. McLeod."

„Tja, Mr. McLeod, ich wusste, dass Sie hier eine interessante Figur sind. In der Kette der Verdächtigen im Zusammenhang mit dem Verschwindens von Rose Buckland erscheinen immer Sie am Ende der Kette. Was Sie ins Zentrum des Interesses rückt. Ist dem nicht so, Mr. Buckland? Warum haben Sie dann auf Mr. Thornton geschossen?"

Mr. Buckland rutschte auf seinem Stuhl hin und her; es musste unbequem für ihn sein mit seinen hinter dem Rücken gefesselten Händen. „Der Bastard da ist der Grund für all das!" Er nickte in Richtung Michael.

„Für all was?"

„Darf ich?" warf ich ein. „Scheint, eine Liebesgeschichte entgegen Familienwünschen zu sein. Capulets? Montagues?"

Barb lachte freudlos. „Ich hatte nicht erwartet, dass *Sie* das auf den Punkt bringen. – Mr. Buckland, hat Frau Schwarz hier recht? Geht es um eine Liebesaffäre, die Sie ablehnen?"

Mr. Buckland sah noch grimmiger drein; seine dunklen Augen sprühten Feuer. Hätte er es gekonnt, wäre er vermutlich aufgesprungen und hätte mir eine runtergehauen.

„Mr. Buckland?" beharrte Barb.

„Er ist ein Gorja. Er will aus meiner Tochter auch so jemand machen."

„Stimmt das, Mr. Thornton?"

Michael sah beinahe so aus, als würde er gleich ohnmächtig werden. „Sie ist schon immer mehr eine von uns als von ihnen gewesen."

Barb seufzte. „Großartig! Also, worum geht es hier? Eine Schießerei, weil eine junge Frau sich verliebt hat und Sie den Liebsten nicht mögen?" Sie stand auf und ging dorthin, wo das Gewehr immer noch auf dem Boden lag. „Sieht für mich wie eine Antiquität aus. M-1 Garand? Wo haben Sie das her, Mr. Buckland?"

„Es ist in meiner Familie weitergereicht worden", sagte Mr. Buckland mit Stolz in der Stimme. „Mein Urgroßvater hat in der Normandie gekämpft, zusammen mit den Amerikanern."

Barbs Augenbrauen schossen nach oben. „Sie meinen den Zweiten Weltkrieg?"

„Ja, Ma'am."

„Aber Ihre Familie gehört zu den Roma?"

„Ja, Ma'am."

„Wie kommt es, dass er ein US-Gewehr nach Hause brachte?"

„Das ist eine lange Geschichte ohne weitere Bedeutung", sagte Mr. Buckland, und seine Miene wurde ausdruckslos.

„Ich habe Zeit", sagte Barb kühl. „Und *ich* entscheide, was von Bedeutung ist. Immerhin haben Sie das Gewehr mitgebracht und damit auf jemanden geschossen. Lassen Sie uns die Geschichte hören. Alles davon."

„Muss *sie* mit dabei sein?" Mr. Buckland deutete mit dem Kinn auf mich.

„Ich weiß, es ist unbequem für Sie. Aber da ich nicht möchte, dass Frau Schwarz auf einen ihrer Detektivausflüge abwandert, und aufgrund von Personalmangel muss ich sie einstweilen hierbehalten. Keine Sorge, sie wird mit niemandem darüber sprechen. Richtig, Emma?" Sie starrte mich grimmig an. Ich nickte nur.

„Na also. Jetzt sagen Sie mir, warum hat sich Ihr Roma-Urgroßvater der Schlacht um die Normandie angeschlossen?"

Mr. Buckland seufzte. Seine Augen nahmen einen versonnenen Blick in eine Welt an, die nur er sehen konnte.

„Mein Urgroßvater hatte Familie in Deutschland. Wir waren ein großer Clan mit Zweigen in ganz Europa. Natürlich hatte er gehört, was dort passierte, lange bevor ihm irgendwer glaubte. Die Deportationen und Konzentrationslager. Man sagte, es seien unbewiesene Gerüchte. Er träumte davon, dabei zu helfen, unsere Familie aus dem Konzentrationslager zu befreien, in dem sie seiner Ansicht nach inhaftiert war. Wie wir alle wissen, hatte hier in Großbritannien bereits eine allgemeine Einberufung stattgefunden. Er diente also bereits beim Militär. Als die Gelegenheit kam, tatsächlich auf dem Kontinent zu kämpfen, bat mein Urgroßvater darum, verlegt zu werden. Ich habe keine Ahnung, wohin er ging, nachdem er die ersten Tage in der Normandie überlebt hatte. Ich weiß, dass er seine Ordern befolgte, obwohl er von seinem Captain schlecht behandelt wurde. Als der

184

Krieg vorbei war, brachte er dieses Gewehr nach Hause. Sagte, er habe es mit einem seiner G.I.-Freunde getauscht. Er hat nie jemanden aus unserer Familie gefunden oder nach Hause gebracht."

Im Raum war es still geworden. Ich hörte nur das Summen des Barkühlschranks. Von der Küche her kamen keine Geräusche – anscheinend waren alle durch den Hintereingang verschwunden, als Mr. Buckland mit dem Gewehr hereingekommen war. Gut für sie. Alan wechselte einen Blick mit Barb, und sie nickte. Er erhob sich, ging zur Bar hinüber, zapfte ein paar Softdrinks und kehrte mit Gläsern für alle zurück.

„Bitte fahren Sie fort, Mr. Buckland. Die Herkunft der Waffe ist also nie geklärt worden", ermunterte Barb den Mann.

Er atmete tief ein. „Könnte mir bitte eine Hand zum Trinken befreit werden?"

„Einen Strohhalm bitte", wandte sich Barb an Alan. Dann zurück zu Mr. Buckland: „Tut mir leid, aber unter diesen Umständen nicht möglich."

Alan brachte einen Strohhalm von der Bar, und Barb verhalf Mr. Buckland zu seinem Getränk. Inzwischen waren einige Sanitäter eingetroffen. Sie wuselten, meist schweigend, um Michael herum, mit nur den knappsten Kommentaren zueinander. Ich sah Michael ein paar Mal zusammenzucken, konnte aber nicht sehen, was sie mit seinem Arm machten.

„Mein Urgroßvater heiratete eine Roma und hatte acht Kinder mit ihr. Mein Großvater, sein ältester Sohn, erbte das

Gewehr. Meine Familie kehrte zur traditionellen zivilen Lebensweise der Roma zurück. Dann erhielt mein Vater das Gewehr als Hochzeitsgeschenk von meinem Großvater. Er und meine Mutter waren ein feuriges Paar – viel Liebe, viel Gewalt. Das Klischee, das ich sah, ließ mich wünschen, dass ich anders wäre. Besonders, wenn ich in den Wintermonaten zur Schule ging. Mit all den Gorja-Kindern. Ich dachte, es müsse einen Ausweg geben. Es gab ihn. Ich schaffte es, anständige Noten in der Schule zu bekommen und als Klassenbester meinen Abschluss zu machen. Entgegen den die Wünschen meines Vaters heiratete ich nicht, sondern trat in die Armee ein. Ich wurde im Ausland eingesetzt. Ich war stolz zu kämpfen. Der einzige Nachteil war der Captain, unter dem ich diente. Dieselbe Familie, die schon meinen Urgroßvater gemobbt hatte. Sehen Sie, die Kommandeure steckten Leute vom gleichen Ort gern zusammen, in der Annahme, dass sie besser kämpften, wenn sie unter Nachbarn seien. Nur rechneten sie nicht damit, dass nicht alle Nachbarn freundlich zueinander sind. Ich hatte geglaubt, ich könne ein Gorja werden und als solcher akzeptiert werden, wenn ich gegen einen nationalen Feind zu den Waffen griffe. Ich fühlte mich betrogen. Als ich nach ein paar Einsätzen wieder nach Hause kam, heiratete ich ein Gorja-Mädchen, das ich während meiner Heimaturlaube umworben hatte. Auch sie betrog mich, aber sie ließ mir Rose. Damals kehrte ich zu unserer traditionellen Lebensweise zurück. Deshalb war ich so versessen darauf, dass kein Gorja Rose jemals so verletzen solle, wie man mich und meine Familie verletzt hat.

Ich möchte sie beschützen. Und die einzige Möglichkeit, es zu tun, ist, sie unter meinen Augen zu behalten und sie mit einem zuverlässigen Roma zu verheiraten."

Mr. Buckland verstummte. Niemand sprach. Nach einer Weile wandte Mr. Buckland seinen Kopf Michael zu, der jetzt verbunden war. „Willst du wissen, wo die Männer herkamen, die meinen Urgroßvater und mich gemobbt haben?"

„Woher?" fragte Barb sanft.

„Balmer Hall."

Mr. Bucklands Augen waren hart wie Kieselsteine. Barb blickte ahnungslos drein.

Alan stieß einen Seufzer aus. „Sie waren Thorntons", erklärte er mit einem hilflosen Blick zu Barb.

„Weiß Ihre Tochter das?"

Mr. Buckland lachte bitter. „Haben Sie je schon mal versucht, jemandem, der verliebt ist, Vernunft einzureden?"

„Also haben Sie ein Gewehr gebracht, weil das das bessere Argument ist?"

Mr. Buckland ließ den Kopf hängen und schüttelte ihn.

„Sie sind sich bewusst, dass das vorsätzlich war und Sie in große Schwierigkeiten bringen kann?"

Er nickte.

„Waren Sie sich bewusst, welche Rolle Ihre Familie in Mr. Bucklands Ablehnung gegen Ihre Heirat mit Rose spielt?" Barb blickte jetzt Michael an.

Michael schüttelte den Kopf. „Ich hatte keine Ahnung. Mein Vater spricht nie vom Krieg. Ich dachte immer, es hätte was mit PTBS zu tun. Er hat nicht mal je erwähnt, dass er Mr. Buckland kannte. Er hat mir nur gesagt, ich solle nie unter meinem Stand heiraten, was auch immer das in einer modernen Gesellschaft bedeutet, in der die Bedeutung der Aristokratie mehr als fragwürdig ist und in der jeder die Chance hat, nach oben zu kommen. Wir sind bloß Landadelige ohne Titel, um Himmels willen!"

Barb tat einen langen Zug aus ihrem Glas. Als sie es absetzte, schüttelten die Sanitäter ihr rasch die Hand und tauschten Visitenkarten mit ihr.

„Emails tun's bestens", sagte Barb. „Nur für den Fall, dass ich mehr medizinische Informationen von Ihnen brauche." Dann wandte sie sich Mr. Buckland zu.

„Ein M-1 Garand schießt welches Kaliber, Mr. Buckland?"

Ich staunte. Sie wusste es doch genau. Und doch fragte sie Roses Vater. Zu welchem Zweck?

„30-06 Zentralfeuer."

„M-hm." Barb stand von ihrem Stuhl auf und suchte den Boden mit den Augen ab. Dann trat sie an einen anderen Tisch, bückte sich und hob etwas mit einem Druckverschlussbeutel auf. Sie schien einen geheimen Vorrat davon mit sich herumzutragen. Dann kehrte sie an den Tisch zurück und zeigte Mr. Buckland den Gegenstand. „Stammt das aus Ihrem Gewehr, Mr. Buckland?"

Er nickte.

„Was wissen Sie über den Mord auf dem Treidelpfad vorgestern?"

Mr. Bucklands Kopf schnellte hoch, und sein offener Mund ließ keinen Zweifel daran, dass er zum ersten Mal davon hörte. „Ein Mord? Wo?"

„Hier in Ealingham."

„Wer ist umgebracht worden?"

„Einer der Ihren, Mr. Buckland."

„Wie hieß er?"

Mein Blick flog zu Alan, der steif wie ein Stock auf seinem Stuhl saß und anscheinend Mühe hatte zu atmen.

„Wir kennen den Namen noch nicht. Wir gleichen seine Fingerabdrücke derzeit noch mit unserer Datenbank ab."

Ich konnte nicht länger schweigen. „Sein Name war Patrick Codona."

„Und woher wissen *Sie* das?!"

„Ich hab's ihr gesagt", sagte Alan leise.

Barbs Kopf flog herum; ihr Blick traf den seinen. „Sie schulden mir nachher eine lange Erklärung. – Mr. Buckland, haben Sie Patrick Codona gekannt?"

Roses Vater schüttelte den Kopf. „Hab den Namen noch nie im Leben gehört."

17

Danach entfaltete sich ein langer Nachmittag. Mr. Buckland wurde in Gewahrsam genommen und weggefahren – ich hatte keine Ahnung, ob nach Ely, Mildenhall oder sogar noch weiter weg. Sein Fall schien klar – bewaffneter Angriff in zwei Fällen. Ganz zu schweigen von dem Schaden, den er der Bar zugefügt hatte.

Michael Thornton war erst einmal entlassen. Seine Wunde hielt ihn nicht davon ab, in sein Auto zu steigen. Er hatte Glück gehabt. Ein Volltreffer der Kugel hätte ihn auf so kurze Distanz wohl den Arm gekostet.

Alan holte seine Mitarbeiter zurück ins Pub, um aufzuräumen und die Gäste wie gewöhnlich zu bedienen. Sie waren vermutlich genauso erschüttert. Nur einer von ihnen kam in den Schankraum, um Aufträge von Alan entgegenzunehmen. Danach nahmen Barb und die Polizisten Alan und mich hinüber zur Polizeiwache zu weiteren Befragungen.

Wir wurden in verschiedene Räume gebracht, um unsere Geschichte separat zu erzählen. Barb warf mir einen Blick zu, der besagte, dass ich etwas zu hören kriegen würde, wenn sie mit Alan fertig wäre, den sie in die Mangel nehmen würde. Ich tat so, als sei es mir egal. Aber ich war froh, als ich merkte, dass ich mit meiner Darstellung weit früher fertig war als Alan mit seiner. Nachdem ich den Bericht unterschrieben hatte, schlüpfte ich aus der Polizeiwache in die frühe Dämmerung und ging so schnell wie möglich nach Hause. *The Heron* schien wie ein Zufluchtsort nach den Ereignissen des Tages. Und ich überlegte, was ich mehr fürchtete, von einer Kugel getroffen zu werden oder von Detective Superintendent Barb Tope zurechtgewiesen zu werden, dass ich mich in einer Situation befunden hatte, in der ich nichts zu suchen gehabt hatte. Obwohl ich nicht gewusst hatte, dass es eine gefährliche Situation werden würde.

Ich fühlte mich wie ausgehungert, als ich Ozzies Haus erreichte, und ich durchsuchte die Küchenschränke nach allen möglichen Snacks, ohne zu unterscheiden, ob sie salzig oder süß waren. Ich musste etwas essen. Ich wollte nicht kochen. Nicht einmal eines der Essen aufwärmen, die ich für Ozzie zubereitet hatte. Kauend ging ich in der Küche auf und ab. Was war jetzt zu tun? Und welch seltsame Geschichte entrollte sich da vor meinen Augen?

Generationen der Feindseligkeiten zwischen einer Roma-Familie und örtlichem Landadel. Erneut die Geschichte von Kain und Abel, die der Siedler gegen die Nomaden, von Misstrauen und Vorurteil.

Balmer Hall.

„Natürlich haben wir uns damals nicht groß geziert, und Wilddiebe wurden auf der Stelle erschossen.“

Die Erinnerung schoss mir durch den Kopf. Die Waffenkammer mit all diesen Jagdgewehren. Jetzt wünschte ich, ich hätte bei den Erläuterungen besser aufgepasst, vielleicht sogar ein paar Fragen gestellt. Zum Beispiel, welche Art Munition diese

Gewehre verschossen. Waren sie nur für Schrot? Oder waren sie für größeres Wild?

Falls für Letzteres, konnte eines von ihnen als Waffe für den Treidelpfad-Mord benutzt worden sein? Wo war Rose? Wusste sie, dass ihr Liebster verwundet worden war? Von der Verhaftung ihres Vaters?

Ich ging hinüber ins Wohnzimmer und schaltete den altmodischen Fernseher ein, der zum Haus gehörte. Es gab nur vier Kanäle, alle BBC. Ich sah auf meine Armbanduhr. Noch ein paar Minuten bis zu den ersten Abendnachrichten.

Das Telefon klingelte. Ich runzelte die Stirn. Irgendwie deutete mir mein schlechtes Gewissen an, es könne Barb sein. Ich wollte nicht gerade jetzt mit ihr reden. Aber falls Ozzie …

Der Gedanke entschied alles. Ich eilte zum Telefon und schnappte mir den Hörer.

„Hallo?"

„Liebes, wie oft muss ich dir noch sagen, dass du im Haus nicht rennen solltest?" Ich seufzte erleichtert. „Nein, nicht seufzen. Du weißt, dass auf solche Weise Unfälle passieren."

„Ich weiß."

„Also, alles hier läuft prima. Wir fliegen heute Abend in den Süden, weil eines unserer Flugzeuge einen Unfall gehabt hat."

„Oh nein! Schlimm?"

„Sagen wir, der andere Beteiligte sieht schlechter aus. Zusammenstoß von dem Laster eines Lieferanten mit einer Flügelspitze."

„Ich stelle mir einen Laster vor, der wie eine Dose aufgeschlitzt worden ist."

„Wahrscheinlich. Jedenfalls werde ich dich von dort aus nicht so einfach anrufen können wie von hier. Ist alles in Ordnung?"

„Bestens", sagte ich rasch.

„Warum habe ich das Gefühl, dass du in Schwierigkeiten steckst?"

„Ich weiß nicht. Tu ich nicht." Ich wurde nicht einmal rot. Erstens wollte ich nicht, dass er sich um Dinge sorgte, die er nicht ändern konnte. Zweitens steckte nicht ich in Schwierigkeiten, sondern Leute, die zufällig in meinem Umfeld waren. Ich musste ihm nicht erzählen, dass ich zu helfen versuchte. Er würde mir sofort sagen, ich solle damit aufhören und zuerst an Sicherheit für mich selbst denken.

Das peppige Piepsen der BBC-Nachrichten klang aus dem Wohnzimmer. Ozzie hatte es wohl auch gehört.

„Irgendwas Neues zum Treidelpfad-Mord?" fragte er.

„Meine Güte, woher weißt du?"

„Wir kriegen hier unten auch BBC-Nachrichten rein." Ich stöhnte. „Es war also ein Roma, sagen sie?"

„M-hm. Aber sie wissen nicht, warum er erschossen worden ist. Könnte wegen allem sein."

„Nun, du solltest besser nahe beim Dorf bleiben, schätze ich."

„Weißt du, ich glaube nicht, dass der Mörder dort nochmal auftaucht", sagte ich leichthin. „Er hat sein Opfer gefunden und ist weitergezogen."

„Er?"

„Oder sie", lenkte ich ein. „Wer immer das getan hat."

„Tja, vielleicht hast du recht. Sei trotzdem vorsichtig, okay?"

„Okay."

„Ich liebe dich."

„Ich liebe dich auch."

Wir legten auf, und ich ging zurück, um den Bildschirm zu checken. Sie brachten noch immer Auslandsnachrichten. Wahlen in einer südamerikanischen Nation. Der Besuch des Premierministers bei einem Kongress in Paris. Gewaltsame Proteste gegen die Regierung in Hongkong. Dann kam Innenpolitisches. Und schließlich das, worauf ich gewartet hatte.

„Es gibt neue Entwicklungen in dem brutalen, hinrichtungsähnlichen Mord vor zwei Tagen nahe dem Dorf Ealingham-on-Ouse in Suffolk. Laut Polizei wurde das Opfer als der neunundzwanzigjährige Roma Patrick Codona identifiziert, der einer Bürgerrechtsgruppe der Roma angehörte, die jungen Frauen hilft, sich aus missbräuchlichen Familien und Beziehungen zu lösen. Noch ist allerdings nicht klar, welches Motiv hinter der Ermordung stecken könnte." Die Film-Sequenz zeigte den Treidelpfad, das Absperrband am Tatort und Barb im Interview mit einem Fernsehteam. Wann waren *die* dazugekommen?! Dann richteten sich die Kameras wieder auf das ernste Gesicht des Sprechers. „Die Polizei hat Fotos eines Gegenstands veröffentlicht, dessen Eigentümer noch nicht identifiziert wurde." Ein Bild des farbenfrohen Tuchs wurde gezeigt, und ich war verwirrt. Sie wussten doch, dass es Rose Bucklands Tuch war. Was versuchten sie zu tun? „Falls sie die Besitzerin oder ihren Aufenthaltsort kennen, bitte rufen Sie bei ihrer örtlichen Polizeiwache an."

Das war's. Ich schaltete den Fernseher wieder aus. Was versuchten sie zu tun? Wollten sie, dass Rose aus ihrem Versteck käme?

Ich ging auf und ab. Falls Rose die Nachrichten sah, wen würde sie kontaktieren? Ich versuchte, mich in sie hineinzuversetzen. Es gab nur zwei Möglichkeiten – Alan oder Michael. Mein Instinkt sagte mir, dass sie sich eher an ihren Liebsten als an ihren Chef wenden würde. Sie brauchte emotionale Unterstützung, und obwohl ich gesehen hatte, wie sich Alan um sie gekümmert hatte, konnte ich mir nicht vorstellen, dass er die erste Anlaufstelle wäre, die sie für ein vertrauliches Gespräch wählen würde.

Ich sah auf meine Uhr. Inzwischen war es fast neunzehn Uhr. Hinüber nach Balmer Hall zu fahren, war zu dieser späten Zeit keine gute Idee. Abendessenszeit. Ich würde mich ins Rampenlicht rücken, und ich wollte subtil vorgehen. Auch würde Michael erklären müssen, warum er verletzt war. Seine Familie würde sich aufregen; sie brauchten jetzt keine Fremde in ihrer

Mitte. Selbst wenn ich nicht viel Sympathie für Michaels Vater oder seine Vorväter empfand, nach allem, was uns Mr. Buckland erzählt hatte, spürte ich, dass jetzt die Familienbande der Thorntons am Werk waren. Vielleicht konnte ich unauffälliger hinübergelangen.

Ozzies Computer hielt möglicherweise die Lösung bereit, entschied ich. Ich quetschte mich hinter seinen Schreibtisch, tippte sein Passwort ein und googlete „Balmer Hall". Die Seite tauchte sofort auf. „Balmer Hall – Tradition mit Flair" stand auf einem Banner ganz oben auf der Seite. Darunter zeigte eine Foto-Endlosschleife das Gebäude vom Haupttor aus, den bunten Küchengarten (offensichtlich ein im Sommer aufgenommenes Bild), den Park mit wiederkäuendem Wild unter den Kronen einiger altere Eichen und Buchen, ein Hochzeitspaar auf der Freitreppe, eine Jagdgesellschaft in traditioneller Kleidung im Hof, ein Buffet im Speisesaal, ein Bild von einer Reihe alter Kutschen, die Gewehrwand und das Wappen der Thorntons. Ich prüfte die Optionen auf weitere Zugriffe auf die Seite und wählte „Veranstaltungskalender".

Im November fanden ein paar Jagdgesellschaften für Wasservögel in der Gegend statt. Später im Monat gab es auch eine im Norden für Rehe, aber ich verwarf den Gedanken sofort. Ich musste mich für etwas anmelden, das so bald wie möglich stattfand. Und hier. Ich wollte auch die Waffenkammer noch einmal sehen. Warum also nicht mit einem Besuch bei Michael oder mit einer weiteren geführten Tour durch den Landsitz verbinden? Obwohl ich bei dem Gedanken an einen zweiten langatmigen Diskurs über die Geschichte und Bedeutung der Familie Thornton in Suffolk und darüber hinaus gähnen musste. Es wäre etwas Anderes gewesen, nähme ein Außenstehender die Bewertung vor. Doch im Prinzip erzählte Mr. Thornton seine Familienbiographie mit einem Hauch von Selbstbeweihräucherung.

Ich hatte Glück. Es gab schon morgen früh Waffenunterricht für Anfänger auf dem Anwesen. Es waren sogar noch zwei Plätze frei. Ich entschied mich dagegen, mich online zu registrieren. Man würde es vermutlich ohnehin nicht mehr rechtzeitig bemerken. Ich würde einfach aufkreuzen; man würde keine Szene vor der ganzen Gruppe machen und mich nicht teilnehmen lassen, oder?

Ein winziges Kribbeln im Magen tadelte mich jedoch. Dies wäre alles andere als unauffällig. Doch es ließ sich nicht ändern. Es war so am einfachsten, zurück in die Waffenkammer zu gelangen und vielleicht sogar ohne weiteres Aufsehen Michael zu erreichen.

18

Der nächste Morgen dämmerte sonnig und eiskalt. Der Himmel war von einem Blau, das in seiner Intensität beinahe den Augen wehtat. Der Rasen im hinteren Garten war weiß von Frost, und die Zweige der Büsche und Baume wirkten mit ihren Eispartikeln stachelig. Ein Häschen hoppelte durch den Vorgarten, als ich *The Heron* verließ, um nach Balmer Hall zu fahren, um am Waffenunterricht teilzunehmen.

Ich musste die Scheiben des Pick-up Trucks freikratzen; innen war es so frostig, dass das Luftholen schmerzte. Der Dampf meines Atems gefror beinahe sofort an der Windschutzscheibe. Ich startete den Motor und drehte die Heizung hoch, bis ich wieder hindurchsehen konnte. Dann ging's los zum nächsten Kapitel meiner Nachforschungen.

Sobald ich Ealingham verlassen hatte, überwältigte mich die Schönheit der gefrorenen Fens. Die Marschen glitzerten, und ein leiser Dunst schwebte über ihnen, noch nicht bereit, sich zu entscheiden, ob er fallen und gefrieren oder in das helle Sonnenlicht verdunsten sollte. Rauch stieg senkrecht aus den Schornsteinen der Bauernhäuser entlang der Straße. Es war ruhig draußen, und es herrschte kaum Verkehr.

Ich kam ein paar Meilen weiter durch einen Nachbarweiler. Eine Tankstelle und ein Postkasten waren alles, was sie dort an öffentlichen Services hatten. Ich fragte mich, wie man sich behelfen würde, wenn man eingeschneit würde. Aber vielleicht wussten sie sowas im Voraus und waren für solche Fälle an die Isolation gewöhnt. Ich dachte, Menschen mussten schon eine besondere Disposition besitzen, unter solchen Umständen zu leben *und* sich wohlzufühlen.

Dann kam die Kreuzung mit der Allee, die nach Balmer Hall führte. Ich erinnerte mich an sie von Ozzies und meiner Exkursion. War das erst vor einer Woche gewesen?! Ich bog ab und fuhr die halbe Meile oder so zum eisernen Tor hinauf, das einladend offenstand. Der Parkplatz war bereits mit einigen Autos gefüllt. Ich entdeckte zwei Gärtner, die sich um die Hecken an einer Seite des großen Backstein-Herrenhauses kümmerten.

Balmer Hall war ein typischer Landsitz aus elisabethanischen Zeiten. Seine Flügel bestanden aus Fachwerk. Es gab Giebel in Hülle und Fülle, und ein viereckiger Turm überblickte den Innenhof. Ziemlich beeindruckend, aber wahrscheinlich auch eine ziemliche finanzielle Bürde hinsichtlich der fachgerechten Instandhaltung. Daher der umfassende Veranstaltungskalender. Ich stieg aus dem Pick-up Truck und ging auf den Haupteingang zu.

Zu sagen, dass ich nervös sei, wäre die größte Untertreibung aller Zeiten gewesen. Ich schwitzte inzwischen Blut und Wasser. Die Eingangstür zu öffnen und in das Gebäude einzutreten, bedeutete, eine Schwelle zu überschreiten, von der es kein Zurück mehr gab. Aufdeckung und Gefahr lauerten auf der anderen Seite. Aber ich tat es. Meine Hände zitterten nur leicht, und meine Knie fühlten sich ein bisschen wie Wackelpudding an, aber mein Kopf war fest entschlossen.

Eine Dame kaum älter als ich kam die Treppe herunter, während ich in der Eingangshalle stand und versuchte, mich zu erinnern, wo sich die Waffenkammer befand.

„Gehören Sie zur Waffenunterrichts-Klasse?" fragte sie freundlich, aber grußlos. Sie war auf distanzierte Art hübsch. Als bereite sie sich ständig darauf vor, für schicke Magazine fotografiert zu werden. Ich kam mir dadurch altmodisch vor.

„Ich hoffe es", erwiderte ich tapfer und fragte mich, ob sie die Dame des Hauses sei.

Sie lachte ein silbriges Lachen, das mit einem Schluckauf endete. „Lassen Sie mich raten. Sie sind spontan gekommen, ohne sich anzumelden?"

Ich lächelte verlegen. „Genau das, fürchte ich."

„Na, dann lassen Sie mich Sie zu unserem Klassenzimmer bringen, und ich lege ein gutes Wort für Sie bei meinem Mann ein, dass Sie jetzt teilnehmen und sich während der Pause registrieren können oder am Ende des Unterrichts." Dann *war* sie also Mrs. Thornton! Und auch so viel jünger als er. Mit einem kaum zwanzigjährigen Sohn musste sie gerade einmal so alt gewesen sein, als er sie sich geschnappt hatte. Und er musste damals doppelt so alt gewesen sein wie sie. Mindestens.

„Dankeschön!" Meine Erleichterung musste sichtbar gewesen sein, denn sie übernahm sofort die Führung und winkte mir, ihr zu folgen.

Wir gingen durch ein Labyrinth an Korridoren, an die ich mich nur vage erinnerte. Dann hielt sie an einer offenen Tür an.

„Da wären wir. Mischen Sie sich einfach unter die Leute, und ich regle den Rest", lächelte sie.

Ich betrat den Raum. Einen sehr schlichten und modernen Raum mit jeder Menge Präsentationstechnologie und einem runden Tisch in der Mitte. Zehn Augenpaare richteten sich auf mich. Sie gehörten alle Männern unterschiedlichen Alters, einige von ihnen ganz offenbar in der Stadt groß geworden und sehr bemüht, ländlich zu wirken. Ich würde die einzige Frau in dieser Klasse sein. Soviel dazu, nicht aufzufallen.

„Guten Morgen", sagte ich schüchtern. Und schüchtern fühlte ich mich.

Inzwischen sah ich Mrs. Thornton ihren herannahenden Ehemann beim Ellbogen abfangen und ihm rasch über mich Bescheid geben. Ich sah ihn in meine Richtung blicken, die Brauen heben, dann nicken, lächeln und sie auf der Schwelle stehenlassen. Sie wandte sich um. Und dann waren nur noch er und wir blutigen Anfänger da.

„Guten Morgen miteinander!"

Wir murmelten ein mehrfach gestaffeltes „Guten Morgen, Sir."

„Setzen wir uns um den runden Tisch, und stellen wir uns einander vor. Wie Sie alle von Ihrer Anmeldung her wissen … oder auch nicht …" Hier warf er mir einen markanten Blick zu, gewürzt mit einem Augenzwinkern. „Ich heiße Richard Thornton.

Ich bin der Eigentümer dieses Anwesens, und zufällig bin ich auch ein Jäger. Ich habe bereits als Kind gelernt zu schießen. Jagen und Schießen liegen mir sozusagen im Blut. Bitte stellen nun Sie sich kurz vor und teilen uns mit, warum Sie an diesem Waffenunterricht für Anfänger teilnehmen. Die Dame zuerst, vielleicht?"

Mein Gesicht wurde heiß. Mein Mund wurde trocken. Ich schluckte schwer und täuschte ein strahlendes Lächeln vor. „Hallo, ich heiße Emma Schwarz. Derzeit mache ich Urlaub; aber als Journalistin bin ich immer begierig darauf, etwas Neues zu lernen. Also dachte ich mir, es gibt nichts Besseres, als auf einem englischen Landsitz schießen und jagen zu lernen – damit ich einen interessanten Artikel darüber für die Zeitung meiner Heimatstadt schreiben kann, wenn ich wieder zurück bei der Arbeit bin."

„Sie sind sich aber bewusst, dass Sie in der heutigen Klasse nicht lernen werden, wie man jagt, oder?" fragte Mr. Thornton.

Ich nickte nur, und die Vorstellungsrunde ging weiter. Da war ein ältlicher, leicht pompöser Banker aus London, der von einem Investment-Partner zum Jagen oben in Schottland eingeladen worden war. Ein junger Mann, der versiert sein wollte, wenn er den nächsten Sommer auf einer Ranch in Texas verbrachte. Ein Antiquitätenhändler, der einfach nur Gewehrmechanismen verstehen und in der Lage sein wollte, einfache Elemente zu reparieren. Ein Lehrer, ein Metzger, ein junger Mann kaum aus den Teenager-Jahren heraus, der daran dachte, Polizist zu werden, ein Waffensammler, ein Schauspieler, ein Tattoo-Künstler und ein Typ, der auf Nahrungssuche stand und keine spezifische Berufsangabe machte. Kurz – jeder, dem man auf der Straße begegnete, konnte an Waffen, Schießen und Jagen interessiert sein. Dahin war mein Klischee von Aristokraten, Gangstern und Hinterwäldlern.

„Gut. Jetzt, wo wir ein bisschen mehr über den Hintergrund der anderen wissen, was, meinen Sie, ist am wichtigsten, wenn Sie ein Gewehr in die Hand nehmen?"

„Es laden", schlug ein Mann vor.

„Nachsehen, ob es geladen ist", warf ein anderer ein.

Mr. Thornton wiegte den Kopf. „Noch weitere Vorschläge?" Er sah erwartungsvoll in die Runde. Dann sagte er einfach: „Sicherheit geht vor."

„Ah", sagten wir alle ahnungslos. Aber Sicherheit klang immer gut.

„Wenn Sie mit einer Waffe hantieren, gehen Sie sicher, dass Sie den Lauf nicht auf eine Person richten oder in eine Richtung, in der sich eine Person befinden könnte. Was bedeutet, bevor Sie eine Waffe in die Hand nehmen, prüfen Sie den Ort auf eine sichere Richtung ab, in die sie den Lauf richten können. In diesem Raum beispielsweise zielen Sie am besten aufs Fenster. Warum? Über und unter uns wie auch nebenan könnten sich Leute befinden. Außerhalb dieses Fensters liegt eine lange Wiese ohne Pfad hindurch oder daran vorbei."

Wir alle nickten. Dann folgten Anleitungen, sicherzugehen, dass das Magazin des Gewehrs nicht eingeklinkt sei, ob das Magazin geladen sei, ob die Sicherung aktiviert sei, ob keine Patrone im Lauf stecke und – um Himmels willen – nicht in das Ende des Laufs zu sehen, durch das die Kugel austrat. Den Finger vom Abzug zu lassen, wenn man nicht wirklich zu schießen gedachte. Et cetera, et cetera. Es war nicht gerade langweilig, aber es war auch nicht wirklich meine erste Themenwahl. Immerhin würde es einen interessanten Artikel für *VorOrt* bedeuten, meine Zeitung in Filderlingen.

„Ich frage mich, wann wir endlich ein richtiges Gewehr in den Händen halten", murrte ein Mann leise. Ein anderer murmelte nur Zustimmung.

Ich hielt mich so zurück wie nur möglich, obwohl ich nicht abwarten konnte, mich sobald wie möglich von der Gruppe zu trennen, um Michael zu finden. Um ihn nach Roses Hintergrund zu fragen und ob seine und ihre Liebesgeschichte der Grund gewesen sein konnte, „den Boten zu töten", die Person, die sie hatte zusammenbringen sollen, Patrick Codona.

Wir lernten etwas über Double- und Single-Action-Abzüge, über Vorderlader und die Kunst des Bogenschießens, die die Jagd nach Wild zu durchdringen begann. Wir lernten etwas über Kaliber und die Wiederbefüllung von Patronen. Wir lernten etwas über Gesetze und über verantwortliches Verhalten. Ich machte Notizen, bis ich fast vergaß, weshalb ich hierhergekommen war; nur, dass ich normalerweise überhaupt keine Notizen machte. Ich hatte mein ganz eigenes Ziel.

Dann war es endlich Mittagszeit; wir waren zu einem Buffet im angrenzenden Raum eingeladen und dazu, auf dem Grundstück spazieren zu gehen. Ich ging mit der Gruppe hinein, machte Smalltalk und verhalf mir zu einigen Kanapees und ein paar Apfelschnitzen. Dann schlenderte ich hinter vier von denen her, die einen Blick auf den Küchengarten werfen wollten, und sorgte dafür, dass es so aussah, als gehöre ich zu der Gruppe. Doch bevor sie durch einen Seiteneingang hinausgingen, blieb ich stehen und schlüpfte stattdessen zurück, auf eine Treppe zu, die ich auf dem Weg dahin erspäht hatte. Ein rascher Blick durch den Gang – niemand schien mich zu sehen. Und ich ging nach oben.

Natürlich hatte ich keine Ahnung vom Grundriss des Herrenhauses und seiner Flügel außer dem, woran ich mich von der geführten Tour her noch vage erinnerte. Wir hatten nur Räume gesehen, die der Öffentlichkeit für die Touren zugänglich waren. Aber ich hatte auch Seile gesehen, an denen Schilder mit der Aufschrift „Privat" hingen. Und genau dorthin war ich unterwegs.

Mein Herz schlug heftig, als ich den ersten Stock erreichte. Ja, da war ein abgesperrter Flügel und auch die abgesperrte Fortsetzung der Treppe zum zweiten Stock. Ich beschloss, nicht weiter nach oben zu gehen, sondern es zu riskieren, den Flügel zu betreten. Ich duckte mich unter dem Seil durch und ging auf Zehenspitzen zur ersten Tür. Ich wusste, dass das Gehen auf Zehenspitzen mich nicht davor bewahren würde, entdeckt zu werden. Ich war voll im Blickfeld auf diesem etwas weniger gepflegten Gang. Trotzdem schien es mir sicherer. Langsam drehte ich den Türknauf und drückte die Tür auf. Ein privater Salon. Ich schloss die Tür so leise, wie ich sie geöffnet hatte, und schlich weiter zur nächsten …

Eine Stunde für ein Mittagessen und einen Spaziergang war nicht lang. Eine für ein Unterfangen wie meines schien gar noch kürzer. Nervös sah ich auf meine Uhr. Ich musste so gemächlich zurückschlendern, wie ich fortgegangen war, um keinen Verdacht zu erregen. Wie viele Türen denn noch in diesem Flügel? Ich war bereits in einem Boudoir und einem Hauptschlafzimmer gelandet. Was noch? War Michaels Zimmer überhaupt auf diesem Stockwerk? In diesem Flügel? Hatte ich mich geirrt?

Am Ende des Flügels wandte ich mich der anderen Seite des Ganges zu und begann, dort die Türen zu öffnen. Und dann hatte ich Glück. Ich öffnete eine Tür … und wusste sofort anhand der dekorativen Accessoires, dass dies das Zimmer des jungen Mannes war. Sporttrophäen für „Michael Thornton". Ein Foto von seinem Schulabschluss. Michael selbst war allerdings nicht im Zimmer. Ich drehte den Kopf, versicherte mich, dass niemand sonst in der Nähe war und schlich mich hinein, so schnell ich konnte. Ich schloss die Tür hinter mir und lehnte mich einen Augenblick dagegen, um zu Atem zu kommen.

Dann sah ich mich um. Dieser Raum präsentierte ein merkwürdiges Flair, gemischt aus der Eleganz des 19.

Jahrhunderts in Sachen Mobiliar, Tapeten und Textilien und dem Komfort unseres eigenen wie einem Heizkörper, Halogenleuchten, einem Desktop und einem riesigen Stereocenter. Ich wusste nicht genau, wonach ich suchte. Ich hätte es vorgezogen, wäre Michael hier gewesen und hätte ich mit ihm reden können. Ich war mir ziemlich sicher, dass ein Plausch zwischen uns beiden sogar ein guter Grund gewesen wäre, zum nächsten Teil des Kurses, was auch immer der umfasste, zu spät zu erscheinen. Nun musste ich mich jedoch mit dem Zimmer ohne seinen Bewohner begnügen.

Es stand kein Foto von Rose auf dem Schreibtisch oder dem Nachttisch. Ganz klar, weil Michaels Vater die Beziehung nicht guthieß und jedes Bild von ihr eine Provokation gewesen wäre. Wie kommunizierten die beiden Liebenden überhaupt miteinander? Per Brief, antwortete ich mir selbst. Durch Alan. Das war zumindest der Fall gewesen, als ich sie zuletzt am selben Abend im *Bird in the Bush* gesehen hatte. Mit etwas Glück war der Brief, den Rose Alan übergeben hatte, damit der ihn an Michael auslifere, immer noch vorhanden. Doch wo? Ich schritt zum Nachttisch – ein Herzensgeheimnis wurde oft nahe dem Ort aufbewahrt, an dem man seinen Kopf hinlegte und tagträumte. Tagebücher, Briefe, Gedichte … Vergeblich. Im Nachttisch befanden sich Unterwäsche, eine angebrochene Packung Kondome und Tickets für eine Show in Cambridge. Ich sah nach dem Datum, ob es ein Treffpunkt für Michael und Rose sein könne. Doch nein. Das Datum lag lange zurück. Michael hatte die Tickets vielleicht nur als Andenken aufbewahrt. Ich hielt inne.

„*Der entwendete Brief*", sagte ich triumphierend zu mir selbst. „Natürlich, das würde *ich* in so einer Situation tun."

Ich flog hinüber an Michaels Schreibtisch. Ein rascher Blick über die Papiere, die obenauf lagen, war enttäuschend. Aber da war ja noch die Briefablage. Ich nahm den kleinen Stapel Papiere, der darin lag, und blätterte hindurch. Meine Finger zitterten. Die Blätter schienen zusammenzukleben, um meinen Bemühungen zu widerstehen. Doch dann endlich stieß ich auf eine handgeschriebene Notiz in gleichmäßiger, jedoch noch nicht völlig ausgereifter Schreibschrift. Sobald ich die ersten Zeilen las, wusste ich, dass ich gefunden hatte, was ich gesucht hatte. Ich nahm mein Flip Phone und machte ein Foto von dem Brief. Dann stopfte ich alles wieder zurück in die Briefablage.

Fünf Minuten später und gerade rechtzeitig zur Fortsetzung des Kurses ging ich leise summend wieder den Gang im Erdgeschoss entlang. Mein Geheimnis würde sicher bleiben. Ich setzte mich an den Tisch, wo ich meine Notizen hatte liegen lassen.

„Haben wir Sie draußen verloren?" fragte einer aus der Gruppe, der ich vorhin gefolgt war, mit ganz leiser Stimme.

„Nein", flüsterte ich zurück. „Ich hatte drinnen was vergessen."

Er nickte verständnisvoll, und das Thema war erledigt. Ich atmete erleichtert auf. Mein Geheimnis *war* sicher.

19

Nachdem wir alle die Sicherheitsregeln wiederholt hatten und uns gesagt worden war, dass wir nach dem Schießen Hände und Gesicht waschen sollten, da sie dann vermutlich mit Resten von Schießpulver und Blei von der Munition bedeckt seien, gingen wir hinüber in die Waffenkammer.

„Bevor ich Ihnen ein Gewehr aushändige, gibt es noch irgendwelche Fragen?"

„Können wir gleich nach diesem Kurs bei Ihnen eine Jagd buchen?" wollte der Banker wissen.

„Als direkte Fortsetzung?" fragte Mr. Thornton, und sein Lächeln war ein wenig herablassend. „Sie müssten online nachsehen, ob es noch Plätze gibt. Meines Wissens sind wir bis Ende dieser Saison bereits ausgebucht. – Dürfte ich aber vorschlagen, dass Sie ihre Schiessergebnisse von heute abwarten und dann vielleicht ein paar Übungskurse absolvieren, bevor Sie eine Jagd buchen?"

„Verdammt." Der Banker machte ein enttäuschtes Gesicht. „Ich hatte gehofft, meinen Gastgeber mit ein paar netten Jagdgeschichten zu beeindrucken."

„Warum erfinden Sie nicht einfach eine?" Mrs. Thornton hatte die Waffenkammer hinter uns betreten und lächelte den Banker mit blitzenden Zähnen und hochgezogenen Augenbrauen an. Wenn ich es recht überlegte, war es dasselbe Lächeln gewesen, das sie mir bei meiner Ankunft heute Morgen gezeigt hatte. Es hatte mir nicht ganz gefallen, obwohl sie freundlich geklungen und gewiss ein Wort für mich eingelegt hatte. „Ich habe auch so angefangen, bis ich von dem Männerverein, der Schießen seinerzeit war, akzeptiert wurde. Irgendwann musste ich mir keine Geschichten mehr ausdenken. Ich habe jede einzelne Trophäe gewonnen, die ich haben wollte."

„Ich bin ein Mann der Zahlen und Fakten, nicht der Märchen", murmelte der Banker.

„Werden wir mit Schrot oder mit Kugeln schießen?" fragte ich nun.

„Wir schießen auf Zielscheiben", antwortete Mr. Thornton.

„Also Kugeln", stellte ich fest und war stolz darauf, dass ich richtig lag. „Welches Kaliber haben die?"

„Das sind .275er" erwiderte Mr. Thornton. „Wir schießen aber nur auf kurze Distanz. 100 Meter. Ich möchte, dass Sie überprüfen können, wo Sie die Zielscheibe treffen, und Ihr Zielen verbessern können. Wir haben einen Freiluft-Schießstand im Park. Sein Wall an der Rückseite verhindert, dass die Kugeln irgendetwas jenseits davon treffen. Was wichtig ist, denn so ein Kaliber kann weiter als eine Meile fliegen. Ich bin mir sicher, Sie wollen niemanden da draußen treffen."

Wir alle lachten verlegen. Da von uns keiner je geschossen hatte, war es vermutlich gerade unser Pech, dass wir jemanden oder etwas unbeabsichtigt träfen, gäbe es nicht diesen Wall gegeben.

„Sind unsere Kugeln also tatsächlich gefährlich für Menschen?" wagte ich mich vor und betrat jetzt tückischen Boden. „Können sie beispielsweise Menschen töten?"

Mr. Thorntons Miene bewölkte sich jetzt. „Sowas wie eine harmlose Kugel gibt es nicht, Ma'am. Wenn Sie etwas Harmloses wünschen, ist das der verkehrte Kurs für Sie."

Ich errötete. Der junge Schauspieler neben mir eilte mir jedoch zur Hilfe.

„Ich hatte dieselbe Frage, Sir," sagte er in spielerischem Quengelton. „Ich meine, wir alle haben doch schon mal von Leuten gehört, die versehentlich in den Allerwertesten geschossen wurden – mit Schrot." Wenn Männer kichern können, so taten sie das jetzt. „Nun, Luftgewehrmunition schießt leicht durch dünnes Metall hindurch, wie ich mich erinnere. Ein Cousin von mir hat das seinerzeit mit der Dachrinne meiner Tante gemacht – nur zum Spaß und wegen des Schussmusters, wohlgemerkt. Meine Tante fand es nicht witzig. Schon gar nicht, nachdem er der Beifahrertür ihres Autos denselben kreativen Dienst erwies. Es sah dekorativ aus – zumindest für uns Kinder. Aber es versenkte sich tatsächlich ins Metall."

„Danke für Ihren Beitrag", sagte Mr. Thornton, und ich war mir nicht sicher, ob sein Grinsen wirklich amüsiert oder eher sarkastisch war. „Diabolos – ich vermute mal, dass Ihr Cousin sowas verschoss – können tatsächlich allen möglichen Oberflächen Schaden zufügen und auch Menschen verletzten. Ein Auge geht leicht verloren, wenn es von einem Objekt getroffen wird, das mit einer bestimmten Geschwindigkeit fliegt." Er holte tief Luft. Auweia, jetzt kommt's, dachte ich. „Eine Kugel vom Kaliber .275 fliegt mit etwa 914 Metern pro Sekunde – rechnen Sie sich's selbst aus. Ich glaube nicht, dass ich Ihnen erzählen muss, was das bedeutet, wenn Sie etwas Lebendiges treffen ..."

„Man würde sich umbringen, führe man mit dieser Geschwindigkeit in einem Auto gegen eine Wand", sagte der angehende Cowboy so dahin.

„In Ordnung, noch Fragen?" Wir alle schüttelten den Kopf. „Nun, dann bekommt jeder von Ihnen einen Rigby Highland Stalker – das sind die Gewehre in diesem Gewehrständer –, und achten Sie darauf, sie so zu halten, dass sie niemandem, der sichtbar oder unsichtbar in der Nähe ist, gefährlich werden können." Mr. Thornton griff sich das erste aus dem Ständer. „Emma, Sie bekommen die Damenversion. Die hat einen etwas kürzeren Schaft." Einige der Männer kicherten. „Kein Grund, auf dem hohen Ross zu sitzen, meine Herren. Meine Frau schießt die mit mehr Akkuratesse als sich das mancher herrschaftliche Jäger erträumen könnte." Er reichte mir das Gewehr, und ich war überrascht, wie schwer das Ding war. Natürlich, der Holzschaft war ja massiv. Ich war misstrauisch, wie es sich wohl anfühlen würde, wenn es losginge. Ich hatte alles Mögliche über Rückstöße und blaue Flecken gehört.

Während die anderen mit ihren Gewehren ausgestattet wurden, ließ ich meine Blicke durch den Raum wandern, um ihn nach irgendetwas Ungewöhnlichem abzusuchen. Die Gewehr-

Displays an den langen Wänden waren vollständig bis auf die uns soeben ausgehändigten Waffen. Aber in dem Schrank mit den Vintage-Waffen klaffte eine Lücke. Genau zwischen einigen Revolvern und einem langen Gewehr. Es fühlte sich wie ein Schlag in meine Magengrube an. Ich stand zu weit weg, um dorthin zu gehen und nachzusehen, welches Gewehr fehlte. Außerdem hätte das Hinlaufen Aufmerksamkeit für meinen Plan erregt. Selbst, mein Flip Phone zu zücken und ein Foto zu machen, war unmöglich. Ich musste mir einfach die Stelle merken – was zum Glück einfach genug war! – und einen Weg finden, später zurückzukehren. Allein. Ohne Zeugen.

Scheinbar gemächlich näherte ich mich einem Tisch mit Waffenliteratur, hob eines der Bücher auf und ließ – der Bequemlichkeit halber – meine Kursnotizen auf die leere Stelle fallen. Dann vergrub ich meine Nase ein paar Minuten in dem Buch, und als alle fertig waren, legte ich einfach das Buch auf meine Notizen. Ich fasste mein Gewehr in sicherem Winkel und folgte der Gruppe nach draußen.

Mir erschien es wie ein meilenweiter Weg zum Schießstand. Die Männer liefen zielstrebig, bereits mit mehr Selbstvertrauen in den Schritten. Machte das Tragen einer Waffe einen Mann in seinen eigenen Augen männlicher? War es das Überbleibsel eines alten Jagdinstinkt aus Zeiten, als Männer die Versorger für ihre Stämme und Familien gewesen waren? Für mich war das Gerät aus Holz und Metall mit einem Abzug und einem Hammer schlicht ein Werkzeug – um Tiere zu töten, um seine Nation gegen Eindringlinge zu verteidigen. Ich fühlte mich damit als Mensch nicht besser oder schlechter. Es ließ mich allerdings wünschen, dass ich stärkere Muskeln gehabt hätte.

Auf dem Schießstand gab es ein Dutzend Schießtische. Uns wurde gezeigt, wie man eine Auflage benutzt und wo wir unsere Hocker hinstellen mussten, da dies die einfachste Schießposition für Anfänger war. Wir lernten, dass man eine bestimmte Linie nicht überschreiten durfte, wenn gefeuert wurde – was bedeutete, dass jemand auf eine Zielscheibe schoss und man besser nicht in eine potenzielle Gefahrenzone hineinlief. Uns wurde gezeigt, wie man Magazine lädt. Wir erhielten Ohrstöpsel. Wir setzten Schutzbrillen auf. Und die Show ging los.

Der erste Stoß gegen meine Schulter kam etwas überraschend. Er war nicht so schlimm, wie ich befürchtet hatte. Allenfalls wie ein freundschaftlicher Knuff mit der Faust. Meine Ohren nahmen den Knall, obgleich durch die Ohrstöpsel gedämpft, als unangenehmer wahr. Und ich bemerkte, dass meine Hände zitterten, weil ich gut sein wollte, ich aber merkte, dass dies nie meine Lieblings-Freizeitbeschäftigung werden würde.

Natürlich war es ein Ding von Versuch und Irrtum, und ich zählte gar nicht, wie viele Schuss ich in mein Magazin lud und verschoss, bis die kleine Schachtel auf dem Schießtisch neben mir leer war. Die Jungs links und rechts von mir waren so gut oder so schlecht wie ich, aber bei weitem begeisterter von ihrer Aktivität, gemessen daran, wie oft das Feuer eingestellt wurde, sodass sie zu ihren Zielscheiben laufen und überprüfen konnten, wo ihre Kugeln getroffen hatten.

Mr. Thornton ging auf und ab, korrigierte Positionen und gab Tipps. Zu meiner Überraschung tat das auch Mrs. Thornton, die sich zu uns im Schießstand gesellt hatte.

„Denn vier Ausbilderaugen mehr sehen als zwei", formulierte es ihr Mann.

„Sie sind kein schlechter Schütze", ermutigte sie mich, als meine letzte Kugel abgefeuert war. „Möchten Sie nächste Woche Samstag einen Damenkurs besuchen?"

Ich schüttelte den Kopf. „Ich werde nicht mehr lange hier sein."

„Oh?"

„Ich bin nur zu Besuch hier."

„Also habe ich *doch* einen leichten Akzent gehört!"

„Deutsch", gab ich zu. „Ich hoffe, er ist nicht zu auffällig."

„Was hat Sie dazu bewogen, an diesem Kurs teilzunehmen? Ich dachte, Deutsche seien generell gegen Waffenbesitz und Schießen."

„Hängt davon ab, ob sie Jäger sind oder nicht, schätze ich. Was mich angeht, so war ich auf eine Story aus – ich bin Journalistin."

Sah ich für den Bruchteil einer Sekunde, wie ein Schatten Mrs. Thorntons Gesicht verfinsterte? Oder bildete ich mir das nur ein? Sie schien sich rasch wieder zu fassen und lächelte sonnig: „Nun, ich hoffe, Sie haben eine gefunden, die erzählenswert ist."

„Glauben Sie mir, das ist sie", erwiderte ich genauso munter.

Mann, wenn ich nur gewusst hätte, wie sehr …

20

Als ich mit Ozzies Pick-up Truck in die Einfahrt von *The Heron* fuhr, erwarteten mich vor der Haustür drei Personen, zwei Frauen und ein Mann, alle in Kapuzen-Anoraks. Ich hätte zurückgesetzt und wäre davongefahren, hätte nicht eine von ihnen sich umgedreht. Sie sah mich an, und ich erkannte Rose sofort. Sie sprach eindringlich auf die anderen ein, die sich nun auch umwandten. Der Mann war niemand anders als Michael. Die andere Frau kam mir vage bekannt vor, aber ich konnte sie nicht einordnen.

Ich stieg aus dem Pick-up Truck aus, schloss ihn ab und ging langsam hinüber. Ich wusste nicht, was ich aus dieser Begegnung machen sollte.

„Hallo", sagte ich skeptisch. „Warten Sie auf mich?"

„Hallo", sagte Michael. „Das tun wir tatsächlich. Wir sind schon zweimal hier gewesen. So ziemlich stündlich. Können wir reden?"

Ich schloss die Haustür auf, wobei ich mich immer noch unbehaglich fühlte. Aber meine Neugier gewann.

„Sicher", sagte ich. „Kommen Sie rein." Ich öffnete die Tür und ließ sie an mir vorbei hineingehen. „Wie geht es heute Ihrem Arm?"

„Viel besser, danke."

Ich führte die drei in die Küche – die schien neutralerer Boden, und ich wollte sie nicht in Ozzies Privatleben vordringen lassen. Ich bat sie mit einer leise einladenden Geste, sich an den Küchentisch zu setzen. Sie nahmen Platz und schälten sich aus ihren Anoraks.

„Kaffee oder Tee?"

„Tee wäre schön, danke", sagte die unbekannte Dame.

Sobald ich ihre Stimme hörte, fiel der Groschen, und ich stand mit offenem Mund da.

„Sie sind …" Mir fehlten die Worte.

„Die Wahrsagerin aus Newmarket, ja." Sie lächelte nicht. Ihre Augen blickten stattdessen sehr ernst. Traurig geradezu.

Ich schüttelte meinen Kopf, um meine Gedanken zu ordnen. „Aber wie kommt es, dass …?" Ich schwenkte völlig verwirrt eine Hand über die kleine Gruppe. Ihre seltsame Prophezeiung erklang mir wieder im Geist. *Bevor du für immer in eine andere Welt reist, nimm dich vor Kugeln in Acht!* „Wie haben Sie mich gefunden? Und was meinten Sie mit dem, was Sie in Newmarket zu mir gesagt haben?"

Sie seufzte leise. „Ich bin doch eine Wahrsagerin." Ich starrte sie an, denn ich konnte nicht glauben, dass das sie das so sagte, als sei es der offensichtlichste Gedanke, der einem als Erstes in den Sinn käme. „Ich sehe, Sie glauben nicht an Hellseherei." Sie schnalzte mit der Zunge. „Tja, schade. Aber es ist mir ernst. Auch wenn ich *nicht* Miss Lola heiße, wie das Schild an meinem Wagen behauptet. Es ist ein Künstlername, sozusagen. So, wie die Tracht mit dem Beruf einhergeht. So, wie der Wagen dazugehört. Das hat mit Kundenerwartungen zu tun. Im richtigen Leben heiße ich Esther Holland."

„Nett, Sie kennenzulernen, Miss Holland."

„Oh, nennen Sie mich bitte einfach Esther."

„Nun, Esther ... Ich bin ..."

„Emma Schwarz, eine deutsche Journalistin auf Urlaub, die für ein US-Air-Force-Mitglied das Haus hütet." Meine Kinnlade klappte herunter. „Sie haben das Treidelpfad-Mordopfer gefunden." Ich fühlte mich, als habe mir jemand auf den Kopf geschlagen. „Ich habe meine Hausaufgaben gemacht, bevor ich Sie aufgesucht habe. Aber verstehen Sie mich nicht falsch. Ich besuche normalerweise nicht Leute, für die ich in die Zukunft gesehen habe. Obwohl ich manchmal wirklich neugierig bin, wie viel an meinen Prophezeiungen sich als wahr herausstellt."

„Dann sind Sie sich also dessen nicht sicher, was Sie den Leuten erzählen?"

„Doch", beharrte sie. „Ich kann Ihnen nicht einmal sagen, wie ich es mache. Ihre Freundin – ich glaube, sie hieß Linda – war offen wie ein Buch hinsichtlich dessen, woher sie kam und was sie vorhatte. Sie hatte eine Polizeimarke und ein Foto ihres Liebsten in ihrem Portemonnaie. Ich sah beides, als sie es öffnete, um mich zu bezahlen. Ich konnte ihr diese Fakten über sich selbst ohne weiteres sagen. Aber ihr fehlte die Aura, um ihr mehr als die gewöhnlichen Vorhersagen zu machen, die wahrscheinlich ohnehin wahr werden."

„Ha!" rief ich triumphierend aus. „Wusste ich doch, dass es sich um gewöhnliche Prophezeiungen handelte! Ich hab's ihr gesagt. Sie beschloss einfach zu hören, was sie hören wollte."

Esther schien sich etwas unbehaglich zu fühlen, denn sie biss sich auf die Lippen und nickte leicht. „Sie haben recht; nicht alles in meinem Geschäft geht darum, Dinge zu ‚sehen'. Meistens erzähle ich den Kunden das Offensichtliche in Worten, die sie interpretieren. Und Überraschung! Es klingt, als seien es alles ihre eigenen Wahrheiten. Also gehen sie glücklich davon. Ihre Freundin Linda war doch glücklich, oder?" Ich nickte irgendwie benommen. „Na also. Es ist eine alte Trickserei, die aus meiner Branche herrührt. Aber es gibt diese Fälle, in denen mich etwas überkommt und mich dazu bringt, Dinge zu sagen. Dinge vorherzusagen. Und ich weiß nicht, woher sie kommen oder wohin sie führen. Hinterher bin ich auch erschöpft. Wenn das passiert, muss ich für den Tag Schluss machen."

„Und das war bei mir der Fall?"

Sie nickte wieder. „Ich hatte keine Ahnung, dass Sie einen amerikanischen Freund haben oder dass Sie einen Toten finden würden, glauben Sie mir."

„Nun, wenn Sie Letzteres hätten voraussagen können, wären Sie jetzt Verdächtiger Nummer eins auf meiner Liste", neckte ich sie. „Sie verdienen also vermutlich ganz gutes Geld mit dem, was Sie Trickserei nennen. Aber schämen Sie sich nicht, Leute auf den Arm zu nehmen? Könnten Sie keine ehrlichere Arbeit annehmen?"

Sie lächelte nicht. „Wahrsagerei ist nur eine falsche Front."

„Ich verstehe nicht." Endlich wandte ich mich von ihr ab, irgendwie von ihr enttäuscht, füllte den elektrischen Wasserkocher mit Wasser und stellte ihn an.

„Ich arbeite mit derselben Bürgerrechtsgruppe wie Patrick Codona", hörte ich Esther hinter mir sagen.

Mein Kopf flog herum. „Sie tun was?!"

„Wahrsagerei ist die Tarnung, die ich dafür wähle, Menschen zu finden, die Hilfe brauchen. Und sie in mein Zuhause aufzunehmen, bis sie in Sicherheit sind." Sie sah meine Zweifel. „Es ist kein Wohnwagen. Ich lebe in einem anständigen Zuhause in einem Vorort von Cambridge – das ganze Jahr lang. Ich war mal eine von ihnen. Ein Mädchen, das heiratete und mit siebzehn mit einem Sohn schwanger war. Diese Gruppe half mir auszubrechen, dabei, dass ich die Schule abschließen konnte, und vermittelte mir einen Job. Ich beschloss ehrenamtlich zu helfen. Patrick war der Sohn meiner besten Freundin, die in einer ähnlich schlechten Beziehung lebte. Ich schaffte es, beide herauszuholen; sie ging nach einer Weile zurück und kam nie wieder. Patrick blieb bei mir. Er war wie ein zweiter Sohn."

Esthers Augen blieben trocken. Sie starrte in eine ferne Vergangenheit.

„Ich wusste, dass Patrick Rose holen und sie dann zu einer aus unserer Gruppe bringen sollte. Er sollte Rose an jenem Abend nach ihrer Schicht im *Bird in the Bush* abholen, abliefern und dann zurück zu meinem Zuhause kommen. Alan war der Mittelsmann gewesen und hatte Patrick das Tuch als Erkennungszeichen gegeben. Am Abend vorher erhielt Patrick einen Anruf von einer Frau, die behauptete, Rose zu sein. Natürlich wissen wir jetzt, dass es nicht Rose war. Sie bat darum, während ihrer Pause am Nachmittag abgeholt zu werden. Patrick war nicht glücklich darüber, weil er die Ankunftszeiten und die Sicherheitsvorkehrungen im Unterschlupf neuarrangieren musste. Aber er tat es. Als er an dem Abend nicht zurückkam, wusste ich, dass etwas schiefgelaufen war."

In Esthers Augen stiegen Tränen auf, und Rose legte ihre Hand auf die Ihre, ebenfalls mit Tränen in den Augen.

„Ich habe den Zeitpunkt unseres Treffens nie geändert", flüsterte Rose. „Ich hatte keine Ahnung, was passiert war, als ich zum Treidelpfad kam. Ich sah nur dieses gelbe Band und wusste, dass etwas furchtbar falsch gelaufen war. Ich wusste auch, dass ich von daheim wegmusste, weil die arrangierte Hochzeit so rasch näherkam und mein Vater so unnachgiebig war."

Michael legte schützend seinen gesunden Arm um Roses Schultern. Was für einen Anblick bot diese kleine Gruppe. Welches Schicksal verband sie!

„Sie müssen furchtbar von meinem Volk denke", sagte Esther schließlich.

„Ich bin verwirrt", gab ich zu. „Ich weiß wirklich nicht, was ich denken soll."

„Wir sind wie alle anderen auch", versuchte Rose zu erklären. „Wir wollen nur unsere individuellen Leben leben und akzeptiert werden, wie wir sind. Mit denselben Privilegien, die alle anderen auch genießen. Leider kämpfen wir auf unterschiedlichen Ebenen immer noch um unsere Rechte. Wegen unserer nomadischen Lebensweise glauben viele Institutionen, dass wir nicht in ihren Verantwortungsbereich fallen. Da wir kommen und gehen, denkt niemand daran, dass wir irgendwo auf der Liste der Begünstigten stehen sollten. Das gilt für das Gesundheitssystem und für das Bildungswesen und für so viele andere Dinge. Selbst für die Orte, an denen wir wohnen. Einige von uns möchten Teil der britischen Gesellschaft sein, so wie ich. Ich bin nicht gern die ganze Zeit unterwegs und mag mich nicht so unsichtbar wie möglich den Winter über verkriechen, weil die Leute unsere Anwesenheit nicht mögen. Ich möchte ein sichtbarer Teil sein mit all den Rechten und Pflichten, die ein sesshafter Bürger hat. Ich lerne intensiv, um meinen Anteil daran zu bezahlen, das tun zu können."

„Aber Ihr Vater ist nicht damit einverstanden", stellte ich fest und stellte vor jeden einen Becher hin. Einen Augenblick herrschte Ruhe in der Küche, bis der Wasserkocher klickte, um zu verkünden, dass der Kochprozess beendet sei. Ich kramte durch einen Schrank und holte das Sammelsurium an Schwarztees und Kräutertees heraus, die Ozzie über die Monate angehäuft hatte. Dann platzierte ich Kocher und Teebeutel auf den Tisch und setzte mich ebenfalls.

„Mein Vater war anscheinend nicht immer so. Zumindest haben mir das ein paar Leute gesagt, wenn ich ihnen während unserer Zeit auf Reisen begegnete. Meine Mutter war, was mein Volk eine Gorja nennt." Sie sah mich an, als frage sie, ob ich verstehe, wovon sie sprach. Ich nickte mit einem bitteren, kleinen Lächeln. „Am Ende gefiel ihr die Lebensweise nicht, die sie gewählt hatte, indem sie ihn heiratete. Kurz nach meiner Geburt lief sie fort und ließ mich zurück. Das war für sie einfacher, schätze ich. Was die Veränderung meines Vaters bewirkte, war, dass sie sich mit einem seiner Familienfeinde einließ."

„Lassen Sie mich raten", sagte ich tonlos. „Ein Thornton?"

„Michaels Vater", bestätigte Rose. „Sie wurde seine Geliebte. Ich weiß nicht, was sie von ihm erwartete. Sollte er sie heiraten?!" Rose lachte verächtlich. „Ich denke, Michaels Vater gefiel ihre Schönheit, und heimlich genoss er es, meinen Vater zum Hahnrei zu machen. Natürlich hörte mein Vater die Gerüchte über sie in der gesamten Umgebung. Es muss auch Michaels Mutter furchtbar wehgetan haben. Sie hatte ihrem Mann einen Sohn geschenkt, und nun fühlte sie sich ausgemustert. Alles wegen jemand, den sie Zigeunerhure nannten. Mir wurde erzählt, dass Mr. Thornton schließlich merkte, dass *ihm* die Gerüchte ebenfalls keinen Gefallen erwiesen. Es schickte sich nicht, eine Geliebte zu haben, über die geflüstert wurde. Also fuhr er sie eines Tages in eine der größeren Städte – Manchester oder Birmingham, ich hörte beide Versionen – und setzte sie dort ab. Kapitel abgeschlossen. Und als gute und loyale Ehefrau blieb Mrs. Thornton mit ihm verheiratet. Mein Vater aber hatte genug von Leuten, die sich so viel besser dünkten, weil sie eine hellere Haut und feste Wohnsitze hatten. Er kehrte zu den Traditionen seiner Vorfahren zurück. Und das war's dann auch für mich. Ich wusste nicht, dass das Leben anders sein konnte, bis Michael in der Schule mein Freund wurde. Davor hatte ich immer geglaubt, ich verdiene es, dass man auf mich herabschaute oder als ‚exotisch' betrachtete, wie mich einige angeblich aufgeschlossenere Menschen nannten. Michael war immer noch mein Freund, als wir im nächsten Winter wiederkamen. Und im nächsten. Er schwankte nie." Ihre großen Augen sahen den jungen Mann voll Anbetung und Vertrauen an. „Als ich aus der Schule genommen wurde, schaffte er es trotzdem noch irgendwie, mich zu sehen. Obwohl es immer schwieriger wurde. Als Michael hörte, dass mein Vater meine Hand einem anderen Roma versprochen hatte, bat er mich, wegzulaufen und ihn zu heiraten."

Esther brach den Zauber, indem sie schlicht Teebeutel in alle Tassen hängte und Wasser darüber goss.

„Haben Sie zufällig auch Zucker?" fragte sie, als hätten wir soeben nur Plattitüden ausgetauscht.

Ich erhob mich, holte aus einem anderen Schrank die Zuckerdose und brachte sie zurück an den Tisch.

„Sie sind also davongelaufen."

Rose nickte. Schweigen senkte sich über den Raum. Ich hörte die Standuhr aus dem Wohnzimmer, das Summen des

Kühlschranks, ein Flugzeug, das hoch oben über das Haus hinwegflog. Michael tauchte seinen Teebeutel ins Wasser und zog ihn wieder heraus, als hantiere er mit einer Angel. Dann brach er das Schweigen.

„Ich bin mit der Verachtung meines Vaters und meiner Mutter gegen alle Reisenden aufgewachsen – ob irische Landfahrer oder Roma. Ich wusste nie, warum. Als also Rose eines Tages in meiner Klasse auftauchte, wusste ich, ihretwegen meine Zunge im Zaum zu halten. Leider funktioniert sowas nur eine gewisse Zeitlang. Mir ist dafür öfter der Hintern versohlt worden als ich zählen kann, dass ich jemanden befreundete, den sie Zigeunerin nannten. Und ich erspare Ihnen die Adjektive, die das begleiteten. Aber es war mir egal. Ich wollte sie früher oder später heiraten. Das Schicksal hat es gewollt, dass es früher notwendig wurde. Rose hat bei Alan gearbeitet, und er war gut zu ihr. Also vertraute ich mich eines Tages Alan an, da ich gehört hatte, dass er vielleicht irgendwie helfen konnte. Fragen Sie mich nicht, wie ich davon gehört habe. Wenn man sich in gewissen Grauzonen bewegt, tut man's. Jedenfalls wurde Alan die einfachste Verbindung zwischen Rose und mir, wenn wir miteinander kommunizieren mussten. Und er arrangierte Roses Flucht. Nur, dass ich nie wusste, dass er sie ein zweites Mal arrangieren musste, nachdem die erste so tragisch fehlgeschlagen war."

„Das war, als Sie ins Pub kamen und fragte, wo Rose sei?" warf ich ein.

„Ja. Und nach dem ganzen Drama, dass sich dann abspielte, rief Alan mich gestern Abend an, weil er herausgefunden hatte, wohin Rose gebracht worden war. Er hatte eine von Patrick Codonas Telefonnummern gewählt und war an Esther geraten. Sie hatte gerade erst vom Treidelpfad-Mord erfahren; sie verband die Punkte für Alan. Der sagte es dann mir. Ich fuhr rüber nach Bury, wo Roses neuer Unterschlupf war. Wir haben dort dank Sondererlaubnis noch auf der Stelle geheiratet und sind dann rübergefahren, um Esther zu holen und um Sie vor jeder weiteren Einmischung in diesen Fall zu warnen."

„Ich habe mich nicht …", begann ich schwach.

Doch Ester brachte mich mit finsterem Blick zum Schweigen. „Sie bohren nach. Alan hat es gesagt. Und wenn ich Sie so sehe, weiß ich, dass Sie Ihre eigenen Pläne haben. Tun Sie's nicht. Denn ich fürchte, Sie könnten in eine tödliche Falle laufen."

„Die Kugel, vor der Sie mich gewarnt haben?"

„Ich weiß nicht. Aber die Stimme, die den Zeitpunkt des Treffens änderte, gehörte nicht Rose, wie wir ja nun alle wissen."

„Jemand sprach mit einem dicken Akzent, der einen ausländischen Hintergrund suggerieren sollte", erklärte Michael.

Rose verdrehte nur die Augen. „Noch so ein Klischee über uns Roma", sagte sie. Ihr Englisch war die ganze Zeit so Englisch gewesen, wie es nur ging. „Die Leute denken nicht, dass wir Englisch sprechen können wie alle anderen auch. Dabei sind wir doch damit aufgewachsen, um Himmels willen!"

227

„Wer könnte dann aber angerufen haben?" fragte ich vorsichtig. Ich spürte, wie sich mir der Magen umdrehte, da ich irgendwie schon wusste, was sie mir sagen würden.

„Die Nummer ...", begann Esther.

Doch Michael schüttelte den Kopf. „Das hier ist meine Angelegenheit." Dann wandte er sich mir zu. „Der Anruf kam ausgerechnet vom Bürotelefon in Balmer Hall. Es kann nur meine Mutter gewesen sein."

21

„Hallo, Freundin", sagte Linda fröhlich. „Wie stehen die Dinge im Land der Würstchen mit Kartoffelbrei?"

Ich hatte mich am nächsten Morgen kaum angezogen und Kaffee gekocht, als das Festnetztelefon klingelte. Ich wusste, dass es nicht Ozzie sein würde und daher nur Linda sein konnte. Oder Barb, wenn ich so darüber nachdachte. Aber wir hatten uns vor den Befragungen auf der Polizeiwache getrennt, und seither hatte Barb weder die Notwendigkeit noch die Zeit gehabt, mit mir über irgendetwas zu reden. Von meinem Standpunkt aus gesehen, natürlich. Ich hatte alles berichtet, was ich bezeugen konnte. Sie würde ihre Ergebnisse mit Alan und meinen Bericht verglichen haben – und das sollte es dann gewesen sein. Nicht Erhellendes, es sei denn, Alan hätte etwas verraten, wovon ich nichts wusste.

Also schnappte ich Hörer und Kaffeebecher, schlurfte ins Wohnzimmer, und ließ mich in Ozzies abgenutzten Sessel fallen.

„Hallo, Linda! Alles wunderbar!"

„Trotz Ozzies Auslandseinsatz?"

Mir kamen die Tränen, aber ich schluckte den Schmerz so schnell wie möglich hinunter. „Nun, es *ist* hart. Es fühlt sich so an, als könne ich nie genug von ihm bekommen. Jedes Mal, wenn wir uns gerade an die Gesellschaft des anderen gewöhnt haben, werden wir wieder unterbrochen."

„Fernbeziehungen", sagte Linda, und ihre Stimme troff vor Mitleid. „Andererseits wird es nie langweilig für euch, oder?

Habt ihr euch überhaupt schon mal in einen Krach hineingesteigert?"

„Nee", lachte ich. „Auch dafür keine Zeit. Nicht, dass ich wild darauf wäre, mich mit Ozzie zu streiten."

„Siehst du, Steffen und ich kabbeln uns die ganze Zeit. Und gestern hatten wir unseren ersten richtig großen Streit."

„O weh! Worüber?"

„Ziele für die Hochzeitsreise, Hochzeitskosten, Gästezahlen. Ich hätte beinahe alles abgesagt."

„Was?! Die Hochzeit? Nein!!!"

„Na, am Ende habe ich nachgegeben. Ich wollte diesen gutaussehenden, sexy Typ nicht verlieren. Und er ist so anders als alle anderen Partner, die ich je hatte."

„Als ob ich das nicht wüsste!" Tatsächlich hatte Linda sich immer schnell und zutiefst in jeden verliebt, der auch nur entfernt an ihr interessiert war. Nachdem sie von ihr bekommen hatten, was sie wollten, zumeist einen One-Night-Stand, hatten sie sie für gewöhnlich genauso schnell und tief fallen lassen, und Linda war ständig mit sich selbst unglücklich, weil sie sich echter Liebe nicht für würdig erachtete. Bis sie Steffen getroffen hatte. Er hätte es mit ihr genauso halten können wie alle anderen bisher. Ich hatte zunächst nicht einmal daran gezweifelt, dass er so handeln würde. Aber er hatte sich als echt herausgestellt. Ein Krach wegen der Hochzeit war also wirklich etwas Ernstes.

„Was war der Kompromiss?" fragte ich. „Denn ich vermute, es *ist* ein Kompromiss?"

Linda seufzte. „Wir machen es zu einer kleinen Angelegenheit. Ich versuche immer noch, darüber hinwegzukommen. Statt dreihundert Gästen werden es nur hundert sein."

Ich schnappte nach Luft. „Dreihundert?! Ich wusste nicht einmal, dass du so viele Freunde hast!"

„Naja, zähl Steffens Reit-Leute rein, mein Büro, die meisten meiner Facebook-Freunde, …"

„Deine was?! Facebook-Freunde? Meinst du das im Ernst?!"

„Naja, schon. Bis Steffen mich fragte, ob ich überhaupt allen von ihnen schon mal begegnet wäre. Ich muss zugeben, dass er da einen wunden Punkt getroffen hat. Also habe ich diese Liste etwas gekürzt. Und ich musste die Polizeiwache löschen. Und die Reit-Leute."

„Okay, das klingt vernünftig."

„Es tut aber weh", schmollte Linda. „Und was werden sie denken, dass sie nicht eingeladen sind?"

„Die meisten werden vermutlich gar nicht erwartet haben, eingeladen zu werden", tröstete ich sie.

„Hmpf."

„Nein, wirklich! Und glaubst du, dass all die sogenannten Influencer, mit denen du dich angefreundet hast, gekommen wären?"

„Nun, bei der Agenda, die wir hatten, bin ich mir sicher, sie wären gekommen", jammerte Linda.

„Oh, die Agenda ist also auch gekürzt worden?"

„Steffen hat der Hochzeitszeremonie in einer Kapelle zugestimmt", seufzte sie. „Nicht zu Pferd. Und es werden nur wenige Reiter in Jagduniformen da sein. Wir werden keine Genehmigung für ein Feuerwerk am Abend beantragen, und der Champagnerempfang ist zu einem mit einfachem Sekt geworden."

„Na", lachte ich, „ehrlich gesagt mag ich Sekt sowieso viel lieber. Und was den Rest des Ganzen betrifft – Linda, das wärst doch auch gar nicht du gewesen!"

„Nein?" wimmerte sie.

„Nein. Du bist selbst hinreißend, und all der Schnickschnack hätte dich in den Hintergrund verfrachtet. Es wäre mehr um die ganze Show gegangen als um dich und Steffen."

„Das hat er auch gesagt", gab sie zu.

„Na also. Außerdem kannst du so vielleicht jeder einzelnen Person deiner hundert Gäste zumindest Hallo sagen. Du würdest noch zum Abendessen Hände schütteln bei dreihundert von ihnen." Ich hörte sie kichern. „Es geht nicht um Größe, sondern um Qualität, weißt du?"

„Ja, vielleicht hast du recht."

„Ganz sicher. Du wirst froh sein, dass es kleiner und gemütlicher ist, wenn es erst mal soweit ist."

„Hoffen wir's. – Themenwechsel. Was treibst *du* dieser Tage? Irgendwas Neues im Dorf von Ealingham? Und hat Scotland Yard den Mörder gefunden?"

„Du meinst das Criminal Investigation Department."

„Ja, nun. Hat's das?"

Ich war mir nicht sicher, wie viel ich Linda erzählen wollte. Andererseits war es nie schlecht, wenn ein Profi einem sagte, ob ein Gedankengang richtig war oder nicht. Wo man etwas ändern musste, falls notwendig. Aber man sollte sich natürlich nie sagen lassen, dass man sich zurücklehnen und entspannen und jemand anders den Job machen lassen sollte.

„Ich habe gestern in Balmer Hall Waffenunterricht genommen", begann ich auf dem harmlosesten Weg, den ich wählen konnte.

„Du?! Waffenunterricht?!" Linda kicherte. „Das bist so gar nicht du."

„Halt mal die Luft an", warnte ich sie. „Immerhin bin ich die Freundin von jemandem bei der US-Luftwaffe."

„Du hast mir mal erzählt, dass Ozzie sagte, dass, sobald er als Wartungs-Typ eine Waffe schwenken müsse, die Situation wirklich nicht mehr reparabel sei. Also erzähl mir nicht solchen Mist!"

Ich seufzte. „Stimmt. Ich wollte mich nur besser mit Schusswaffen auskennen."

„Klar", schnaubte Linda. „Und das kann man nur, indem man Waffenunterricht nimmt. Nicht, wenn man in die Bibliothek geht und nachliest oder Sachen im Internet googlet."

„Höre ich da Sarkasmus raus?"

„Na, dann sag du's mir!" Ich blieb stumm. „Versuchst du mir zu erzählen, dass dein plötzliches Interesse an Waffenunterricht nichts mit dem Treidelpfad-Mord zu tun hat? Ausgerechnet in Balmer Hall?"

„Was ist verkehrt mit Balmer Hall?"

„Ist das nicht der Ort, wohin Ozzie dich neulich mitgenommen hat? Und du sagtest mir unmissverständlich, dass du dich in der Waffenkammer zu Tode gelangweilt hast, während Ozzie von den Vintage-Waffen total begeistert war, die sie in einem Glasschrank zeigten?"

„Ja schon ..."

„Warum Balmer Hall? Warum überhaupt?"

„Weil es ganz in der Nähe ist."

„Und ...?"

„Es gibt eine Verbindung zu dem Toten, den ich gefunden habe", gab ich lahm zu.

„Ich wusste es!" rief Linda aus. „Ich wusste einfach, dass du die Sache nicht ruhen lassen würdest."

„Nicht meine Schuld, dass sich die Fakten bei mir türmen."

„Nun, wenn du aufhörtest nachzuforschen, wo es dich nichts angeht, würden sie auch damit aufhören!"

„Ich habe nicht wirklich nachgeforscht, als ich mit Ozzie im Pub war und Rose und Michael Thornton gesehen habe."

„Wer ist Rose?"

„Das Mädchen, dem der Mann helfen wollte, bevor er umgebracht wurde."

„Hm."

„Und Michael ist ihr Liebster. Nein", korrigierte ich, „er ist jetzt ihr Ehemann. Und er gehört nach Balmer Hall."

„Warum heißt er dann nicht Balmer?"

„Du fragst mich was."

„Und wo steckt hinter dem Ganzen die Logik?"

Mir wurde klar, dass ich für Linda mehr ins Detail gehen musste. Es war eine verwirrende Geschichte, und ich musste mein Bestes geben und sie ihr chronologisch darstellen. Ich begann also; doch irgendwie war es immer noch wie ein Stück Schweizer Käse. Es gab immer noch ziemlich viele Löcher in der Erzählung. Ich hatte keinen echten Beweis. Außer …

„Ich habe diesen Brief in Michaels Zimmer gefunden." Stille. „Linda, bist du noch da?"

„Allerdings", erwiderte sie eisig.

„Was ist los?"

„Habe ich dir nicht gesagt, du sollst dich von dem Toten fernhalten?"

„Ich war nicht annähernd in seiner Nähe. Pfadfinder-Ehrenwort."

„Du bist nie bei den Pfadfindern gewesen."

„Touchée. Aber ernsthaft, mir liegt nicht wirklich an der Gesellschaft von Leichen."

„Sehr witzig", erwiderte Linda. „Dann hast du also eine Mittagspause zum Einbrechen und unbefugten Betreten genutzt."

„Es war kein Einbruch. Die Tür war unverschlossen."

„Toll. Aber du bist um das Seil herumgegangen."

„Drunter durch, um genau zu sein. Und ja, ich habe das Zimmer betreten, um mit Michael zu reden und herauszufinden, wie es ihm ginge, einen Tag, nachdem ihn der fliegende Splitter verletzt hatte." Linda sagte nichts. „Okay, und um vielleicht ein bisschen mehr über die Hintergründe der ganzen Geschichte zu erfahren."

„Du hättest sofort wieder gehen sollen, als du sahst, dass er nicht einmal da war."

„Tja, aber ich war nun schon mal da, und warum dann nicht das Beste aus dieser Situation machen?!"

„Das nennst du das Beste?"

„Würdest du mir einfach nur zuhören? Bitte? Denn ich habe etwas viel Besseres gefunden als irgendwelche Annahmen, die Michael zu dem Zeitpunkt gehabt haben könnte oder auch nicht."

„Was hast du gefunden?"

„Einen Brief von Rose. In seiner Briefablage."

„Einen Brief ..."

„Meine Vermutung ist, dass es derselbe Brief war, den Rose Alan an dem Abend übergab, an dem ich mit Ozzie im Pub war, und den Michael kurz darauf abholte. Möchtest du hören, was drinsteht?"

„Erspar mir einen Liebesbrief…"

„Ist er nicht." Ich griff mir den Papier-Ausdruck, den ich auf dem Kaffeetisch im Wohnzimmer hatte liegenlassen. „Darin heißt es: *Liebster, ich werde mithilfe von Alans Helfer nach meiner Schicht am Donnerstagabend fliehen. Ruf eine der Nummern unten gegen 22 Uhr an. Er wird Dir sagen, wo Du mich findest. In Liebe, Rose.*' – Tja, wenn ich diesen Brief so einfach finden konnte, rate wer noch."

„Im Grunde alle, die Zugang zu seinem Zimmer hatten. Eine Putzfrau beispielsweise."

„Ist das alles, was dir einfällt nach allem, was ich dir erzählt habe?!" Ich mochte nicht glauben, dass Linda nicht sah, was ich in dem Brief und seinem Fundort gesehen hatte.

„Okay, okay. Aber du nimmst auch nur an, dass einer seiner Elternteile den Brief gefunden hat."

„Eigentlich nicht nur das", erwiderte ich. „Es gibt eine Zeugin für den Anruf, der den Zeitpunkt für das Treffen mit Rose änderte. Und diese Zeugin hat nicht nur kürzlich gemerkt, dass dieser Anruf von einer Frau eine Täuschung war. Er kam auch aus einem Büro in Balmer Hall."

„Welches Büro?"

„Das, in dem sie alle Büroarbeiten erledigen … Wirklich, Linda! Ist es nicht offenkundig, dass es Michaels Mutter war, die angerufen hat?"

„Oder die eben erwähnte Putzfrau …"

„Warum sollte sie ... Oh, Linda, bitte! Der Mann, ich meine, Patrick Codona wurde am Nachmittag nach dem Anruf erschossen. Und wahrscheinlich nicht von der Putzfrau."

Linda seufzte. „Also hast du jetzt deine Geschichte zusammen. Aber du hast immer noch keinen Beweis."

„Als wir gestern in der Waffenkammer waren und unsere Gewehre für den Waffenunterricht erhielten, fehlte ein Gewehr aus der Vintage-Ausstellung."

„Dafür gibt es vielleicht eine einfache Erklärung", versuchte es Linda.

„Meine Vermutung ist, dass es das Gewehr ist, mit dem Codona erschossen wurde. Ich konnte nicht nachschauen, welches."

„Zu schade." Ich war mir nicht sicher, ob Linda mich verspottete oder ob sie ernsthaft besorgt war.

„Und deshalb fahre ich heute früh nach Balmer Hall."

„Willst du mich auf den Arm nehmen?! Du gehst da nicht wieder hin! Das ist einfach dumm."

„Es wäre dumm, es nicht zu tun", widersprach ich. „Du kannst nicht einen Mörder herumstolzieren und möglicherweise noch mehr Schaden anrichten lassen. Außerdem muss ich beweisen, dass nicht Mr. Buckland der Mörder war."

„Toll. Einfach toll. Und natürlich hast du bereits einen Plan, wie du das anstellen wirst."

„Habe ich", sagte ich.

„Gibt es heute überhaupt irgendeinen Kurs oder eine geführte Tour? Montags sind Museen üblicherweise geschlossen." Ich hörte den Triumph in Lindas Stimme. Sie hielt es offensichtlich nicht für möglich, dass ich ohne offizielle Anmeldung Balmer Hall betreten und meinen Willen durchsetzen konnte.

„Nein", antwortete ich wahrheitsgemäß. „Aber ich habe dafür gesorgt, dass ich geradewegs in die Waffenkammer zurückgehen und das Schild der fehlenden Waffe checken kann."

„Wie?"

„Ich habe einen Notizblock dort gelassen. Meine Notizen für den Artikel, von dem ich denen erzählt habe."

„Du machst doch nie Notizen zu irgendwas!"

„Aber das wissen *die* nicht. Oder?"

22

Nachdem ich aufgelegt und mein Frühstück beendet hatte
– ich machte mir ein großes, da ich nicht wusste, wie lange meine
Unternehmung dauern würde –, verpackte ich mich in Mantel,
Schal, Strickmütze und Handschuhe und ging in den frostigen
Novembermorgen hinaus. Die Sonne hatte es kaum durch die
morgendlichen Wolken geschafft, und ihr Licht war eher ein
pastellgelber Schimmer als ein volles Winterfeuer. Die Natur
glitzerte wie tausend Diamanten. Ich musste die
Windschutzscheibe des Pick-up Trucks von einer ziemlich dicken
Schicht schwerer Kristalle befreien. Mit trotz Handschuhen
tauben Fingerspitzen kletterte ich schließlich hinein und startete
den Motor.

Ealingham lag still da. Es war, als schliefen die Häuser
noch, obwohl es ein Montagmorgen war. Die einzigen Vögel, die
ich erspähen konnte, waren Krähen, und sie schienen sich damit
zu begnügen, auf Dächern und Telefonmasten zu hocken. Es war
nicht einmal ein einziges anderes Fahrzeug unterwegs. Die Welt
hielt den Atem an …

Anstatt darüber nachzudenken, was vor mir lag und
möglicherweise auf mich lauerte, konzentrierte ich mich auf die
Straßen. Als ich das große Tor von Balmer Hall erreichte – zum
Glück stand es offen –, atmete ich auf. Nun nur noch in die
Waffenkammer gelangen.

Hatte man mich durch die Fenster beobachtet? Oder hatte mein Pick-up Truck genug Lärm gemacht, dass man auf meine Ankunft aufmerksam wurde? Sobald ich die Eingangstür erreichte, öffnete sie sich wie von Zauberhand. Es war ein ältlicher Mann in makelloser Butler-Kleidung. Er war gestern zur Ankunft der Waffenkurs-Teilnehmer nicht da gewesen.

„Guten Morgen", sagte ich munterer, als ich mich fühlte.

„Guten Morgen, Ma'am", erwiderte er ohne eine einzige Regung im Gesicht. Wurden Butler auf die Unbeweglichkeit ihrer Mienen hintrainiert? Und auf dieses scheinbar elitäre Spötteln? Er führte es in Perfektion aus. „Wie kann ich Ihnen helfen?"

„Ich habe gestern am Waffenunterricht teilgenommen. Leider habe ich die Notizen vergessen, die ich für einen Artikel gemacht habe, den ich geplant habe zu schreiben. Ob ich wohl nachsehen könnte, wo ich sie möglicherweise habe liegenlassen? Vermutlich in der Waffenkammer?"

Der Butler trat einen Schritt zurück und hielt mir die Tür auf, dass ich eintrete.

„Bitte warten Sie hier", sagte er. „Ich werde bei Familie Thornton nachfragen, ob etwas gefunden worden ist."

Das lief nicht wie geplant. Ich hatte angenommen, dass ich in die Waffenkammer gelangen könne, ohne von jemandem aufgehalten zu werden. Dumm natürlich, da dies außerhalb von Führungen und Kursen ja immer noch Privatbesitz war.

„Ich kenne den Weg zur Waffenkammer", wagte ich mich vor.

241

„Nur einen Moment bitte", beharrte er und schritt auf den Korridor zu, an dem der gestrige Kursraum gelegen hatte.

Da er nicht zurückblickte und ich einfach einen Vorsprung wollte, spurtete ich davon zur Waffenkammer. Ich hatte Glück, sie unverschlossen vorzufinden. Aber natürlich hatte man ja auch einen Zerberus an der Tür, der jeden ungebeten Eindringling am Betreten gehindert hätte. Außer mich. Ich ging geradewegs auf den Glasschrank zu, in dem die Vintage-Waffen ausgestellt waren, mein Handy in den Fotomodus eingeschaltet.

Und ich hielt die Luft an. Die leere Stelle im Schrank war … wieder aufgefüllt. Welche war die fehlende Waffe gewesen?

Ich musterte die Rückwand von einer Seite zur anderen. Der Vorderlader, auf den Ozzie mich hingewiesen hatte, war gestern auch noch da gewesen. Ich war mir ziemlich sicher. Ich hatte sowieso nicht wirklich erwartet, dass dies die fehlende Waffe gewesen war. Es verschoss keine Patronen, sondern simple Einzelkugeln, und die Ladezeitzwischen den Schüssen war viel zu lang für schnelle Schießaktionen. Kein vorsätzlicher Mord würde solch ein Gewehr einschließen. Aber die Lücke war zu seiner Linken gewesen. Ich erinnerte mich wegen der Revolver auf ihrer anderen Seite. Ich sah mir das Schild unter dem Gewehr an. *US M1917 „Enfield"* stand darauf. Das war nicht das Gewehr, von dem ich gedacht hatte, dass es fehle. Welches Kaliber schoss dieses? Ich fotografierte den Schrank und machte eine Nahaufnahme von dem Gewehr und dem Schild. Ich würde mir diese Waffe genauer ansehen müssen, sobald ich wieder zurück in Ealingham war.

„Und was, glauben Sie, machen Sie hier drin unbegleitet?" fragte Mr. Thornton hinter mir. Ich wirbelte herum.

„Ich habe auf Sie gewartet, bis ich da drüben durch die Bücher sehen könnte. Damit Sie sehen, dass ich nichts wegnehme. Außer den Notizen, die ich gestern hier versehentlich habe liegenlassen."

„Und inzwischen haben Sie was genau getan? Warum haben Sie nicht einfach in der Halle gewartet, wie Sie gebeten wurden?"

„Ich wollte niemandem die Zeit stehlen und hoffte, Ihr Angestellter würde mit der Erlaubnis zurückkehren, die Bücher durchzusehen. Inzwischen habe ich Ihre Vintage-Waffen fotografiert. Mein Partner schien neulich ganz verliebt in sie", strahlte ich.

„Warum haben Sie sich aber auf dieses spezielle Gewehr konzentriert?"

„Ein …" Ich drehte mich um und las die Beschreibung. „Ein US M1917 ‚Enfield'. Bedeutet das, dass es aus dem Ersten Weltkrieg stammt?" Ich wandte mich wieder um.

„Ja." Mr. Thornton war nähergetreten.

„Welches Kaliber schießt es überhaupt?" Ich mochte genauso gut jetzt fragen.

„30-06. Es war ein amerikanisches Gewehr, dass an die britische Heimwehr ausgegeben wurde. Wir mussten amerikanisches Kaliber verwenden, da keine Zeit war, das Gewehr für unsere britische Munition zu modifizieren."

„Interessant. Aber gestern hat es gefehlt. Warum?" plapperte ich, als ich begriff, dass dieses Gewehr genau dieselbe Munition wie ein M-1 benutzte und gut die Mordwaffe gewesen sein konnte. „War was nicht in Ordnung daran? Mussten Sie irgendetwas reparieren?"

„Ach, aber das wissen Sie doch schon gut genug, nicht?" Mrs. Thornton hatte die Waffenkammer durch die andere Tür betreten, und ich stand nun zwischen Mann und Frau. Ihre Augen glitzerten vor Hass. „Ich wusste, dass sich gestern etwas verkehrt angefühlt hat. Kein Tourist aus Deutschland kommt hierher, um Waffenunterricht zu nehmen. Sie sind hinter etwas anderem her."

Ich versuchte, mich cool zu geben, war mir aber nicht sicher, ob es mir gelang. „Ich habe versucht, etwas Neues zu erfahren. Das ist doch nicht verboten, oder?"

„Kommt darauf an, was Sie erfahren wollten. Anscheinend hat es nichts mit dem Schießen, sondern mit einem fehlenden Gewehr in unserem Schrank zu tun. Aber es hat nie gefehlt."

„Ist es zufällig unlängst benutzt worden?"

Ihr Lachen war schrill und verriet, dass auch sie sich nicht so sehr ihrer selbst sicher war. Dann kam sie etwas näher. „Warum sollte ich Ihnen das sagen?"

„Weil Sie es genauso gut tun können", forderte ich sie heraus. „Ich bin Ihnen auf die Schliche gekommen. *Sie* haben

Roses Brief im Zimmer Ihres Sohnes gefunden und die Nummer angerufen, die darauf stand, wobei Sie vorgaben, Rose zu sein. Ihr falscher Akzent hätte Sie erraten müssen, aber Ihr späteres Mordopfer kannte Rose nicht persönlich und nahm an, dass sie wirklich so spreche. Dann haben Sie darum gebeten, ihn am Nachmittag zu treffen, um Roses Flucht zu verhindern. Sie haben ihm etwas zugerufen und ihn dann erschossen. Aber Sie haben übersehen, dass das Tuch in seinen Händen seine Verbindung zu Rose verraten würde."

„Gut gemacht!" Mrs. Thornton klatschte in die Hände und ging um mich herum, wobei sie sich näherte. „Sie haben alles herausgefunden."

„Das Einzige, was ich nicht herausgefunden habe, ist Ihr Motiv. Warum haben Sie einen völlig Fremden erschossen? Warum dieser brutale Widerstand gegen Roses Heirat mit Michael?"

Mr. Thornton stand nur da, blass und sehr ruhig. Nur Gott wusste, was er denken mochte. Ich bekam den Eindruck, dass er über die Geschehnisse nicht im Bilde war. Und er war mein zweiter Verdächtiger gewesen! Mrs. Thornton hatte nunmehr einen wilden Blick angenommen. Sie ließ eine Hand in ihre Jackentasche gleiten und zog einen kleinen Revolver hervor.

„Nicht, Eve", sagte Mr. Thornton leise.

Doch sie schien ihn nicht zu hören oder wollte ihn nicht hören. Ich starrte auf ihre kleine Waffe; ihre schlanke Hand mit ihren langen Fingern hielt sie einfach wie beiläufig. Zu beiläufig.

Als bedeute es ihr nichts, ob sie den Lauf auf jemanden richtete oder nicht. Natürlich, sie hatte ja bereits jemanden umgebracht. Welchen Schaden mehr konnte ein zweiter Mord anrichten? Eine lebenslange Haftstrafe verdoppelte sich nur in der Theorie. Sie besaß nur dieses eine Leben – sie konnte gerade so gut noch mehr Menschen töten. Ich erschauerte.

„Du, mein Liebling", zischte sie ihren Mann an, „du und ihre nuttige Mutter sind der Grund, dass ich den Mann umgebracht habe. Mein Sohn wird nicht die Tochter der Frau heiraten, die meine Ehe ruiniert hat. Ich werde keine ständige Erinnerung an diese furchtbare Zeit unter meinem Dach oder irgendwo bei Familienfesten dulden. Mit Nachwuchs, der mich ebenfalls daran erinnern würde, wie verräterisch der Mensch sein kann!"

„Also haben Sie den Boten getötet", stellte ich fest und war mir nicht sicher, ob ich die Frau mehr bemitleidete als verachtete. Ihr Mord mochte kaltblütig gewesen sein; ihr Motiv war es gewiss nicht.

„Er konnte sie meinem Sohn nicht mehr zuführen."

„Aber jemand anders ist für ihn eingesprungen", erklärte ich. „Sie sind jetzt verheiratet."

Sie jammerte laut. „Mein Sohn, mein wunderschöner, dummer Sohn!"

Plötzlich richtete sie den Revolver auf ihren Mann. Er trat zurück und hob die Hände.

„Nicht, Eve!"

Beim Rückwärtsgehen stolperte Mr. Thornton über einen Raumbefeuchter bei der anderen Tür und prallte gegen die Wand. Er konnte seinen Fall kaum abfangen, als schon ein Schuss ertönte. Seine Augen wurden groß; seine Hand flog an seine Schulter, wo Blütenblätter von Rot sein Hemd zu durchtränken begannen.

„Es ist alles deine Schuld!" schrie Mrs. Thornton. „Meine Mutter hat mich noch vor unserer Hochzeit gewarnt. Sagte, dass jemand, der so alt sei und jemanden in meinem Alter heirate, immer nach noch Jüngeren Ausschau halten würde, während ich älter würde. Sie hatte recht. Großer Gott, ich war damals erst zwanzig, aber das Mädchen war anscheinend noch attraktiver. Wie ich das Geflüster und die mitleidigen Blicke hasste, wo auch immer ich hinkam. Und nun sollte ich ihre Tochter vor Augen haben, jeden einzelnen Tag bis zu dem Tag, an dem ich sterben werde?!"

Sie wandte sich wieder mir zu. Ich hatte mich ganz still auf die andere Tür zubewegt, um zu entkommen. Aber jetzt richtete sie den Lauf auf mich, und alles, was ich denken konnte, war, dass ich einfach noch nicht sterben konnte. Nicht hier, nicht jetzt. Das war nicht, wie meine Geschichte enden sollte. Es gab noch so viel zu tun. Ich sollte noch ein Leben mit Ozzie führen. Oh Ozzie, das hier wäre nie passiert, wenn du dagewesen wärest!

„Und Sie, Miss Neunmalklug, mussten da herumgraben, wo Sie nichts zu suchen hatten. Ich fürchte, jetzt sind Sie dran."

Sollte ich bluffen und sie angreifen trotz der Waffe, mit der sie auf mich zielte? Wie viele Kugeln steckten in dem Ding? Würde ich sterben, wenn sie mich mit ein, zwei Kugeln traf? Oder sollte ich mich einfach so schnell wie möglich umdrehen und rennen? Wie standen die Chancen, in den Rücken getroffen zu werden? Denn sie würde wirklich schießen, egal ob ich sie ansah oder nicht, richtig?

Ich starrte auf diese dämonische Frau, deren Haar so glatt und wohlfrisiert war und deren Haut jetzt mit hektischen roten Flecken übersät war. Je länger ich mich auf sie konzentrierte, desto verschwommener wurde alles um sie herum. Ich schmeckte Eisen in meinem Mund. Der Geschmack der Todesangst.

„Lassen Sie die Waffe fallen! Jetzt!"

Der Ruf kam zeitgleich mit dem Knall eines Schusses. Ich wurde heftig zu Boden gestoßen und schlug mit dem Kopf an die Kante des Schrankes, in dem die Vintage-Waffen hingen. Einen Moment lang verlor ich mein Sehvermögen und erahnte nur die tumultuöse Szene, die sich um mich herum abspielte.

Als ich endlich meine Augen öffnete, hörte ich jemanden rufen: „Polizist verletzt!"

Ein pastellrosa Hosenanzug rauschte an mir vorbei und kniete neben mir nieder. Detective Superintendent Barb Tope. Sie kümmerte sich um Sergeant Cameron, der auf dem Holzfußboden lag. Ihm rann Blut aus einer Wunde in der Schulter, und er fluchte durch zusammengebissene Zähne.

„Lassen Sie mich sehen", sagte sie so ruhig wie möglich und begann, sanft seine Schulter zu betasten.

Sergeant Cameron zuckte zusammen. Barb warf mir einen Seitenblick zu und sprach kein Wort. Aber ihre Augen sagten mir ziemlich deutlich, was sie von meiner Anwesenheit in der Waffenkammer von Balmer Hall hielt. Ich biss mir auf die Lippen. Mein Kopf pochte, und meine Hand fuhr dorthin, wo ich wusste, dass es zu einer heftigen Beule anwachsen würde. Wieder einmal. Es blutete nicht. Aber es tat höllisch weh.

Währenddessen verlas ein Polizist der mit Handschellen gefesselten Mrs. Thornton ihre Rechte und führte sie aus dem Raum. Ich hörte, wie sich Martinshörner dem Anwesen näherten. Sie wurden abgewürgt, sobald ich den Schotter unter den Autoreifen knirschen hörte. Es folgten kurze, dringliche Rufe, und Schritte eilten auf die Waffenkammer zu. Und dann wimmelte es im Raum vor Sanitätern.

Ich sah, wie Mr. Thornton auf eine Bahre gelegt wurde. Sergeant Cameron setzte sich mithilfe von Barb auf; ein weiterer Sanitäter legte ihm einen Druckverband um den Arm und begleitete ihn nach draußen.

„Keine Bange, in ein paar Wochen sehen Sie wieder gut aus", munterte mich Constable Williams auf. Er schien die Situation beinahe zu genießen. „Legen Sie ein altes Steak darauf, sobald Sie können."

„Danke", sagte ich und biss mir auf die Lippen.

„Sergeant Cameron hat Ihnen das Leben gerettet, nur dass Sie's wissen", sagte Barb, als sie an mir vorbeiging.

Ich erhob mich aus meiner Position am Fußboden und rannte ihr nach.

„Barb! Ich kann alles erklären!"

Sie blieb abrupt stehen und blickte mich über die Schulter an.

„Kein Wort mehr von Ihnen bitte! Ich werde Ihren Namen nicht einmal in meinen Bericht aufnehmen. Wenn ich es täte, müssten Sie noch länger hierbleiben und würden vermutlich noch mehr Unheil anrichten. Seien Sie froh, dass ich Sie vom Haken lasse."

Sie eilte nach draußen mit wehendem fliederfarbenem Schaltuch. Ich blieb zurück mit den Forensikern, die erneut einen Tatort sichern mussten.

„Darf ich Sie bitten zu gehen?" Der Butler sah mich von oben herab an. Ich hatte keine Ahnung, wann er aus dem Korridor gekommen war.

Ich nickte kurz, akzeptierte, dass er vorübergehend für seinen Arbeitgeber eingesprungen war, und verließ langsam dieses prachtvolle Herrenhaus, in dem so viel Leid zu Hause gewesen war.

23

„Warum wusste ich, dass Du mit einer Beule am Kopf zurückkehren würdest, Miss Marple?"

Niko Katzakis, mein Kriminalreporter-Kollege bei *VorOrt*, der Tageszeitung in Filderlingen, für die ich schrieb, inspizierte mich mit zwinkerndem Blick. Es schien ihm schwerzufallen, nicht laut herauszulachen. Seine unterdrückte Heiterkeit verlieh seinem gebräunten Gesicht noch mehr Farbe, und seine dunklen Locken bewegten sich wie Medusas Schlangen. Wir gingen vom „Loft", wie wir das geräumige Büro unseres Chefredakteurs Hannes Ginster, das auch als Konferenzraum fungierte, zu unseren eigenen Büros zurück.

„Nicht komisch", murmelte ich.

„Ich könnte mir nicht vorstellen, dass man sich bei mir auf charmantere Art bedanken könnte", neckte er mich.

„Danke für nichts", grummelte ich. Aber ich konnte mir nicht helfen – mein Mund verzog sich zu einem Grinsen. „Ich mein's ehrlich."

„Tja, es passiert nicht jeden Tag, dass einen Scotland Yard wegen eines Kollegen anruft, um herauszufinden, ob es ihn wirklich gibt. Und dann verwickelst du dich auch noch in eine Schießerei. Quasi. Verrückt!"

„Nun, ich hatte keine Ahnung, dass Barb dich anrufen würde. Und du hattest kein Recht, hinterher Linda anzurufen. Das war überhaupt nicht fair."

„Nun, aber am Ende war es praktisch, dass Linda wusste, was du vorhattest. Und dass sie dich da drüben immer wieder angerufen hat, um zu sehen, wie sich die Dinge entwickelten. Denn wenn sie mich nicht angerufen und mir erzählt hätte, dass du dich noch einmal nach Balmer Hall einschleichst, hätte ich nicht Barb anrufen und *ihr* Bescheid geben können. Und das bedeutet, dass sie nicht Himmel und Erde in Bewegung gesetzt hätte, ein SWAT-Team zu kriegen, um dich zu retten. Und Hannes würde einen Nachruf auf eine Frau verfassen müssen, die ihren Fuß dahin setzt, wo sich niemand hinwagt."

„Bahaha." Ich verzog das Gesicht. „SWAT-Team. Der ist gut. Es war die Dorfpolizei mit ein paar anderen aus Mildenhall oder so. Und ja, ich weiß, es war sehr aufmerksam von Linda, dich vor meinem sogenannten Unfug zu warnen. Und noch aufmerksamer von dir, Barb anzurufen und sie wissen zu lassen, dass ich ihre rote Linie überschritten hätte. Du hättest den Blick sehen sollen, den sie mir zuwarf, als die Verhaftung schließlich vorbei war."

„Du musst zugeben, dass du das alles verdient hast." Niko lud mich mit einem Wink in sein Büro ein. Ich trat ein und setzte mich auf seine Schreibtischkante, da es keinen zweiten Stuhl gab.

„Schuldig, Euer Ehren", gab ich zu. „Aber es tat weh, als sie mich einfach so vom Haken ließ, ohne meine Beteiligung auch nur im Geringsten zu würdigen."

„Du hast selbst gesagt, hätte sie das nicht getan, säßest du noch immer dort drüben, vielleicht sogar in einem Zeugenstand vor Gericht. Und man könnte es dich noch spüren lassen, dass du dich in eine polizeiliche Untersuchung eingemischt hast."

„Ich habe mich nicht eingemischt, ich habe geholfen", betonte ich.

„Ganz wie du willst. – Aber sag mal, Barb meinte, sie hätte mit oder ohne Anruf meinerseits ohnehin zugeschlagen. Hast du 'ne Ahnung, weshalb? Ich meine, da ich deine Seite der Story kenne, wüsste ich zu gern, was sie gegen Mrs. Thornton in der Hand hatte."

Ich zuckte mit den Schultern. „Du weißt ja, es ist alles Stückwerk für mich. Barb hat sich nicht mehr bei mir gemeldet. Als ich an dem Abend ins Pub ging, hatte sie schon ihr Zimmer bezahlt und war abgereist. Also ist alles, was ich weiß, von Sergeant Cameron, den ich natürlich am Tag danach im Krankenhaus in Ely besucht habe."

„War er schwer verwundet?"

„Gott sei Dank wird er sich voraussichtlich wieder vollständig erholen", seufzte ich. „Aber er hatte viel Blut verloren. Es war er, der mich zu Boden gestoßen hatte. Er hat die Kugel für mich eingesteckt. Er ist ein echter Held. Das war überhaupt der beste Teil meines Besuchs bei ihm – er war total glücklich, mit einem Knall aufzuhören, wie er es nannte. Obwohl der Mordfall an sich aus seinen Händen genommen worden war und er nur als ‚Unterstützung' betrachtet wurde, hat er es als Super-Held in die Schlagzeilen geschafft."

„Toll", murmelte Niko. „Schlagzeilen sind gut. Aber ich glaube nicht, dass ich sie um jeden Preis haben wollte."

„Nun, jedem, wie's ihm gefällt."

„Dann war also er es, der dir Barbs Seite der Story erzählt hat?"

„Ja. Er sagte sie sei in ihren Untersuchungen absolut treffsicher gewesen. Und auch knallhart. Trotz ihrer wirklich bösen Erkältung muss sie gearbeitet haben wie ein Pferd. Sie bestand darauf, jemanden zu holen, der ihr Zugang in Codonas Smartphone verschaffen konnte, das er bei sich getragen hatte. Als sie den Akzent der Sprachnachricht zur Änderung der Zeit des Treffens hörte, hegte sie anscheinend sofort den Verdacht, dass das ein Täuschungsmanöver war. Sie ließ ihre Leute auch nach Waffen suchen, die 30-06er Zentralfeuer-Patronen verschießen. *Sie* brauchte nicht lange, um herauszufinden, dass das zwei Typen von Vintage-Gewehren tun, und um die Gegend nach Waffenbesitzern beider Arten zu überprüfen. Es stellte sich heraus, dass die Kugel Codonas DNA trug – ach, ich mag gar nicht an das Zeug denken, das vielleicht noch daran klebte!" Ich machte ein Würgegeräusch.

Niko lachte. „Es könnte winzig bis unsichtbar gewesen sein. – Wusste sie also wirklich, dass Mrs. Thornton die Mörderin war?"

„Weißt du, das war wirklich am seltsamsten. Sie schlug zu, hatte aber nicht mehr Beweise als ich. Eigentlich sogar weniger, denn Esther Holland, Rose und Michael haben ihr nie einen Besuch abgestattet. Alan war nach seinem Verhör misstrauisch gegen Barb und wollte nicht, dass ihnen Ähnliches widerführe." Niko wollte etwas sagen, aber ich hob die Hand, um ihn davon abzuhalten. „Natürlich hatte Barb mehr als Grund genug, Mrs. Thornton zu verhaften, als sie in Balmer Hall eintraf. Ich meine, diese Frau hatte gerade auf ihren Mann geschossen und versuchte, auch auf mich zu schießen. Nur, dass es Sergeant Cameron erwischt hat. Der Rest muss supereinfach gewesen sein. Mrs. Thorntons kleiner Revolver und die Patronenhülse, die ich gefunden hatte, trugen beide Mrs. Thorntons Fingerabdrücke."

„Die Patronenhülse auch?"

„Natürlich." Niko sah verwirrt drein. „Sie musste doch in das Magazin geladen worden sein, Mensch!"

„Autsch. Natürlich."

„Außerdem stellte sich heraus, dass die Kugel die Markierungen des US M1917 ‚Enfield' aus dem Gewehrschrank in der Waffenkammer trug."

„Sauber. Was ist mit Mr. Thornton? Hat sie ihn umgebracht?"

„Nein. Aber die Kugel blieb in einem Knochen stecken, und es wird lang und schmerzhaft für ihn sein, bis er wieder gesund ist."

„Glaubst du, sie hat ihn absichtlich auf diese Weise verletzt?"

Ich dachte eine Sekunde lang darüber nach. „Nun, ich halte es für möglich. Er hat ihr damals eine Menge Schmerz zugefügt. Und laut Mr. Buckland war er seiner Familie gegenüber genauso brutal wie jeder einzelne Thornton vor ihm. Allerdings äußerst jovial gegenüber Außenstehenden. Außerdem ließ mich Mrs. Thornton wissen, dass sie eine ziemliche Sammlung an Schieß-Trophäen hat. Ja, sie könnte einen Schuss geplant haben, der ihm mehr Schmerz verursachen als ihm gefährlich werden sollte. Auf ihre Art liebt sie vermutlich doch immer noch."

„In der Liebe und im Krieg ist alles erlaubt", zitierte Niko.

„Ich glaube nicht, dass das hinsichtlich der Benutzung von Schusswaffen gilt."

Niko zwinkerte. „Sie mag das aber vielleicht gedacht haben. Was ist mit Mr. Buckland?"

„Ja, was ist mit ihm … Er muss schockiert sein, dass die Hochzeit, die er arrangiert hat, nie stattfinden wird und dass Rose sich doch noch durchgesetzt hat. Wegen seines nomadischen Lebensstils hat man für ihn keine Kaution festgesetzt, und er ist immer noch im Untersuchungsgefängnis. Michael sagte mir, er werde ihn nicht gerichtlich verfolgen, da das keine gute Basis für Familienbande sei. Schwiegervater und so weiter. Was Alan angeht – er sagt, für ihn sei es in Ordnung, wenn der Schaden an der Bar beglichen würde. Er will es auch für Rose nicht schwerer machen – letztlich war sie immer eine seiner verlässlichsten Arbeitskräfte. Und er wollte ihr helfen, nicht ihrer Familie schaden."

„Also Ende gut, alles gut", stellte Niko fest.

„Ja, so ungefähr."

„Hä?"

„Linda hat mir am Tag, nachdem all das in Balmer Hall passiert ist, mächtig die Leviten gelesen. Sie hatte versucht, mich den ganzen Montagnachmittag zu erreichen. Dann ist sie ins Internet gegangen und hat gefunden, dass es in Balmer Hall eine Schießerei mit mehreren Verletzten gegeben habe. Und ich war bis kurz vor Mitternacht nicht zurück in *The Heron* – so heißt Ozzies Haus. Sie war außer sich und dachte, ich liege im Sarg irgendwo in der Gerichtsmedizin."

„Die benutzen da keine Särge. Es wäre eine Metallbahre gewesen, eine dünne Decke und eine Schnur um deinen großen Zeh mit einem Zettel, der deinen Namen trägt." Niko lachte in sich hinein.

„Danke für die Aufklärung."

„Und was ist mit Ozzie? Weiß er schon, in was für eine Sache du dich hineinbugsiert hast?"

Ich hüpfte vom Schreibtisch und ging zur Tür. Auf der Schwelle drehte ich mich um.

„Weißt du, ich habe das Gefühl, dass du es wirklich genießt, dass jeder mich schilt. Ja, er ist zurück. Ja, er weiß es. Nein, er ist nicht positiv beeindruckt, und er sagte mir, wenn ich mich umbringen wolle, könne ich es leichter haben, als auf den nächsten Kriminalfall zu warten, auf den ich aufspringen könne. – Warum fragt mich niemand, wie *ich* mich fühle?"

„Oh, Miss Marple", täuschte Niko Mitleid vor. „Ich hebe mir das Beste immer zum Schluss auf. Aber ich kann mir vorstellen, dass du ziemlich verstört bist, dass du in den nächsten paar Wochen, oder wie lange es dauern wird, dass deine Beule schrumpft und ihre Vielfarbigkeit verliert, keinen Schönheitswettbewerb gewinnen wirst. Und ich vermute, dass es noch immer ziemlich wehtut, wenn es auch keine unmittelbare Gefahr für dein Leben darstellt."

„Danke für dein Mitgefühl."

„Jederzeit, jederzeit."

Ich streckte ihm die Zunge raus und ging. Einen Moment später setzte ich mich in mein Schuhkarton-großes Büro unter dem Dach und wühlte mich durch meinen Post-Eingangskorb. Da war ein Brief mit britischer Briefmarke. Ich drehte ihn um, aber er wies keinen Absender auf. Ich schlitzte den Umschlag mit dem Stiel des Löffels auf, den ich zum Umrühren meines Kaffees benutzte, und kehrte ihn um.

Ein Foto fiel heraus. Es zeigte eine sehr hübsche junge Braut und ihren Bräutigam im Hochzeitsornat. Auf der daran hängenden Notiz stand: *„Vielleicht hätten Sie gern eine Erinnerung an das, worum es eigentlich ging. Allzeit gute Reise. Esther."*

Epilog

„Hiermit erkläre ich Euch für Eheleute. – Sie dürfen die Braut küssen."

Ich schluchzte, und mein Gesicht sah vermutlich schrecklich aus. Ozzie hielt zärtlich meine Hand, während er in seinem Jackett nach einem Taschentuch kramte. Als er es gefunden hatte, beschloss ich, es nicht zu benutzen – es war weiß, und meine Mascara, die inzwischen in meine Mundwinkel rann, hätte es für immer verschmutzt.

Es war März, und alles, was sich Linda und Steffen für den Tag ihrer Hochzeit hätten wünschen können, war so gekommen. Das Wetter war mild für diese Jahreszeit. Die Sonne schien, die Vögel sangen, der Rasen um Schloss Solitude war üppig grün, und die Bäume in der gesamten Gegend begannen ihre Blattknospen zu entfalten. Die wenigen Kinder unter den Gästen benahmen sich brav. Die Pferde, die die Kutsche zum Fuß der geschwungenen Freitreppe gezogen hatten, hatten es unterlassen, Pferdeäpfel aufs Kopfsteinpflaster fallen zu lassen. Lindas Brautkleid war unzerknittert aus der Kutsche gekommen, und Steffen hatte am Altar mit einem verträumten Blick gewartet, um den ich Linda beinahe beneidete. Ozzie war viel sachlicher, wenn es darum ging, mich anzusehen. Aber er hatte auch viel mehr mit mir durchmachen müssen als Steffen mit Linda.

Ozzie hatte mich kurz nach seiner Rückkehr von seinem Einsatz in Marokko besucht. Ich hatte mich für eine

Gardinenpredigt gewappnet. Es war aber keine erfolgt. Er hatte nur meine noch immer sehr bunte Schläfe betrachtet und geseufzt.

„Du wirst mich nicht zurechtweisen?" fragte ich überrascht.

„Du bist ein erwachsener Mensch. Ich kann dich offenbar nicht von dem abhalten, was du tust. Und alles, was ich sage, würde an deiner Beteiligung an dem Mordfall auch nichts mehr ändern. Also …"

Das hatte mir den Wind deutlich mehr aus den Segeln genommen als ein strenger Vorwurf, der ihm hätte einfallen können.

„Ich verspreche, ich werde nie …"

Doch Ozzie hatte nur die Hände gehoben. „Nicht. Du denkst vielleicht jetzt, dass du dein Versprechen halten wirst – aber du wirst es später brechen. Du hast einfach deine Berufung verfehlt. Du hättest Detektiv werden sollen."

Ich hatte mir auf die Lippen gebissen. Dann hatte ich zugegeben: „Aber Berichte schreiben macht nicht halb so viel Spaß, wie eine richtige Story zu schreiben, die von so viel mehr Menschen gelesen wird."

Er hatte in gespielter Verzweiflung den Kopf geschüttelt, mich dann an sich gezogen und meine Beule geküsst. Es hatte sich unbeschreiblich gut angefühlt – lindernd, weich, kühl.

Wir hatten Weihnachten nicht gemeinsam verbringen können. Januar war für mich ein Monat der Besuche von Verbraucher- und Fachmessen in der Umgebung und der Berichte darüber gewesen. Im Februar war Ozzie ausgerechnet nach Kirgistan entsendet worden. Ich hatte darüber nachgelesen und über die Nation so viel gelernt, wie ich konnte, wie ich es immer tat, wenn er reiste. Ich hatte unseren Telefonplan geändert, um seiner strengen militärischen Agenda in einer wieder einmal anderen Zeitzone Rechnung zu tragen.

Zwischendrein hatte Linda ihre und Steffens Einladungen an uns abgegeben. Dickes weißes Papier mit einer geprägten goldenen Cinderella-Kutsche in einem Lorbeerkranz. Es war ein bisschen übertrieben, und ich wusste nicht einmal, was ein Lorbeerkranz mit einer Hochzeit zu tun haben sollte. Aber ich nahm an, dies sei ein Kompromiss Steffens, der so viele von Lindas hochfliegenden Pläne für ihren besonderen Tag gebremst hatte. Ozzie hatte sofort einige Tage freigenommen, um ein paar Tage eher am Stuttgarter Flughafen einzutreffen.

Es hatte an dem Morgen, an dem er mit dem ersten German-Wings-Flug aus Stansted ankam, in Strömen geregnet. Wir waren durch den Guss zum Parkhaus gerannt und waren dennoch durch und durch nass geworden. Mein dotterfarbener Käfer hatte sein Bestes gegeben, uns während der Fahrt zu meiner Wohnung in Filderlingen zu trocknen, doch unsere Kleidung war immer noch unangenehm feucht gewesen, als ich schließlich die Tür aufsperrte.

Nach einem Garderobenwechsel und einem schwäbischen Brunch mit Brezeln, Brötchen und allem möglichen Aufschnitt und Käse, hatten wir uns endlich behaglich genug gefühlt, um die

Pläne für die nächsten Tage zu besprechen. Und da hatte Ozzie die Bombe platzen lassen.

„Nächstes Jahr gehe ich wieder zurück in die Staaten."

„Was?"

„Du hast richtig gehört. Ich habe versucht meinen Aufenthalt in Mildenhall um ein weiteres Jahr zu verlängern. Aber ohne Erfolg. Sie schicken mich auf jeden Fall zurück. Meine Vier-Jahres-Tour geht zu Ende."

Ich hatte mich gefühlt, als würde mir der Boden unter den Füßen weggezogen. Meine Stimme hatte mir selbst wie erstickt geklungen, als ich fragte: „Weißt du, wohin?"

„Noch keine Ahnung", hatte Ozzie gesagt, und er hatte bedrückt ausgesehen. „Man wird mir eine Liste mit ungefähr acht Stützpunkten zur Auswahl geben. Das bedeutet nicht, dass ich die Entscheidung beeinflussen kann. Sie werden mich dahin stecken, wo sie mich brauchen."

„Das ist so unfair", hatte ich geflüstert, und jetzt hatten sich meine Schleusen geöffnet. „Wir haben doch unsere Beziehung gerade erst angefangen."

„Ich weiß. Aber das ändert nichts."

Inzwischen hatte ich begonnen, hemmungslos zu weinen, und er hatte mich, selbst hilflos, in seine Arme geschlossen.

Das war die Stimmung, in der wir auf Schloss Solitude eingetroffen waren. Eine Mischung aus Freude, dass unsere Freunde heirateten, und völliger Verzweiflung ob der Pläne, die eine Regierungsinstitution für Ozzies und meine Zukunft vorgesehen hatte. Ich hatte tapfer gelächelt, als Linda durch den Mittelgang der Barockkappelle durchschritt. Sie hatte mich vermutlich nicht einmal richtig gesehen – ihre Augen waren auf Steffen fixiert gewesen, und ihr Schleier musste alles in etwas wie weißen Dunst gehüllt haben. Ihr Kleid war noch übertriebener als das, welches sie damals in Newmarket kritisiert hatte. Ganz Pailletten, Perlen, Strass und Spitze. Ganz zu schweigen von der mindestens drei Meter langen Schleppe. Als sie ihren Schleier am Altar zurückgeschlug, hatte jeder ihr strahlendes Lächeln sehen können. Es war ansteckend gewesen. Zumindest für die Dauer des Gottesdienstes und die Zeremonie selbst hatte ich es geschafft, meinen Herzenskummer in den Hintergrund zu drängen. Bis zum Ende der eigentlichen Zeremonie.

Da saß ich nun und heulte wie ein Baby. Und Ozzie, mein Ritter in glänzender Rüstung, bestand darauf, mir die Tränen samt Mascara mit seinem vormals weißen, jetzt grauen Taschentuch abzuwischen.

„Wenn man bedenkt, dass das nicht mal *unsere* Hochzeit ist", flüsterte Ozzie mir neckend ins Ohr.

Mir fiel die Kinnlade herunter. „Hast du mir gerade einen Antrag gemacht?"

„Ich würde nicht im Traum daran denken, diese Hochzeit durch eine öffentliche Kundmachung zu ruinieren." Er sah mir in die Augen. „Aber diese Hochzeit ist tatsächlich inspirierend. Und eine Hochzeit, die uns beide einschließt, würde unser kleines Problem lösen. Was meinst du dazu?"

Ich sah in Ozzies hyazinthblaue Augen. Sie waren erfüllt von Wärme und … Sah er mich wirklich ganz verträumt an?!

„Ja", flüsterte ich. „Oh ja."

Wir warteten mit unserem besiegelnden Kuss, bis die Kirche fast leer war.

„Ähm", räusperte sich jemand hinter uns. Es war der Pfarrer, der den Gottesdienst abgehalten hatte. „Steht da etwa eine weitere Buchung in den Karten?" Ozzie wurde tatsächlich rot, und ich kicherte nervös. „Sie wissen, wo sie die Nummer dieser Kapelle finden?"

Wir nickten nur und flohen händchenhaltend ins Freie.

„Wir sehen anscheinend ganz danach aus", sagte Ozzie schließlich, während wir unseren Platz in dem großen Gruppenfoto suchten, auf dem Linda bestanden hatte.

„Hellseher und Propheten haben sich anscheinend auf unsere Seite geschlagen", lächelte ich. „Sieht so aus, als gingen wir gemeinsam auf eine lebenslange Reise."

Danksagung

Über freundliche Reaktionen und Rezensionen auf Papier oder online freue ich mich immer sehr. Schon jetzt herzlichen Dank für die Zeit und Mühe, die so etwas macht. Es bedeutet mir sehr viel!

Einige werden sich fragen, ob Emma ich bin und ob Ozzie mein Mann ist – um Himmels willen, nein! Es gibt auch kein Ealingham-on-Ouse, obwohl es viele wundervolle, kleine Dörfer in den britischen Fens gibt, auf die diese Beschreibung zutreffen könnte.

Inspiriert wurde ich vor Jahren durch das zufällige Durchfahren eines Landfahrer-Camps und dessen offenkundige Abgrenzung von den Dörfern rundum. Ich kannte bereits Mikey Walsh Autobiographie *Gipsy Boy*. Es gibt zahllose Websites über die Roma und ihre Schwierigkeiten, sich in europäische Gesellschafften „einzupassen". Hier sind einige, die mir geholfen haben:

https://www.theguardian.com/lifeandstyle/2011/feb/25/truth-about-gypsy-traveller-life-women,

https://travellermovement.org.uk/gypsy-roma-and-traveller-history-and-culture, und https://www.bbc.com/news/uk-15020118.

Zum Thema Jagen und Schießen in England fand ich diese Websites sehr hilfreich: https://www.gunsonpegs.com/shooting/duck/uk/eastanglia/Suffolk und https://www.riflemagazine.com/275-rigby-highland-stalker.

Die echte Barb Tope hat auf meiner Facebook-Seite eine Romanfigur ihres Namens gewonnen. Einige ihrer Charakteristika sind echt, die meisten entspringen meiner Fantasie – ich hoffe, es gefällt ihr.

Ich danke all meinen Lesern und Autorenfreunden, die mich unterstützen, zum Schreiben ermutigen und mich zu Buch-Events und Lesungen einladen.

Danke, Ben Sclair, dass ich für The Suburban Times (https://thesubtimes.com/) schreiben und Nachrichten zu meinen Büchern und Buch-Events veröffentlichen darf.

Besonderer Dank gilt Marianne Bull, Larry „D.L." Fowler, Harriet Heyda, Roger und Kathy Johansen alias The Sock Peddlers, Denise Mielimonka, Karen Lodder Rockwell (https://germangirlinamerica.com/), Lenore Rogers (SHMA), Angela Schofield (https://alltastesgerman.com/), Pamela Lenz Sommer (https://thegermanradio.com/) und Dorothy Wilhelm (https://itsnevertoolate.com/).

Vor allem aber: Danke, Donald. Deine Unterstützung meines Schriftstellerns und der Veranstaltungen um meine Bücher ist selbstlos und liebevoll. Deine Hilfe hinsichtlich Details auf so vielen Gebieten ist unbezahlbar und bereichert meine Arbeit. Ohne deine endlose Geduld könnte ich nicht tun, was ich tue.

Susanne Bacon wurde in Stuttgart geboren, hat einen Doppelmagister in Literaturwissenschaft und Linguistik und arbeitet als Schriftstellerin, freie Redakteurin und Kolumnistin. Sie lebt mit ihrem Mann in der Region South Puget Sound in Washington State. Sie können mit ihr Kontakt aufnehmen unter www.facebook.com/susannebaconauthor, oder besuchen Sie ihre Webseite: https://susannebaconauthor.com/.

Made in the USA
Las Vegas, NV
06 July 2023